관계에 대하여

함께 동행해볼까?

함께 동행해볼까?

초판 1쇄 인쇄	2014년 05월 20일		
초판 1쇄 발행	2014년 05월 27일		

지은이	이 승 현		
펴낸이	손 형 국		
펴낸곳	(주)북랩		
편집인	선일영	편집	이소현, 이윤채, 조민수
디자인	이현수, 신혜림, 김루리	제작	박기성, 황동현, 구성우
마케팅	김회란		
출판등록	2004. 12. 1(제2012-000051호)		
주소	서울시 금천구 가산디지털 1로 168, 우림라이온스밸리 B동 B113, 114호		
홈페이지	www.book.co.kr		
전화번호	(02)2026-5777	팩스	(02)2026-5747

ISBN   979-11-5585-163-0 03810 (종이책)   979-11-5585-164-7 05810 (전자책)

이 도서의 국립중앙도서관 출판시도서목록(CIP)은 서지정보유통지원시스템 홈페이지(http://seoji.nl.go.kr)와
국가자료공동목록시스템(http://www.nl.go.kr/kolisnet)에서 이용하실 수 있습니다.
(CIP제어번호 : 2014015825)

암 투병으로 죽음의 문턱에서 돌아온
한 정신과 의사가
인간관계의소중함을 일깨운
사랑과 자비의 메시지

관계에 대하여

함께 동행해볼까?

이승현 지음

book Lab

세상의 모든 어머니와

늙으시고 가여우신 필자의 어머니를 위하여

감사의 마음으로……

글머리에

   책이란 좋은 것인가 또는 나쁜 것인가 하는 것 자체를 정의하기란 어렵다. 신학, 철학, 심리학, 인문학 비평 같은 고고하고 어려운 책을 좋아하는 사람들이 있는 반면에, 해학, 풍자, 막말 식의 비평, 포르노 소설 같은 저속한 책을 좋아하는 사람들도 많다. 좋은 책을 쓰기도 어렵고 좋은 책을 구하기도 힘든 세상이 되었다. 더욱이 서점들이 인터넷 시장에 의해 잠식되어버린 현실 속에서 좋은 책을 구하기란 매우 힘들다. 단순하게 출판사의 광고에 따라 베스트셀러가 되고 말고 하는 현실이어서 책을 뒤적이며 좋은 책을 고르는 옛날 방식이 통하지 않게 되었다.

   책에 대한 정의나 평판은 여러 가지이지만, 정말 좋은 책은 내용이 건전하고 알차면서도 유익한 진리를 담고 있고, 독자 개개인에게 쉽게 이해되는 책일 것이다. 즉 아무리 명저라도 개인이 이해를 못 한다면 독자들은 외면하고 만다.

   책이란 저자의 깊은 체험과 지식이 공존할 때 비로소 좋은 책이라는 느낌을 받는다. 또한 번역본 같은 경우엔 언어에도 능통해야 하지만 번역자가 지식이 풍부해야만 제대로 된 번역을 할 수 있다. 그런데도 필자의 개인적인 경험으로는 베스트셀러 가운데도 이해가 되지 않는 책들이 많다. 안타까운 일이다. 책은 내용이 풍부하면서도 간결하고 명확해야만 이해가 잘되게 되어 있다. 그런데도 현학적인 언어로 글과 말을 흐리는 것이 문장의 기법인 양 치장하는 책들이 있을 뿐 아니라, 너무 어려워서 하나도 이해를 할 수 없는데도 베스트셀러라고 하는 책들도 있다. 베스트셀러라고 해서 사놓고 지루해서 보지 않게 되는 그런 책들이 수없이 많을 것이다.

그래서 어떻게 하면 쉽고 유익하게 심리학적 지식과 인생 경험들을 전달할 수 있을까 하는 고민 끝에 우선 내 주변에서 일어났던 일들과 관계들을 약간의 소설식으로 꾸며보기로 했다. 독자들은 그냥 그것이 사실일지라도 가볍게 소설이라고 생각하고 읽어주었으면 좋겠다.

필자는 암과 간경화증으로 간 이식 수술을 받고 새로운 생명을 얻고 기뻐서 그 감동을 살려 『살아주어서 고마워』라는 책을 썼고, 텔레비전과 20여 군데의 언론사로부터 출연 요청을 받았는데 거절한 바 있다. 그 이유는 남들처럼 유명한 의사도 아니고, 의술이 깊은 것도 아니며, 그야말로 '내놓을 것 없는 초라한 소생 또는 필부'에 지나지 않기 때문이다. 뿐만 아니라, 더구나 의사가 질병에 걸려서 고생한 이야기가 뭐가 대단한 일일까 하는 생각이 들어서였다.

또한 세상을 내 이야기로 망쳐놓기가 싫었다. 그 후 약 2~3년이 흘러 건강하게 살다가 수많은 젊은 사람들이 겁도 없이 자살을 결행하는 게 안타까워서 자살에 관련된 『난, 네가 있어 고마워』라는 책을 출판했다. 애석하게도 자살은 줄지 않고 있다. 자살을 줄이는 데 책이 그렇게 크게 기여하지 못하는 듯하다. 또한 국가에서 예산을 들여서 수많은 노력을 한다 하더라도 자살 예방 사업은 사회 구조의 변화와 개인의 복지 없이 이루어지기는 힘들다고 본다. 단적인 예로 어떤 선진국처럼 실업자가 되어도 국가에서 일정기간 동안 봉급의 60%를 지급한다면 자살률은 분명히 감소될 것이다.

이 책은 일부는 필자와 이웃들의 관계에 대한 이야기이며, 조금 크게는 이슬람 국가를 제외한 다른 나라들이 대부분 모계중심 사회인데 반해 부계중심 사회인 일본인들의 특성을 조명해보고 부계중심 사회의 장단점을 조명하면서, 우리의 역사를 개인적인 측면에서 기술해보았다. 해외여행 자유화가 1981년도에 이루어진 것을 보면 민주화의 태동이 불과 30여 년 정도에 불과하지만, 여전히 우리 사회는 성숙하지 못하고 있다. 그러한 실례가 자살과 폭력일 것이다.

어찌되었든 책이란 마음의 양식이다. 양식이란 어차피 필요한 성분만 몸에 흡수되어 피가 되고 살이 되지만 나머지는 대소변이 되는 물질을 말하므로, 읽다 보면 피가 되고 살이 되는 것도 있고, 똥이 되는 것도 있을 것이다. 또한 책은 의복이다. 즉 옷이란 필요할 때는 두껍게 입지만, 낡으면 버리는 것이다. 인용할 때나 논문을 쓸 때에 책들이 필요하지만, 주제와 상관없는 책들은 버리게 되는 것이다. 그러므로 독자 여러분은 정말로 가벼운 마음으로 읽어주기를 바란다. 인간관계에서 가장 필요로 하는 것이 남의 이야기를 진지하게 듣기, 이해하기, 예의를 지킬 것, 충실할 것, 일관성이 있을 것 등인데도 어느 사이에 우리는 서구 사람들처럼 자기주장만 하고 타인의 이야기를 잘 듣지 않게 되었다. 그래서 지난 일을 돌아보고 반성도 해야 하지만, 그런 이야기보다는 필자의 주변 사람들과의 관계에 치중하여 썼다. 종종 정신과적 전문 용어가 등장하지만 어려운 용어들은 생략했다. 거의 일상적인 이야기와 과거에 만났던 필자의 멘토, 스승, 지인, 성직자, 선후배들과의 관계에 대한 이야기가 주를 이룬다. 또 요즘 흔한 구타, 학교 폭력, 개인적인 여행, 어머니의 사랑, 여성의 위대함 등을 쉽게 기록해보았다.

지난 두 권의 책과는 달리 실화가 아닌 소설로 읽어주기를 간곡히 부탁드린다. 물론 지난 두 권의 책도 소설적 요소가 조금은 있었다. 필자도 사실 이 책이 어떤 의미가 있고 어떻게 끝날지도 잘 모른다. 거창한 글이 아니기에 단지 독자 여러분의 비판보다 넓으신 아량을 기대할 뿐이다. 필자는 우리 사회가 복잡하고 위대해지기보다는 문제를 직시하고 기본을 탄탄하게 하여 그것을 극복하고 합리적으로 해결하고 행복해지기를 빌 뿐이다.

건강하고 행복한 사회가 되기를 빌며……

2014년 5월
이승현

차
례

005   글머리에

CHAPTER
1

깊은 삶과 가벼운 존재

014   얕은 것들(존재의 가벼움)

018   블로그 만들기와 다양성에 대한 존중

027   돌멩이 하나에도 사람은 죽을 수 있다(동남아시아와 일본)

         ▶ 코타키나발루(kota Kinabalu)
         ▶ 코타키나발루(kota Kinabalu)의 툰구 압둘라만 공원
         ▶ 홋카이도
         ▶ 이상한 사람들
             분열성(schizoid) 인격 장애
             강박적인 성격 특성
             편집증적 성격 장애

CHAPTER
2

폭력의 시대

082   사춘기에 만난 음악가 S형

093   아름다운 클래식 음악에 대한 감사

105   청소년은 교육만 시켜도 병이 좋아진다

111   폭력이란?

▶ 사디스트(sadist)

▶ 마조히스트(masochist)

CHAPTER
3

모성애

132 해리 할로우(Harry Harlow) 박사

138 부당한 관계(unfair relationship)

148 관계 유지법과 대화의 태도

152 용서

159 영아 이해하기

CHAPTER
4

전쟁 세대와 전후 세대 및 현재 세대(분리와 소외의 시대)

164 불쌍한 우리들의 조상

　　▶ 북청(北淸, 기타 아오이 상 이야기, 戰死, 북쪽의 맑은 기운)

　　▶ 북청 이야기(北淸, 기타 아오이 상 이야기, 病死)

　　▶ 북청 이야기(北淸, 기타 아오이 상 이야기, 殺害)

　　▶ 아버지의 허망한 웃음

192 달란트와 소명의 관계

199 행복의 비밀(triumphs of experience)

209 이순신 장군의 화병과 진도 민요

CHAPTER
5

동반자와 적

222   동반자인가 적인가? (부부, 남성과 여성에 대하여)

227   어떤 허름한 책

233   『묵주알』

245   사랑이 도대체 뭐야?

249   대가의 필수 조건

　　　▶ 대가들의 따뜻한 감정(온유한 마음)
　　　▶ 결혼이 별거냐? 부부란?
　　　▶ K신부님의 장기 기증과 나
　　　▶ 세비야(Sevilla)의 천사

285   글을 끝내면서

CHAPTER 1

깊은 삶과 가벼운 존재

얕은 것들(존재의 가벼움)

특별한 일도 아닌 것을 가지고 사람들은 달라진다. 국산차를 타다가 갑자기 벤츠를 타고 나온 친구를 보고 "야! 너 멋있어졌다. 차가 좋아졌네." 하는 말을 듣고 마치 무슨 특별한 지위라도 얻은 듯 우쭐해진다. 친구도 질세라 여자 아이처럼 BMW 차를 사버린다. 차를 사는데 그 목적이 매우 단순하다. 자랑하기 위해서다. 그리고 그 다음날 다른 친구에게 바보처럼 차 자랑을 하지만, 마음속 한구석엔 '경제 사정도 좋지 않은데 무리했어.' 하며 후회한다.

갑자기 과장을 하다가 진료부장이나 원장을 했더니 많은 사람들이 인사를 한다. "아! 사람들이 내가 원장이 되니 나에게 인사를 하는구나." 하고 좋아한다. 그러나 "이 사람들이 내가 하찮은 자리에 있을 때는 인사도 하지 않더니 내가 원장을 하니 인사를 하는구나." 하며 씁쓸한 표정을 짓는다. 내가 시장이나 군수를 지내다가 물러난다. 그랬더니 나한테 굽실대던 사람들이 버젓이 인사도 하지 않은 채 노려본다. 마치 "저 자식이 군수질할 때 우리가 얼마나 많이 핍박을 받았는지 모르나봐."라고 하는 것 같다. 지위나 권력 때문에 노후에 배신감이 더욱 세게 느껴지는 것을 보고 허망하다는 생각을 한다. 그리고 흔히 말하는 '존재의 가벼움'을 느낀다.

내가 블로그(blog)를 만들어 PC 창에 걸어놓았는데 사람들이 많이 방문하여 칭찬을 한다. "대단해요. 멋있는 블로그네요."라고들 해서 우쭐해진다. 그러나 그 다음날 아무도 방문하지 않아서 "세상 사람들이 날 몰라주네." 하며 매우 서운해 한다. 간사한 자신을 보며 더욱 비참해진다.

하루는 백화점에 들러 아내와 함께 쇼핑을 해서 모처럼 내가 좋아하는 물건과 아내의 옷가지를 사고 난 후 서로를 칭찬한다. "아, 당신 멋있구나!" 하고 서로를 칭찬하지만, 며칠 되지 않아 새 옷과 사치품들이 싫증나고 공연히 돈을 썼다고 후회한다. 어느 날 TV 기자가 TV에 한번 나오라고 해서 지방 방송에 나왔는데 선후배들이 "너, 대단하다!" 하는 말을 듣고 우쭐해진다. 그러나 한 달이 지난 후 길을 가도 아무도 알아주지 않아 속상해 하는 자신을 보고 슬픔에 잠긴다. '지방 방송에 한번이 아니라 중앙 방송에 고정으로 출연했더라면 무시당하지 않을 텐데……' 하고 욕심을 부려보지만 그것도 헛일이라는 것을 금방 느낀다. 어쩌다 맡은 강의를 마치 무슨 영화배우라도 된 듯 열심히 하고 난 후에 어떤 청취자로부터 "선생님은 정말 대학 교수 같아요." 하는 말을 듣고 우쭐해진다. 그러나 며칠 후 다른 청취자가 와서 "선생님 강의는 남의 강의를 모방한 듯해요." 하는 말을 듣고 심하게 참담해진다.

어느 날 갑자기 오랜 세월을 고민하다가 책을 펴냈는데 독자들이 전화를 해서 "선생님 책은 정말 좋아요." 하는 말을 듣고 기뻐서 잠을 설친다. 그 다음날은 방송국에서 전화가 와서 "TV에 출연해보세요, 작가님!"이라고 말한다. "어! 나 보고 작가라고!" 하며 기뻐서 죽는 줄 알았다. 그러나 며칠이 지나 새로운 작품을 구상하려던 찰나 다른 비평가로 부터 "전에 쓴 책들은 정말 유치찬란했어." 하는 평을 듣고 매우 흥분한다.

어느 날 대학 후배들과 미술 전시회를 했는데 대학 신문에 '의사이면서 화가'라고 조그마한 기사가 나간다. 화가라는 말에 기뻐서 쓰러지는 줄 알았다가, 지방의 대단히 명망 있는 화가로부터 "자네 그림은 너무 정밀해서 해부도를 그리는 것 같아. 도대체 감정이 있는 거야?" 하는 말을 듣고 "정말 그래, 정곡을 찌르는 말이야."라고 되뇌며 금방 풀이 죽어버린다.

이렇듯 우리는 쇼핑, 자동차 자랑, 인기, 블로그(blog), 돈이나 재물에 대한 자랑, 또는 자신이 가진 재능에 대한 자랑을 하다가 문득 허망하다는 생각을 한다. 특별한 일도 아닌 것을 가지고 사람들이 달라지며, 나 자신도 예외가 아님을 알 때 허망하다 못 해 창피함마저 몰려온다. 결국 사람의 마음엔 '욕심'이라는 것이 있고, 욕심은 집착을 낳고, 집착은 무도無道를 낳고, 무도는 파멸을 낳는다는 말만 떠오른다. 욕심은 가장 얕은 것이다. 우리는 그러한 얕은 것들에 집착하며 살아간다. 남에게 도움을 주는 것이 아니라 시기와 질투를 불러일으키고 가난한 자들의 가슴에 대못을 박으면서 살아가는 것이다.

인간 심성 중 파멸만 낳고 가장 깊게 끓어오르는 것처럼 보이지만 가장 얕은 곳에 머무르는 것이 바로 욕심이다. 나중엔 거칠고 음란한 행동을 일삼으면서 인간의 도리를 행하지 않게 되는데, 이를 황음무도荒淫無道에 이른다고 한다. 그래서 인기인들이 자신의 무도함을 마주하기 싫어서 자살을 하는 것이다. 자신의 가면 속에 숨어 있는 욕심을 바로 보자니 한심해서 말이다. 인기나 욕심은 표재성(表在性, superficial)이라는 성격을 띤다. 즉 깊이가 없다. 아마도 한번 유명해지면 지울 수 없는 가면들을 곳곳에 흘리고 다니게 될 것 같다. 가볍고도 거만한 가면들을……. 그래서 나는 무명이 좋다. 무명이란 결코 가벼운 것은 아니다. 무명이어서 거만할 수도 없고 가벼울 수도 없는 노력을 하게 되는 것이다. 또한 자유롭다.

블로그 만들기와 다양성에 대한 존중

　우선 스마트폰의 단점과 해악害惡을 보자면, 스마트폰을 과다 사용하는 청소년일수록 '사이버 괴롭힘(bulling)'을 많이 당하고, 성적이 50점 이하라는 결과가 나왔다는 점을 들 수 있다. 사이버 불링(bulling)을 가한 적이 있다고 답한 학생 중 71.6%는 같은 반 학생이 대상이라고 한 경우가 51.4%나 된다고 한다. 남녀 성별로는 여자들이 약간 더 높았고, 학령별로는 고(26%), 중(24.5%), 초등(7.7%)가 스마트폰 중독 고위험군이었다. 스마트폰 중독자일수록 가정생활과 학교생활에 불만이 많았다는 결과였다(아시아 경제, 2014.04.08, 서울시 조사).

　신문만 보던 시절에는 쌍방 소통이라는 것이 없었다. 신문만 보아야 했기 때문에 일방 소통만 있었다. 그래서 언론 통제가 훨씬 쉬웠다. 댓글을 쓸 수도 없었다. 그래서 연예인이나 인기인을 비방하는 글은 쓸 수도 없었고, 정부를 비방하지도 못했다. 때문에 과거엔 정직한 기사를 쓰는 기자들은 안기부에 불려가는 일도 허다했다. 어찌되었든 블로그 시대에 자신의 블로그에 댓글이 붙지 않거나 블로그에 칭찬이 붙지 않으면 쓸쓸하고 허무하다. 그러나 통계에 의하면 한 달에 한번 정도 또는 한번 이상 기사가 갱신되는 경우는 20%에 불과하며 방치되는 블로그가 더 많다. 즉 80% 이상이 공연히 블로그를 만들어 스스로 자존심에 상처를 입히는 듯싶다. 사람은 단순하게 사는 것이 건강에 좋다. 단순함에도 얼마든지 진정성을 담을 수 있다고 한다.

　우리가 자연을 보거나 여행을 하면서 보는 경치들의 빛은 정말 단순하면서도 마음을 맑게 해준다. 이러한 자연은 신이 내린 단순함의 진정성이다. 그래서 신문도 보지 않고 인터넷 블로그도 보지 않고 단순하게 살려고 노력한다. 혹자는 대한민국이 인터넷 강국이 된 것은 '머리가 좋아서'라고들 미화하지만, 상기한 기사를 보아도 공부를 잘 하지 않는 아이들에게 더 스마트폰 중독이 많고 가정이나 사회에 불만이 많은 아이들이라고 하는 것을 보면 '젓가락을 잘 써서 머리가 좋은 나라'도 아닌 듯하다.

　실제로 그만큼 공부를 많이 시키기 때문에 그러한 노력으로 인해 수재와 둔재가 갈라지는데 교육 덕분에 다른 나라에 비해 수재가 조금 더 많을 수 있다. 더구나 수재들은 공부에 매진하느라 스마트폰을 꼭 필요한 정보를 찾는데 유용하게 쓸 것이다. '머리가 좋아서'나 '젓가락을 잘 써서'라는 이야기는 상술이 만들어내는 어불성설이다. 또 한 가지는 한국은 학생들이 놀고 유익하게 스포츠를 즐길 곳이 없어서 스마트폰에 중독되기 쉽다고 한다. 그러나 이는 스포츠를 못하게 만드는 사회적인 환경과 공부만 시키면 된다는 학교나 부모들의 합의점이 더욱 문제라고 생각한다.

　오키나와와 비슷한 아주 조그마한 소매물도와 흑산도, 여수의 조그마한 명품 섬들, 베트남의 하롱 베이와 비슷한 진도의 조도와 관매도, 전북 고창의 선운산, 경상도의 명산인 주왕산과 내연산, 제주도와 울릉도, 한국에서 가장 아름다운 도시 통영에서 강원도의 삼척까지 이어지는 해안도로, 돈이 많으면 이런 지역에서의 서핑과 요트, 자전거 트래킹 등 외국에서 할 수 있는 일이나 레포츠를 국내에서도 얼마든지 할 수 있다. 꼭 해외여행을 가야 인생을 멋있게 살고 여유를 가지는 것은 아니라고 본다. 또한 대학 진학 후에 얼마든지 해외를 볼 수도 있다. 단지 부모나 사회가 그러한 여유를 부리는 일들을 저해할 뿐이다. 초등학생의 절반이 부모와 대화하는 시간이 하루에 30분이라는 보고가 있다.

문제는 청소년들에게는 서운하게도 어느 정도 교육을 받아야 될 의무가 있다. 그러나 우리나라나 일본처럼 귀족 유치원에서 시작해서 명품대학에 가고 법관, 의사, 삼성직원을 만드는 것이 솔직히 무슨 교육인가? 청소년들에게 가장 중요한 것은 명품 대학이나 명품들이 아닌 바로 부모와 자녀와의 대화, 선생님과 교우들의 멋진 추억들이 더 중요하다. 왜냐하면 귀족 유치원에 간다하여 둔재가 천재가 되는 것도 아니고, 둔재가 S대에 가는 것도 아니기 때문이다. 더구나 요즈음에 의사나 법관이 되어도 별 볼일이 없다. 이러한 사회적 환경이 우울증을 만들고 스마트폰 중독자를 배출할 뿐이다.

어찌되었든 블로그를 만들어 오만 잡생각을 만들고, 그렇지 않아도 바쁜 일상 속에서 정신을 집중하여 일에 몰두해도 부족한데 분심을 만들고, 서로 쌍방 간에 분노를 사서 만들어 마음의 상처를 받는다. 쉽게 말해 개고생들을 한다. 회사에서도 젊은 사람들은 컴퓨터상에서 업무시간에 게임을 하거나 차 구경을 한다. 심지어 광주에 사는 이 아무개는 부산에 사는 저 아무개를 찾아가 이념의 차이로 인해 그를 살해했다. 그것을 보면 참으로 한심한 것이 '인터넷 채팅'이라는 사실이다. 이러한 사람들이 애국한다고 생각할지 모르지만, 심리적으로 '공격성'을 제대로 표출하는 동물과 똑같은 짓이다. 서로 빨갱이라고 하는 것을 보면 6.25를 금방 이해할 수 있을 것 같기도 하다.

'전라도 홍어!'

'경상도 고래 고기!'

'전라도 빨갱이!'

'경상도 과메기! 빨갱이!'

쓰기도 힘든 단어들을 서로 주고받는다. 젊은 사람인지 노인인지 알 수도 없다. 얼굴이 안 보이니 말이다.

처음엔 그런 대로 성의를 내어 열심히 글을 작성해 올리고, 성의를 낸 글에 탄복하여 한두 명의 댓글이 올라오다가, 어쩌다 수십 명 이상이 올라오면 '인정받았다'는 느낌에 사로잡힌다. 자신이 스타가 된 양 즐거워한다. 그리고 기분이 좋아지는데, 그 기분은 일시적이다. 다시 아무도 찾지 않으면 '화와 분노'가 생겨서 자신을 괴롭힌다. 스스로 '인정받고 싶다'는 욕구에 혼자 인정받은 날은 기분이 좋아지고, 인정받지 못한 날은 괴로워하다가 동생이나 친구에게 화풀이를 한다. 인정받은 날의 기분이 좋아지는 쾌락은 오래 가지 않는다. 마치 마약 중독자와 비슷하게 된다. 즉 블로그 중독이 되어가는 것이다.

하루의 일상이 인터넷 기사와 블로그 때문에 춤을 추고 생체 리듬은 엇박자로 흐트러진다. 사실 유명인들은 악성 댓글에 시달리고, 비유명인은 인정받지 못함에 시달린다고 한다. 이제는 영리한 유명인이나 개그맨들은 자신의 인기가 100%여도 50%라는 것을 안다. 그놈의 컴퓨터 때문이다. 댓글의 50%가 욕설이기 때문이다. 50% 중 진실하고 정중한 팬은 30%도 되지 않는다는 것이다. 더구나 인기 있는 TV 시청률이 겨우 25~30%이므로, 의사들이 나와서 진행하는 진료 상담의 경우 1%도 되지 않는다는 것이다. 그런데도 동료 의사들이 텔레비전에 나가면 고시에라도 합격한 듯 술을 사고 밥을 사고 난리가 아니다. 세상에 사는 모든 사람을 연예인으로 만드는 것이다. 컴퓨터의 위력이다.

"이경×! 넌 앞니가 너무 튀어나왔어, 경상도 무식……." "박 모! 넌 바보 같아, 주제를 알라, 살 빼!" 등등 이상한 말로 사람에게 상처를 주고 원숭이로 만든다. 상처뿐인 소통일 뿐이다. 사실 소통이라고 할 수 없는 것이, 자신에게 불리하면 카페나 블로그를 탈퇴하면 그만이어서 쌍방 소통도 아니다. 무책임과 무책임이 만날 뿐이다.

보통 평범한 일반인들은 자신이 쓴 글이 '아! 멋이 있어요!'라고 인정받으면 유명인과 똑같이 자신을 더 멋지고 아름다운 사람으로 표현하려고 애를 쓰게 된다. 유명인들은 텔레비전과 인터넷에서 처절하게 유명세를 올리려고 난리다. 이번엔 아름답고 멋지게 보이고 아름답게 써야지, 또는 이번에도 멋지고 좋은 사진과 글귀를 올려야 되는데 '뭐 새로운 아이디어나 기막힌 아이디어 및 괜찮은 아이디어가 없는가?' 생각하게 되고, 그러다 보면 팬들의 기대에 맞춘 '자기'를 만들어낸다. 사실 그 '자기'는 남들에게 보이기 위한 자기 자신일 뿐이다. 즉 정신과적으로 말하면 또 하나의 가공의 가면(persona)을 만드는 것이다. 전부 인정받고자 하는 욕구에서 나온 것이므로 사실의 '자기(self)'가 아니다. 그런데도 우리는 한 명이든 두 명이든 "○○님! 글과 사진이 매우 멋져요!"라는 팬들의 댓글에 속고 말며, 오늘은 한 명이지만 10년 후엔 수억 명이 될 거라는 희망 비슷한 헛된 욕망에 사로잡힌다. 헛된 욕망을 이끌어가는 주체는 헛된 망상이다.

즉 잘못된 꿈은 망상을 낳고, 망상은 헛된 욕망의 덩어리다. 정신과적 망상은 '말도 되지 않는 거짓된 믿음'으로서, 칼바움(Kahlbaum)이 1863년 편집증(paranoia)이라는 말을 최초로 사용했다. 이는 불교에서 말하는 일반적인 망상과는 조금 다르다. 그는 그리스어 para-nous에서 유래하는 '제 정신이 아닌 마음(mind beside itself)'으로 정의했다. 그래서 그 다음날도 또 그 다음날도 인터넷에 빠져 가공된 자신을 만나게 된다. 자신을 광고하게 되고 자신에게 속는 방이 바로 자신의 블로그로서 온갖 세상의 번뇌와 불안이 지배한다. 그러므로 실제의 자신이 아닌 또 다른 자신을 초대한 것이 된다. "좀 더 나아지겠지. 이는 새로운 성공을 하기 위한 과정이며, 괴롭힘의 끝은 쾌락과 유명함과 인정받음의 통쾌함이야."라고 혼자서 되뇌며 열심히 쓴다. 이런 자들은 스스로 고통을 불러일으키고, 스트레스를 증가시키고 있다는 것을 모른다. 도파민 중추를 자극시키는데 쾌락 중추를 자꾸 건드려서 중독되는 것이다. 또한 유명인이나 일반인이나 똑같이 자신이 무슨 신이라도 된 듯 자신을 미화시켜, 자신을 하나의 알지 못할 가공 인간(persona)으로 만들어버린다. 유명 연예인이 탄생하는 순간이다.

그런데 요즈음엔 정말로 자기도취인지 아닌지 잘 모르겠지만, 자기 자랑하는 사람들이 예전에 비해 많아졌다. 어떻게든 자기 자신이나 자신의 소유물들을 팔려고 하는 듯하다. 또한 미국이나 다른 선진국을 여행하면서 느낀 점인데, 인터넷이 없는 호텔도 많고, 설령 있더라도 속도가 엄청나게 느리다. 한국인은 현찰도 많이 가지고 다니지만, 비싼 스마트폰을 소유하고 있어서 부자인 줄 알고 살인강도의 표적이 된다고 한다. 그래서 해외여행 시 스마트폰을 감추고 다니는 것도 강도나 소매치기를 피하는 방법이라고들 한다. 자기도취에 빠진 순간 자신과 생각을 달리하는 사람과 정치적으로 반대의견을 가진 사람들이 나타난다. 그리고 끈질기게 따라다니며 악성 댓글을 붙이거나 홈페이지 메이크업 광고업자들이 붙는다.

"피라미 선생은 우리 회사의 홈페이지를 보시고 제대로 홈페이지 관리를 해드릴 테니 한번 방문하세요. www. OO광고 회사. co. kr. 잘 부탁드려요."

"피라미 선생! 역시 빨갱이군요. 당신 같은 사람은 이 나라에서 죽어야 돼요!"라는 댓글을 만나게 되는데, 이런 댓글은 좀처럼 물러나지 않고 화를 돋운다. 하루 종일 기분을 망치게 하는 댓글들이 수없이 올라오자 이 자들을 스팸 처리하기로 마음먹고 스팸 처리를 한다. 어느 날 갑자기 블로그를 닫고 비공개 처리를 해버린다. 막상 블로그를 폐쇄하고 보니 '내가 지금까지 무엇을 했던가?' 하는 허무함이 밀려온다. 그리고 블로그를 폐쇄한 것에 대해 사과 말씀을 보낸다. 지우지 않는 폐쇄된 블로그는 지구 공간에서 유성처럼 떠다닌다. 막상 그렇게 하고 보니 지금까지 자신이 했던 행동이 참모습이 아님을 느낀다. 그렇지만 한편으로 시원섭섭하다. 참으로 한심한 모습들이다. 광고의 댓글들은 해킹당한 나의 정보를 보고 광고회사에서 연락을 취한 것들이었다.

친구들이 자신을 싫어하면 어쩌나 싶어 자신을 미화했고, 자신이 타인에 대해 관심 없고 차가운 사람이 아니라고 생각하지만, 블로그를 유지하기에 힘들다는 생각이 더 많아진다. 거짓으로 타인들에게 관심 많고 흥미 있는 척했던 자신을 탓하며 마음을 닫아버리고 인터넷을 통해 상처받은 마음을 달랜다. 부끄러움이 밀려오지만 마음을 다스리며 '다음 주 주말엔 블로그 대신 산에나 가야지!' 하고 달랜다. 다음 주가 흐르고, 그 다음 주에 다시 망각하고, 인터넷 블로그에서 욕망을 키우며 중독되어가는 것이다.

우리는 현대사회에서 SNS나 블로그 같은 가공의 세계를 만들고 살면서 스스로에게 마음의 상처를 내고 살지는 않는지 되돌아보아야 한다. 결국 컴퓨터 회사나 인터넷 발명자들의 뱃속을 채워주는 일만 하고 있는 것이다.

그러나 스마트폰이 꼭 이러한 나쁜 기능만 있는 것은 아니다. 여론을 만들고, 서로를 위로하고, 사랑하는 사람을 인터넷에서 만나서 결혼하고, 갑들의 횡포를 고발하고, 정보를 찾아보고, 선한 친구를 사귀고, 세계 각국의 사람들과 대화를 하고, 응급환자를 구조하고, 세계여행을 할 때 구글 맵을 활용하기도 하고, 무료 통화를 하고, 세계평화도 하소연하고, 후원도 하고, 자신의 슬픔을 호소하고, 노인들의 치매를 예방하고, 소통을 통해서 자살도 예방이 되는 좋은 기능들이 있다.

스마트폰과 핵 및 성경은 비슷하다. 잘 사용하면 좋은 것이지만 잘못 사용하면 무기가 된다. 컴퓨터 자체가 무기에서 출발한 물건이다. 그래서 과학이 발달할수록, 다양화가 될수록, 세계화가 될수록 절제하고 서로가 인격적인 대접을 하는 사회가 되어야한다. 편리해질수록 절제와 타인에 대한 존중이 절실해지는 것이다. 편해질수록 예의가 필요하다. 겸손하고 친절하며 온유해질 수 있도록 자신을 통제하고 성숙시켜야한다. 청소년들은 부모나 학교 선생님과의 대화를 늘리고 부모와 학교 선생님들은 아이들의 다양성을 인정해주어야 한다.

가장 인상적인 스마트폰의 좋은 기능은 진도 앞바다의 세월(SEWOL)호 사건 때 보여준 우리 국민들과 부모님들의 절규와 위로들이었다. 댓글만 보고 있어도 눈물이 저절로 나왔기 때문이다. 여기에 대해서는 너무도 엄청난 사건이어서 길게 이야기를 할 수도 없다. 그러나 한 가지만 지적하자면 마치 한국의 큰 것을 좋아하는 허망한 바벨탑을 보는 느낌이었다. 존재들의 가치들이 돈으로 환산되는 거대한 모래로 된 기초 공사 없는 건축물을 보고 우리 국민들은 한없는 눈물을 며칠 동안 흘렸는지 모른다. 분노, 허망함, 깊은 심연의 슬픔, 보호자들에게 평생 동안 진행될 마음의 상처들이 댓글 속에 들어 있어서 차마 다 읽을 수가 없었다.

　공부를 못하고 스포츠를 좋아하는 아이가 의사나 법관이 된다 한들 무슨 소용이 있겠는가? 될 수도 없지만 말이다. 오히려 성적이 좋지 못한 아이들이 회사를 설립하고 공부를 잘 했던 아이들을 고용하고 있는 현실을 볼 때 아이들의 다양성을 인정하는 것은 대단히 중요하다. 그것이 오히려 사제지간과 부모관계에서 아이들에게 많은 추억의 시간을 만들어 낸다. 스마트폰이라는 물건이 좋은 것인가 또는 나쁜 것인가 하는 것은 여전히 의문으로 남는다.

　그것의 정신적으로 해로운 역기능과 이로운 순기능은 순전히 사용자인 사람에게 달려있기 때문이다. 또한 스마트폰 중독자는 인터넷 회사에도 정신과 의사에게도 돈이 된다. 중독자는 여러모로 손해이고, 가끔 사용하는 정보 이용자에게는 이득이 된다. 사회는 세계화, 다양화, 구심점 없는 바다를 누비는 항해의 가치화, 부유하는 분절들, 개성화, 민주화가 되어버린 것이다. 우리 서로에게 건강한 대화와 사랑스러운 꽃이 되어 보자는 말로 이 부분(chapter)을 마감한다.

돌멩이 하나에도 사람은 죽을 수 있다
(동남아시아와 일본)

일본과 나는 참으로 악연이 많다. 초등학교 시절부터 선생님들에게서 마치 구호처럼 일본은 나쁜 놈이라고 배웠고, 교과서에서도 3.1 운동, 유관순 누님, 학도병, 징용 등을 배웠다. 우리 아버님은 할아버님이 일본 순사에 의해 학살당했다고 일본 이야기를 하면서 분통을 터트리셨다. 심지어 아버님의 동생은 학도병으로 징용되어 갔는데 시체도 찾지 못했다고 한다.

남들은 휴가도 제대로 못가는 의사가 좋은 직업이라고들 하는데 그렇지 않다. 의사란 직업의 특성이다. 일반인들이 보면 호강에 초쳤다고 할 것이다. 그러나 많은 사람들이 불쌍한 직업이라고도 말한다. 간호사들은 이미 의사들이 잠 못 자고 레지던트와 인턴 생활을 하는 것을 보았기에 아이들에게 '절대로 의사를 시키지 않겠다.'고 하는 사람들이 많았다. 요즈음은 대형병원 중심의 의료 정책 때문에 조그마한 의원을 개업하면 30%가 문을 닫는다고 뉴스에 보도된바 있다. 하루에 3개가 개업하면 하루에 1개가 힘들어한다는 뉴스였다. 심지어 광주, 대전 등을 중심으로 개업해서 실패한 의사들이 자살했다는 보도가 있었다. 대형 로펌회사 때문에 변호사는 더 심하다고 한다. 비교적 나는 운이 좋은 것 같아 신에게 감사드린다. 실제로는 실력이 아니라 운이었다.

'여행이란 원래 자유로운 것이어서 조금은 들뜨고 즐기고 긴장이 풀어지는 그런 상태가 되어야 하는데…….'

'모처럼 유럽에 갈 기회인데 또 일본이나 갔다 오란 말인가? 난 왜 이토록 바쁘게 살아야만 하는가?'

여행지에 가보면 20~30대 젊은 실업자들의 천국이다. 아마도 부모님들이 부자들인 모양이다. 결혼 안 한 젊은 한국 배낭족들이 자신들은 남아도는 잉여 인력이라고들 하며 즐겁게 지내는 것을 심심치 않게 만난다.

왜 우리는 저런 시대에 태어나지 않았을까? 50대 중반의 내가 볼 때는 부럽기 짝이 없다. 여행을 하다 보면 여행의 즐거움 때문에 돈보다 시간이 얼마나 소중한 것인지를 느낄 수 있다. 인생에서 돈을 버는 시간이 얼마나 많고 허망한 것인지를 아는 사람은 잘 알 것이다. 또한 젊은 세대는 죽어라고 일만 아는 50대와 60대의 일 중독과 부동산 투기꾼 아빠나 엄마와 달리, 해외여행을 하며 인생을 즐길 줄 안다. 20대와 50대는 완전히 다른 세상을 산다. 홋카이도의 기억이 가물가물해지지만, 홋카이도는 마치 귀신에 홀린 듯이 나를 황홀케 했으며 때로는 대단히 위험하기도 했다.

여행하면서 말없이 걷다가 자연을 통해 자신을 돌아보고 느끼며 글을 쓰다 보면 가장 쉬운 말과 글로 만들어진 쉽고 간단한 영상 앨범들이 하나 만들어지곤 했다. 그래 보았자 여전히 글쓰기란 어렵다. 글을 쓰는 개인적인 이유는 쓰다보면 '내가 왜 과거에 그렇게 살았지?' 하며 반성하게 되는 점이 참 좋았다. 우리가 살아가야 할 이유를 알게 되는 순간이 있는데, 자신이 무의미하고 소모적인 존재가 아니라 무언가 도움이 될 수도 있는 존재임을 깨닫게 되는 순간이다. 다른 사람과 더불어 살아가면서 사랑을 느낄 때인 것 같다. 그래도 그렇지, 일상 속에서 환자를 보며 지내는 시간이 때로는 행복하지만, 때로는 지루하기도 하다.

'에라 모르겠다. 일본의 북쪽 끝에 가보자.'라고 중얼거려본다.

여행의 목적은 무엇일까? 휴식, 모험, 신기하고 이상한 체험, 다른 나라의 역사나 민족성에 대한 호기심, 문화에 대한 이해 등 여러 가지를 들 수가 있다. 내가 홋카이도를 꼭 가야 되는 이유는 없었다. 국내 여행은 유명한 곳은 거의 다 가보았다. 내 차는 1년에 7만km 이상 달린다. 그래서 아무리 새 차를 사도 금방 중고차가 된다. 주로 산에 가려고 움직이는데, 승용차나 사륜차(SUV)로 자갈길도 마다 않고 달린다.

그토록 아버지나 선생들이 싫어하는 일본에 자주 가는 이유는 이놈의 역마살 때문이며, 그저 시간이 좀 비어서 간 것뿐이다. 이유를 굳이 대야 한다면, 비행 공포가 있는 나로선 일단 유럽이나 미국에 비해서 비행시간이 짧다는 점이 첫째고, 둘째로는 며칠 전에 코타키나발루에 갔다 왔는데 가이드가 사람을 불쾌하게 만들었다. 셋째로는 운명이 충분한 시간을 주지 않는다는 것이다. 넷째로 경제권을 마누라가 쥐고 있다. 2012년에 세계경제포럼(WEF)에서 조사한 한국의 여성 인권 순위가 왜 일본이 101위이고 한국이 108위인지도 모르겠고 이슬람국가인 인도네시아와 방글라데시 및 말레이시아가 100위안에 들어있는지 이해를 못한다. 사실이라면 일본의 영향으로 본다.

재미있는 점은, 일본은 우리나라의 장단점을 함축하고 있는 나라이다. 그래서 일본인들이 한국을 자기 고향처럼 느껴 자주 방문하는 것 같고, 우리 사회가 미래에 어떤 나라가 될 것인가를 가장 쉽게 보여주는 곳도 일본이다. 한국 연속극들이 일본 것을 자주 복사한다는 점 역시 아는 사람들은 다 알고 있다. 일본은 질서 지키는 것을 빼고 배울 것이 없다는 말은 잘못된 말이다. 일본의 여러 가지 문화와 한국의 문화는 서로 주고받고, 서로 가르치고 배우는 관계라는 말이 더 맞을지도 모른다. 비록 적국이지만……, 알게 모르게 젊은 사람들 중심으로 문화 교류가 이루어지고 있다.

동남아 여행을 기피하는 이유 중의 하나는 가이드들이 버스로 관광지로 가는 동안 너무 시끄럽다는 점과 팁을 요구하는 방법이 조금은 유치하다는 점이다. 여행 중에 여러 가지 정보가 필요하긴 하지만, 버스 안에서 가이드가 안내할 때 너무나 많은 정보를 제공하며, 그러한 정보들은 가보지 못한 곳에 대한 신비감을 없애버리곤 한다. 막상 가서 보면 별 볼일 없다는 느낌을 제공하는 결과를 가져오곤 했었다. 마찬가지로 적도 부근의 아열대 지방은 대부분 비슷하다. 또 한 가지는 이러한 시끄러운 안내가 가족들의 담소나 다정한 대화를 차단한다는 사실이다. 이러한 가이드의 안내들이 여행에 대한 관찰자 입장의 중립성을 해치기도 한다. 혼자서 조용히 경치를 주관적으로 감상하는 시간을 빼앗을 뿐만 아니라 가이드의 주관을 강제로 뇌에 주입받게 된다.

또 한국인 가이드들은 반드시 '한국에 대한 욕'을 한다는 점이다. 패배주의 일색의 가이드들은 대서양, 태평양, 인도양을 누비는 세계적 수출 선진국가인 대한민국과 관광객들을 자기 발아래에 놓고 이야기하는 것 같은 묘한 기분이 들어 화가 난다. 패키지 투어의 단점 중 하나일 것이다.

'같은 동족을 욕해서 너희들이 얻는 것이 무언데?'

'민족성이냐? 반도 기질이냐?'

'국내에선 경상도 전라도 하더니, 외국에 나와선 한국과 말레이시아를 비교해? 너희들이 무언데?'라고 말하고 싶지만 다른 사람들의 눈도 있고 같은 된장국과 김치를 먹은 동족이라서 참는다.

다른 지역에 비해 동남아 가이드들은 돈을 버는 방법이 좀 촌스럽다. 예를 들자면, 방콕에서 한번은 가이드가 발마사지를 강요했다. 단체 손님들이 많았는데, 나는 손을 들고 "저는 발마사지가 싫은데요."라고 말했다. 그러자 우리 가족만 버스에서 내리라는 것이었다. 이럴 수가 있냐고 항변했더니 "혼자서 호텔을 찾아가라."라는 짧은 말만 남기고 떠나버렸다. 그래서 나는 태국 언어는 모르지만 영어를 조금 할 수 있어서 겨우 택시를 타고 호텔로 돌아온 적이 있다. 동남아 여행이나 방콕의 좋은 점은 택시 기사들이 친절하고 영어에 능통하다는 것이다. 가족들 역시 불쾌해 했지만, 물어물어 호텔로 돌아오자 안도의 숨을 내쉬었다. 일부 동남아 여행 가이드는 동반자가 아니라 여행 방해꾼이었다.

그 후 동남아 현지 가이드들을 싫어한다. 그래서 가능하다면 우리보다 선진국에서 차를 렌트하여 여행을 하게 되었고, 현지 가이드를 사서 여행을 하려 한다. 그랬더니 가이드 비용이 아까워 그냥 차를 렌트하고 배낭여행을 하게 되었다. 마지막으로 러시아와 같은 위도에 있으면서 남한보다 조금 작은 섬이 홋카이도여서 얼마나 넓은지, 일본이 그렇게 큰 나라인지 궁금했다.

시간이 조금 많이 남는다면 스페인에 가고 싶었다. 스페인은 90% 이상이 가톨릭 신자인 나라이며 아름다운 나라라고들 해서 꼭 가보고 싶었다. 또한 대개 가톨릭의 원산지 국가들은 십자군 전쟁과 커다란 대성당을 소유하여 종교를 통한 침략의 역사를 볼 수 있을 것 같았다. 정신과 의사로서 인간이라는 짐승의 더러운 욕망을 보고 싶었으나 시간이 별로 없었다. 또한 나는 유네스코(UNESCO)가 지정하는 아름다운 역사의 유적물이라는 것이 대부분 인간의 피와 땀으로 희생된 핍박당하고 가난한 자들의 슬픔이라는 것을 잘 알고 있었다. 저명한 역사학자들은 스페인은 잉카 문명과 아즈텍 문명을 가톨릭의 이름으로 말살시켜버렸는데 그 당시 잃어버린 두 문명은 역사적으로 커다란 손실이라고 한다.

"자금성은 경복궁과 비교가 되지 않지? 엄청 크거든……."

"세비야의 대성당은 세계에서 세 번째로 큰 성당인데 비해서 명동 성당은 성냥갑 같아."

"그러면 첫 번째는?" 유홍준 박사가 웃기지들 말라고 하면서 경복궁의 우수성을 설명하였다. 또한 한국의 가톨릭이 유럽의 가톨릭보다 더 순수하다는 사실을 모르는 사람들도 많다. 국내의 천주교 순교지를 순례하지도 않는 작자들의 이야기다. 큰 것에 대한 패배주의와 조상 대대로 내려오는 사대주의가 언제쯤이나 종식될까 궁금하기도 하다. 하지만 일본어의 일부가 백제나 신라에서 전파되었다는 설이 있다. 독립된 한글이라는 언어를 일본에 전파하였고, 정신적으로는 매우 빈곤하지만 경제적으로는 강성하다고 알려진 대한민국이 자랑스럽다. 뭐가 그렇게 자랑스럽냐고? 훌륭한 것은 지구상의 한 점처럼 작은 한국이 다른 대국에 먹히지 않고 존재한다는 사실이다.

전체를 찍으려면 항공촬영이 필요한 세계에서 세 번째로 큰 세비야 대성당.

■ 코타키나발루(kota Kinabalu)

우선 코타키나발루를 소개하자면, 항구 도시로서 사바(Sabah) 주의 주도(Capital City)로 동 말레이시아 북동쪽에 자리하고 있다. 사바 제 1의 도시로 동 말레이시아에서는 가장 현대적인 항구 도시라고 한다. 하지만 깨끗한 데는 깨끗하고 더러운 데는 더럽다. 하와이나 오키나와에 비해서 수준이 좀 더 떨어진다. 사실 코타키나발루가 말레이시아에

속한 것도 모르고 말이 하도 어려워서 선택을 했다. 코타키나발루! 좀 어렵고 매력적이지 않은가?

19세기 말 영국의 사바 전역에 걸친 북北 보르네오 건설로 수난의 역사가 시작되었다. 원래 코타키나발루는 '아피 아피(Api Api=fire)'라고 불리던 작은 마을이었는데, 해적들에 의해 자주 불과 화염에 휩싸여 침략을 받아서 이렇게 이름이 지어졌다. 1942년 일본군의 침략으로 전략적 요새가 파괴되고 전쟁으로 폐허가 되었지만, 1947년 영국의 직할 식민지가 되면서 산다칸(Sandakan)을 대신해 새로운 수도가 되었다.

영국의 흔적으로는 코타키나발루의 탄중 아루 역을 출발하는 북 보르네오 관광열차가 있다는데, 가이드의 방해로 타보지 못했다. 가이드에게 산을 가보거나 열차를 타고 싶다고 했더니, 낚시를 해보는 것이 더 괜찮다고 해서 낚시를 했다. 하여간 동남아는 이런 매너들이 싫다. 싫으면 너 혼자 배낭여행을 하라는 식이다. 같이 왔던 당찬 20대 7인의 아가씨들은 이러한 가이드들 태도에 팁을 줄 수 없다며 배낭여행으로 바꾸는 것을 목격했다. '역시 젊음은 멋있어!'라는 생각이 들었다.

1963년 북北 보르네오가 영국에서 독립하여 말레이시아 연방의 사바 주가 되었고, 1967년 현재의 이름인 코타키나발루로 개명되었다. 시내 중심부가 너무 작아서 걸어서 다닐 수 있지만 날씨가 너무 무더웠다. 문화 유적지는 수준이 떨어지지만 등산, 골프, 트레킹 등 레저 산업으로 세계의 여행객들을 끌고 있다.

또한 버스로 2시간을 가면 사바 여행의 최대 매력인 말레이시아 최고봉(4,095m) 키나발루 산을 만난다. 나는 가이드에게 버스로 이 산의 절반까지 가는 코스가 여행 가이드 목록에 쓰여 있기에 이야기했지만,

자기가 여행 스케줄을 만든다며 거절했다. 나중에 알아보니 기가 막히게 아름다운 산이란다. 사바 주는 적도 기후로서, 아주 더운 날을 제외하고는 32도 이상 올라가지 않으며, 해안가의 밤 날씨를 제외하고 26도 이하로 내려가지 않는다. 물론 내륙이나 고도가 높은 산에서는 밤에 상당히 싸늘하다. 특징적인 것은 이슬람 문화인데 필자가 여행하는 지역에서는 현지인들이 술과 담배를 피우는 것을 보지 못했고 밤이면 가게들이 일찍 문을 내렸다. 가이드 말이 사실인지 모르지만 마약을 하다 발견되면 사형에 가까운 극형에 처한다고 했다.

코타키나발루가 어떤 나라인지 어떤 섬인지도 모른 채 다섯 시간의 비행을 끝내고, 잔뜩 기대를 안고 코타키나발루 국제공항에 내렸다. 적도 부근이어서 2013년 2월은 너무나 무더웠다. 한국인 가이드들이 마중 나와 있었고 공항은 사람들로 붐볐다. 버스를 타고 도착한 호텔에 우리는 짐짝처럼 버려졌다. 현지 시간이 밤 12시경이어서 호텔로 올라가는데 가이드가 여행 팁을 요구했다.

'세상에 이런 법이……, 보통 여행이 끝나고 팁을 달라고 하는데, 여기는 팁을 먼저 받는구나!……. 이상한데……. 내가 패키지여행을 오랜만에 해서 규칙이 바뀌었나?' 하면서 가족 한 사람 당 100S씩 300S을 지불한 것 같다. 다른 사람들도 불만이 많았다. 하지만 첫날이라 항의하는 사람이 없는 걸로 보아 여행 규칙이 바뀐 걸로 생각하기로 했다.

"지금은 방학이고 성수기여서 한국 손님이 너무 많이 와 가끔은 손님도 공항에 놔두고 잊어버려요. 내일부터 안내를 잘할 테니 걱정 마시고 잘 주무세요." 하며 쌩하니 팁만 챙긴 채 자기 집으로 퇴근해버렸다.

"뭐 이 따위 가이드가 있어. 중국인 현지 가이드보다 더 못 하네."라고 나도 모르게 말이 튀어나와 버렸다. 그 순간 얌전한 아내가 내 옆구리를 꼬집었다. "아빠, 또 시작했다." 대학에 다니는 딸도 맞장구를 친다. 하여튼 나는 속이 부글부글 끓었지만 어쩔 수 없었다. '하긴 방콕처럼 또 퇴장 당할지도 모르니까……, 참자! 참아!'

■ 코타키나발루(kota Kinabalu)의 툰구 압둘라만 공원

"아! 사피 섬에 가고 싶어."

"아빠! 웬만하면 참고 가이드가 시키는 대로 해요, 쫓겨나기 전에 ……."

나는 도착한 날부터 밤늦게까지 화가 나서 지도를 보고 있었다. 그리고 혼자 중얼거리는데 대학생 딸이 핀잔을 준다.

툰구 압둘라만 공원은 가야, 마누칸, 사피, 술룩, 마무틱 등 5개의 섬들로 이루어진 해양 국립공원이다. 호텔에 비치된 안내서에는 가야(Gaya) 섬은 실제 툰쿠 압둘 라만 국립공원에서 가장 큰 섬이다. 고목림이 원형 그대로 보존되어 있으며 불리종만(Bulijong Bay)은 해변과 야자수가 어우러져 열대 분위기가 느껴진다.'라고 쓰여 있다.

다음날 5개 섬 중 어딘지 모르지만 사람들이 가장 많은 섬에 우리는 가이드에 의해 버려졌다. 스노클링을 하려고 어떤 섬으로 간다고 말했는데 어딘지 관심이 없어졌다. 나는 키나발루 산과 보루네오 기차를 타고 싶었는데 가이드가 마음대로 일정을 잡아버린 것에 대해 화가 났다. ○○투어 여행사에선 분명히 배낭여행 상품이라고 말했는데, 성수기여서 현지 여행 가이드가 계속 이상한 안내를 하며 배짱부리는 것을 알았지만, 가족들이 산과 기차는 싫다고 해서 참아야만 했다.

"○○투어 여행사에 따지지 마세요, 우리는 스노클링이 좋으니까……. 그 불같은 성격을 고치시고……."

"알았어, 알았다고……. 대한민국은 민주사회니까……."

여행지에선 때로는 위험하고 두려운 일들이 가끔은 생기는데, 이때 가장 중요한 것이 여행 동반자들의 협조와 이해다. 그래서 나는 화를 참고 또 다시 매번 그러하듯 짐을 지키거나 짐꾼이 되었다. 아내와 딸이 예쁜 물고기를 보며 즐길 때, 나는 열심히 옷가지와 달러가 든 지갑과 짐들을 지키는 것이다. 그러나 충성스러운 마음도 잠시, 두 시간이 흐르자 지루해졌다. 나는 불친절하진 않지만 일방적인 가이드에게 짐을 잠시 맡기고 섬 주변의 산에 갔다 오겠다고 했다.

"어르신! 그렇게 인상만 쓰지 마세요. 성수기엔 우리 여행사만 그러는 게 아닙니다. 다 그래요. 둘이면 벗이 있고 셋이면 스승이 있다는데……."

화가 나 있는 나를 보고 40대의 한 ○○ 가이드는 슬그머니 웃으며 말을 건넨다.

"벗! 스승! 좀 웃기는 말이구먼! 산에 좀 다녀오겠소!"

나는 퉁명스럽게 대답했지만 그의 넉살좋음에 마음이 좀 풀어졌다.

"안 돼요! 산에 짐승들이 살고 있는데 그 크기가 어마어마해요. 초식동물이라 물려도 죽지는 않지만……. 저번에도 한국인이 산에서 가만히 있는 도마뱀을 나뭇가지로 건들다가 물려서 병원에 실려 갔어요.

건들면 아무리 순한 놈도 물거든요."

한 가이드의 말을 무시하고 해변을 따라 모래사장을 걸으며 산으로 향했다. 적도 부근의 바다는 옅은 푸른빛을 띠다가 옥색을 띠기도 하며 잔잔하고 아름다웠다. 산에 간다고 생각하니 저절로 콧노래가 나왔다.

'가이드 말대로 이 세상에 필요 없는 인연은 없어. 산에 간다니 무서운 동물이 있다고 겁주네. 도대체 도마뱀이 크면 얼마나 크다고……. 도마뱀! 기다려라! 내가 친구해주마!'

20분 정도 해변을 걸으니 드디어 모래사장이 끝나고 이름 모를 산에서 서양인들이 내려오며 "뷰티풀! 비유티풀!" 하고 외치며 손을 흔들어 인사를 걸어온다. 간단히 서로 어디서 왔느냐고 묻고 헤어졌다. 영어가 서툴러 도마뱀(lizard)이 있냐고 물어보지도 못했다. 물론 "한가 놈이 나를 골탕 먹이려고 헛소리를 한 거야."라고 중얼거리면서 기분 좋게 산에 올랐다. 산이라면 다 좋지만, 바닷가에 있거나 섬에 있는 산들은 정말로 아름답다.

섬 주변의 섬들은 그렇게 크지는 않았지만, 사이사이 바다가 비치고 배들이 떠 있는 절경과 수직으로 선 암벽들은 한 폭의 그림 같았다. 더구나 적도의 산들은 열대 우림과 거미집같이 치렁치렁한 덩굴식물이 주로 많이 분포되어 있어 이국적인 멋이 있었다. 콧노래를 부르며 산길을 걸으니 자연히 마음이 너그러워진다. 그래서 산은 인자仁者가 찾는다고 했다. 심지어 이퇴계는 "산에 드는 것은 좋은 책을 한 권 읽는 것과 같다."고 했다. "한가 놈이 무엇을 안다고……, 쯧쯧." 하며 가이드를 비웃었다. 그리 큰 산이 아니어서 한 시간 반쯤 흐르니 정상이 눈에 들어왔다.

그런데 정상 주변 언덕에 이르자, 무언가 큰 물체가 움직였다. 바로 코앞 30cm도 되지 않는 거리에서 2m가 넘는 커다란 검은 물체가 움직여서 소스라치게 놀랐다. 자세히 보니 이것이 바로 도마뱀인가 싶었다. 넓이도 70cm가 훨씬 넘어 보였다. 순간적으로 온몸이 굳어지고 등에서 식은땀이 흘렀다. '이건 도마뱀이 아니라 악어야! 무서워 죽겠네!' 나는 갑자기 K원장이 떠올랐다. 그는 나와 아주 막역한 사이로 산행 시 항상 동행자였는데, 그와 함께 산에 가면 개를 만나거나, 뱀을 밟거나, 멧돼지를 만나곤 했다. K원장은 전에 광주 무등산에서 개를 만났을 때 저만 살려고 나무로 올라가버린 의리가 강한 친구(?)다. 그래서 나는 살려고 나무 아래서 혼자 개에게 돌을 던지며 투쟁을 해야 했다. 한번은 지리산에서 멧돼지를 만났는데 이렇게 말하기도 했다.

"저놈도 떨고 있어! 이번엔 돌을 던지지 마라!"

"……. 그러면 어떻게 해!"

그때도 사시나무 떨듯 떨었었다.

"그냥 노려보고 있기만 하면 돼!"

그래서 우리는 그 자리에 서서 커다란 지리산 멧돼지를 노려보았다. 다정하게 서로 팔짱을 끼고 되도록 큰 물체로 보이게 했더니 멧돼지는 사라졌다. '지금 이 순간 배신자 K원장이라도 있었으면 좋겠다.'라는 생각이 들었다. 나는 마음속으로 동반자를 생각했고, 동반자가 없음을 원망하고 있었다. '이 세상에 쓸데없는 사람은 한 사람도 없다던 아버지 말이 맞구나! 한가 놈 말을 들을 것을…….' 별의별 생각이 다 들었다. 1분도 못 되는 시간인데 '도마뱀이 나를 물면 나는 타관 객지에서 객사하겠구나!' 하는 생각이 들었다. 그때였다. 도마뱀이 커다란 발을 들어 한두 발씩 내게로 다가왔다. "1분이 이렇게 100년 같다니……." 하고 중얼거리는데 동시에 K원장의 말이 떠올랐다. "동물에게 등을 보이면 안 돼! 등을 보이는 순간 무는 거야!" 이것이 바로 멧돼지 퇴치법이었다. 그런 생각을 하는 찰나, 머릿속에서 삼라만상이 지나가고 있을 바로 그때! 도마뱀은 한참을 노려보더니 등을 돌려 도망쳤다. 나 역시 등을 돌려 한 시간 반 이상 걸리던 등산길을 등 뒤로 하고 삼십육계〔三十六計 走行第一〕를 했다. "나만 무서운 것이 아니야! 잿놈도 무서웠을 거야."라고 외치면서 말이다. 하산하는 데 30분도 걸리지 않았다.

더운 날씨에 힘껏 뛰었더니 땀이 흘러내렸다. 잠깐 바닷가에 들러 한숨을 크게 쉬고 마음을 진정시켰다. 그리고 난 후 베이스캠프로 돌아오자 한 군이 반긴다.

"어르신! 구경 잘하셨어요. 도마뱀 있던가요?"

"아니! 도마뱀은커녕 도롱뇽 한 마리도 없더구먼."

"이상하네! 어쩔 땐 떼로 몰려다니는데……?"

"떼로……?"

'떼로?' 사실 깜짝 놀랐다. 한가 놈이 꼭 도마뱀에 놀라서 도망치는 나의 뒷모습을 목격한 것 같아 얼굴이 후끈 달아올랐으나 천연덕스럽게 거짓말을 해버린 것이다. '둘이 가면 벗이 있고 셋이 동행하면 스승이 있더라! 맞는 말이야!' 우리는 살면서 여행 가이드처럼 만나서 쉽게 헤어지는 사람이 있는가 하면, 부부와 형제나 부모 같은 가족들과는 한번 만나 평생을 동행한다. 관계란 참으로 중요한 것이지만, 미스터리이기도 하다.

그러나 우리 사회에는 강자의 입장이 되면 일방적으로 리드하는 지도자와 한가 놈 같은 갑과 을을 바꾸어 버리는 겸손하지 못하고 타인들을 자기 마음대로 조종하려고 하는 사람들이 너무도 많다. 의사가 서비스업이고 봉사하는 입장인데 대학병원에 가면 약한 환자의 괴로운 마음은 몰라주고 명령하는 식으로 대하는 것도 우리 사회의 미성숙함일 것이다. 환자에게 불친절한 것은 제쳐두고 젊은 의사가 노인네에게 큰소리를 치는 것은 의사인 필자도 참기 어렵다. 의사는 벼슬이 아닌데 벼슬이라고 생각하는 의사들도 꽤 있을 것 같다. 나 역시 그런 순간들이 있었을지도 모른다. 타인들은 나를 일깨워 준다. 가족이 원수가 되기도 하고 생판 모르는 동행자가 도와주기도 하는 이 세상은 확실히 미스터리의 천국이다.

■■ 홋카이도

나는 '숲의 시계는 천천히 시간을 새긴다.'라는 말로 유명한, 일본을 대표하는 극작가 쿠로모토 소우의 드라마 '상냥한 시간'과 라라 파비앙(Lara Fabian)의 '밤비나(Bambina)'라는 노래가 흐르는 '바람의 정원'이라는 드라마, 이 두 일본 드라마에 중독되어 있었다. 개인적으로 일본 사람을 '일본인'이라고 부르지 않고 '일본놈'이라고 부르는 자인데, 어쩌다가 본능적으로 일본에 중독되어가고 있었다. 아베 총리 같은 정치인을 '머저리, 바보, 천치, 원수'라고 생각하는 사람이지만, 반면에 극작가 쿠로모토 소우의 작품은 화면 처리가 상당히 미학적이라고 생각한다.

또 대부분 홋카이도의 후라노가 배경이어서 화면이 매우 아름답다.

'상냥한 시간'과 '바람의 정원'이라는 드라마는 한국 드라마같이 화려한 안방만 있으면 되는 세트장과는 달리 세계적인 스키장이 있는 후라노가 배경인데, 아름답고 잔잔해서 컴퓨터나 비디오를 틀어놓으면 잠이 올 정도다. 화려한 안방의 배경이 아닌 거대한 스케일의 겸손한 자연들이 배경이 되는 것이다. 일본 드라마는 탄탄한 시나리오와 이미 일본에서 베스트셀러가 된 소설을 기반으로 한 드라마가 많기 때문에 상당히 교훈적이다. 일본 드라마의 배우들이 한국 배우들에 비해 못생긴 반면, 일본 드라마의 시나리오 내용이 섬세하고 탄탄하다는 점은 한국 드라마 작가들이 배울 만하다. 일본 드라마는 항상 감사와 배려라는 교훈으로 끝나기 때문에 식상해 있는 사람들도 많을 것 같다. 이것은 일본이 우리 보다 인구수가 많고 작가들도 많아서 소재가 다양할 것이라고 추측해본다.

일본은 전통을 매우 중요시하는데, 모두 다 한국이나 중국에서 흡수한 불교와 유교 및 도자기 문화를 그대로 지금까지 간직하면서 그 위에 서양문화를 모방한 형태이다. 그들의 언어 속에는 엄청난 외래어와 한국어가 믹스되어있다. 반면에 우리는 세계화를 겪으면서 유교나 불교를 후딱 던져버리고 바로 영어권의 문화를 흡수한다. 그래서 일본보다 경로사상이나 배려와 친절 같은 사소한 것을 버리고, 어깨를 으쓱하며 'NO'라든지 싫다든지 하는 제스처를 금방 배워버렸다.

스위스나 유럽 사람들이 일본을 '천국'이라 하는데 거기엔 이유가 있다. 자기 나라에서 받아 보지 못한 '노인에 대한 접대'와 '친절과 전통' 때문에 감탄하는 것이다. 사실 중국과 한국이 동양의 학문과 전통의 원조인데도 중국인의 사기성과 한국인의 경솔한 '후딱 버리기' 문화 때문에 우리가 서양의 관광객을 모시는데 실패하고 있는 것이다. 사실 놀러 다니는 서양인들이 공부하러 일본에 가는 것이 아니므로 일본인의 굽실거리는 배려 속에 잠재된 상술과 공격성을 이해할 필요는 없다. 친절해서 기분 나빠할 사람은 없으니까 말이다. 서울에서 총알택시 한번 타 보면 한국에 두 번 다시 오고 싶은 외국인 관광객 또한 없을 것 같다.

홋카이도에서 내가 느낀 것은 딱 세 가지다. 첫째로 우리나라 경상도와 전라도 합쳐놓은 것보다 더 크다는 것이고, 그래서 관광지 한 군데를 보려면 렌터카로 왕복 여섯 시간이 걸리며, 둘째로 눈의 높이가 2m가 넘는 2월이어서 눈밖에 볼 것이 없었다는 점이고, 셋째로 일본 어디를 가도 사람들이 친절하다는 것뿐이었다. 딱 한마디로 요약하면 '더럽게 크다!'였다. 오기 전에 네이버의 여행소개 글귀를 보고 짐작은 했지만, 이 정도인 줄은 몰랐다. 무슨 시베리아 벌판 같다.

몇 번이나 눈길에 차가 밀려서 사고로 죽을 뻔했지만 살아 돌아와 이 글을 쓰고 있다. 삿포로의 휘황찬란한 야경, '러브레터'의 추억인 오타루, 홋카이도 여행의 베이스캠프인 아사히 카와, 하얀 언덕의 마을인 비에이(여름엔 녹색 언덕), 라벤더의 향기를 풍긴다는 후라노는 하얀 빛이었다. 홋카이도를 대표하는 온천 마을인 노보리 베츠와 유황냄새 시큼한 지옥계곡, 역사와 낭만의 도시인 프랑스 풍 하코다테, 도쿄보다 사할린이 더 가까운 일본 최북단인 왓카나이 등이 있으나 모두 다 가보지는 못했고 몇 군데만 들렀다. 잘하지도 못하는 운전을 죽어라고 했고, 모든 색깔이 화이트인 설국 홋카이도만 보고 왔다. 물론 힘들었지만 즐거웠다.

개인적으로 인상적인 곳은 삼포능자(미우라 아야코)를 기념하는 삼포능자 문학관이었다. 삼포능자가 쓴 『빙점』은 우리나라에도 소개되어 큰 화제를 불러일으켜 중학교 때 읽어보았지만 나이가 어려 이해하기 어려웠다. 우연히도 이분의 문학관인지 기념관인지 모르지만, 어렸을 때 본 『빙점』 이외의 수많은 그녀의 낡은 책들이 전시되어 있었다. 살인범의 자녀를 데려다 키운다는 내용과 의사인 남편이 바람피운다는 이야기 같은데, 기억이 잘 나지 않는다. 중학생 생리에 맞는 책은 아니었던 것 같다. 삼포능자는 우리나라 최인호 작가처럼 말년엔 성경과 관련하여 책을 많이 써낸 듯하다.

삼포능자(미우라 아야코)의 문학관 정문.

그분의 고향이 아사히 카와라고 한다. 문학관 뒤편의 눈길을 걷는데, 하늘을 향해 곧게 뻗은 나무들과 숲의 경치가 유럽(핀란드)이나 캐나다에 온 듯했다. 아사히 카와 시는 도시는 작지만 커다란 눈의 벌판이어서 러시아의 도스또옙스키가 생각났다. 나는 '폭설이 한번 쏟아지고 꼼짝없이 이러지도 저러지도 못하면 집에서 책이나 쓰며 글자들을 조립시켰을 거야. 눈에 갇혀서 외로워지면 사람의 마음이 맑아지고 차분해져서 펜을 들었을 거야.'라는 생각을 했다. 알게 모르게 사람은 자연을 닮아가는 것 같다.

눈 때문에 발이 무릎까지 빠진다는 점과 한국 학생인지 일본 유학생인지는 모르지만 줄곧 KAL기 안에서 삼포능자의 원서를 읽고 있는 남학생을 보았다. 호기심으로 '일본인이냐? 한국인이냐?'고 묻고 싶었지만, 그 다음 말이 생각나지도 않을 뿐더러 일본어가 서투른 나로서는 물어볼 엄두가 나지 않았다. 돌아오는 KAL기 안에서 그 학생은 여전히 삼포능자의 원서를 읽고 있었다. 만일 일본어를 잘했다면 삼포능자의 팬으로서 같은 공감대를 분명 공유할 수 있었으나 '일본인이냐? 한국인이냐? 정말 언어는 장벽이다!'라고 속으로 되뇔 뿐이었다.

일본은 보편적으로 도로공사에서 고속도로의 눈을 잘 치워준다. 정말로 합리적인 나라여서 눈이 쌓이면 바로 차들을 통제하고 눈 청소부터 한다. 그래서 고속도로 노면은 항상 눈이 치워져 있다. 개인적으로 응급 체계와 배려 시스템은 세계 1위라고 생각한다. 세월호 같은 사건이 생길 수 없는 나라이다. 필자는 일본 찬양론자가 아니다. 보고 느낀 대로 쓸 뿐이다. 그러나 톨게이트 입구에 20km라고 쓰여 있는데, 한번은 40km로 달리다가 차가 미끄러지는 바람에 벽과 충돌할 뻔했다. 입구의 눈을 조심해야 한다. 또한 오키나와와 다른 점이 많다. 오키나와는 국제도시여서 관광객을 환영하는 분위기이다. 한인에 대한 차별을 느끼지 못했고, 자동차 속도가 거의 대부분의 거리에서 60-80km를 유지한다. 그런 반면에 홋카이도는 무언가 한인들을 깔보는 냄새가 난다. 또한 고속도로에서 140km 이상 밟아도 단속하지 않는다.

　물론 그들은 현이나 시로 우리와는 명칭이 다르지만, 도시의 주민을 서구적 의미에서의 시민이라고 생각하는 것은 일본 도시에는 적합하지 않다. 서구의 광장 토론으로 만들어진 시민의식이 아닌 것이 해외 자유화를 기준으로 민주주의 30년 역사의 한국과 유사하다. 일본의 도시는 도쿄와 2~3개의 거대도시를 제외하면 커다란 시골마을이라 할 수 있다. 일본의 지역마다 다른 인형과 만화 같은 상징들을 보면 단순하면서도 섬세하며 상징적이다. 또한 일본의 민요나 노래 역시 매우 단순하여 웃음이 나올 정도이다. 우리로서 굉장히 부러운 것은 그들에겐 마을마다 공산당 같이 끈끈한 공동체 의식이 있다는 점이다. 마음에서 우러나온 공동체인지 아닌지는 모르지만 표면상 그렇다. 물론 도쿄나 교토 같은 도회지는 우리나라의 서울과 마찬가지일 것이다. 소외된 인간의 고독한 도시 말이다. 이 이야기는 그 지역의 특성이나 전통이 달라서 도시마다 특성이 있고 축제도 전통에 따라 하는 것을 보면, 그들은 전통을 대단히 중요시 여긴다는 말이다. 그리고 매우 단순한 것들을 현대적으로 살려가고 있다. 일본의 도시는 도쿄와 2~3개의 거대도시를 제외하면 커다란 시골마을이라 할 수 있다. 도쿄와 2~3개의 거대도시란 동경과 교토를 중심으로 한 도시 체계로서 1개 도(道)가 있는데 홋카이도北海道, 도 밑에는 시와 군으로 구성되어 있다. 1개 특별 도都인 동경도東京都가 있고, 동경도東京都는 우리나라의 서울시를 포함한 서울 위성도시(용인, 광명, 안산 등)를 포함하는 뜻으로, 동경 특별구 23개 구(우리나라 서울의 구와 같음)와 많은 시와 구로 구성되어 있는 듯하다.

또한 2개 특별 부府인 오사카부大阪府와 교토부京都府가 있어 복잡했다. 오사카 부를 예로 들자면, 서울과 같이 오사카를 중심으로 한 오사카 위성도시들이다. 똑같은 이야기인데, 예를 들어 광주로 설명하면 광주광역시를 중심으로 화순, 장흥, 목포, 고창 같은 지역은 광주와 가까우니 광주 부류에 속하는 것으로 하자는 약속인 듯하다. 부산 사람을 중심으로 설명하면, 오사카부大阪府는 우리나라의 부산을 포함한 부산 위성도시로, 오사카시와 오사카 위성도시인 많은 시와 군으로 구성된다고 할 수 있을 것이다. 그 외에 43개의 현이 있다.

오키나와의 평화공원에 가면 일본군을 기념하는 일본 군인의 명패가 달린 묘지는 있지만, 한국인인데 일본을 위해 싸운 사람들의 명단은 음각된 조선인 희생자 이름 447명(남한 365명, 북한 82명)뿐이다. 선조들의 잊지 말아야 할 슬픈 운명이 있다. 오키나와는 1945년 태평양전쟁 막바지에 가장 치열한 전장이었다. 당시 희생자 25만여 명 중 조선인들도 상당수 포함돼 있다. 강제노역이나 학도병으로 끌려왔던 조선인은 1만 명에 달했다. 그중 447명(남한 365명, 북한 82명)만이 기록되어 있는 것이다.

일본 군인의 명패에는 친절하게도 출신 지역들이 적혀 있다. 명패에는 현과 마을 이름이 기록되어 있다. 일본이 자랑하는 에도 문화나 사무라이 문화라는 것은 별것이 아니다. 사실 전부 파벌 싸움이다. 일본에서 살아본 적이 없는 필자가 일본인을 평가하는 것은 무리이지만, 일본은 도시를 중심으로 한 시민의식이 있는 건지 없는 건지 구분하기가 힘들다. 현청소재縣廳所在 도시라고 하듯이, 그 현에 있어서 가장 큰 도시라 하더라도 주민의 대부분은 토박이와 타관 사람과의 구분, 토박이라 하더라도 각각의 지구마다의 구분에 의해 분명하게 나뉘어 있다. 이해, 관심, 흥미, 연대감 등도 그 단위마다 발생하고 일상의 기분을 만들어가기 때문에, 이것은 도저히 시민의식이라 할 것이 못 된다. 무라나 마치라는 마을 단위의 이해관계가 얽힌 파벌은 지금도 지속된다.

문제는 질서정연하고 꼼꼼한 일본인들의 천성을 보고 미국을 중심으로 한 서양이나 유럽 나라들이 일본이 한국보다 더 전통이 살아 있고 현대화되어 있다 하여, 한국의 '선비 문화'보다 '사무라이 문화'를 더 인정해주는 듯한 일이다. 미국이 국방과 안보 및 외교의 제일 주자를 일본으로 보고 있다는 점은 매우 서운한 일이다. 속내(혼네, ほんね)는 '선비 문화'보다 '사무라이 문화'와 더 비슷하지만 큰 차이가 있다. 사무라이 정신이 '천황을 따르고 마을을 위해서 수단 방법을 가리지 않고 이기지 못하면 자결하는 것'이라면, 선비 정신은 '백성을 위하여 글을 깨우치고 배운 자로서 참수당해도 좋다'는 정신이므로 선비 정신이 훨씬 우월한데, 그 점을 우리는 잊고 살며 서양인도 몰라준다. 이미 사무라이 문화는 미국이나 유럽의 영화 산업이나 문화에도 영향을 주고 있다.

이야기가 자꾸 이상한 방향으로 흐르는데, 어찌되었든 '천황제도→사무라이 문화, 군주에 대한 복종→지배자에 대한 두려움, 단결, 민족성, 타인에 대한 존경과 배려는 있지만 타국에 대한 배려 없음→근대화를 위한 전쟁 도발, 남성중심 사회 유포, 여성 비하, 위안부→미국의 원자폭탄 투하→전쟁에 대한 참회 없이 우리가 미국보다 먼저 근대화되면 세계를 먹을 수 있었다→일본의 전체주의적 또는 사회주의적 민주주의(사무라이 같은 죽음으로 대변하는 의리사회)'로 발달한 듯하다.

　도쿄 전력과 정부가 결탁하여 후쿠시마의 원전 사태를 시민들에게 감추는 것도 사무라이 문화와 마피아 문화가 결합된 것이다. 우리나라 역시 이와 유사한 것이 학벌, 고향과 연고 중심, 파벌 싸움, 최근 들어 경상도와 전라도 지역 정치인들의 싸움 등을 들 수 있다. 특히 의사들의 출신학교별 다툼은 말로 못 할 정도로 치열해서, 마치 마피아 같다고 할 만하다. 필자는 3개 도(전라남도, 전라북도, 충청남도)에서 의사 생활을 했는데, 의사들이 아주 쩨쩨했다. 원래 의사는 여성적인 직업으로 같은 학교 출신인데도 대학병원 의국 내에서도 시기와 질투가 무성하며, 병원 자체가 경쟁이라는 구도를 가지고 있다.

　겉으로는 히포크라테스와 의학 발전을 외치지만 속내는 다른 데 있는 의사들도 일부 있는 법이다. 도대체 환자와 그들의 생명을 다루는 자들이 눈에 보이지 않는 파벌 싸움을 할까? 최소한 몇 백 년이 흐르더라도 의과 대학의 목적은 신학문에 대한 연구와 봉사하는 슈바이처를 목표로 해야 한다. 최근 대학들이 무슨 영리 기관인 양 분원을 많이 지어 세력을 확장하며 수많은 정치인과 재력가를 배출하고 있다는 점은 후배들의 정신을 흐리게 한다. 인간에 대한 존중과 생명 존중 사상이 크게 흔들리는 것 같다. 또한 선배 교수나 선배 의사들이 자신의 의술을 자랑하고, 진정으로 후배를 걱정하기는커녕 자신의 기술로 후배들에게 모욕감과 창피를 주는 실정은 안타깝다. 요즈음 관피아라는 신조어도 생겼다. 거대한 엘리트조직이 일본 사회를 점령하고 유지하는데, 일본은 '천황에 대한 충성과 의리'라면 우리는 '돈 많은 지배자의 수탈'이라는 점이 조금은 다르다. 그러나 일본은 검찰 심사회라는 제도가 있고 세 차례의 검찰 개혁을 했고 현재도 진행 중이다. 우리가 특검이라고 하는 것을 시민사회가 일부 권한을 가진듯하였다.

행정 개혁은 옴부스맨 제도(행정 감찰관)라는 것이 있는데 이를 활용한다. 1988년, 정보산업 관련회사인 리쿠르트사가 관련회사의 미공개 주식을 여야당의 정치가와 고급관료들에게 양도하여 거액의 차액을 남기도록 해준 사건으로, 리쿠르트사로부터 부정헌금을 받은 정치가 명단에는 당시 일본 수상 다케시다와 미야자와 부총리 그리고 나카소네 전 총리도 들어 있었다('행정의 민주화와 행정개혁', 『새로운 일본의 이해』, 2002, 다락원). 이를 리쿠르트 사건이라고 부른다.

우리는 식자들이 '천민자본주의'라고 하는데 쉽게 말해서 '돈 많은 놈이 장땡'이라는 사회에서 살고 있다. 우리 사회는 깡패들 같이 큰 것이 작은 것을 밟고 지나가는 사회이어서 앞으로 이 문제를 개혁하는데 상당한 인물들과 지혜가 필요하다. 이런 문화 역시 일본의 식민지하 수탈의 잔재와 미국식 자본주의가 믹스 되어있다. 양쪽 나라에서 자기네들 편한 것만 가져오면 되는 것이다. 커다란 기업가와 결탁하지 않는 과세와 파벌을 초월한 젊고 순수한 검찰의 할 일이 많다는 의미다.

한편, 근자에 아베 총리의 신사참배와 군대 증강 및 수산물 수입금지 등으로 한국과 대립해서 그런지는 모르지만, 은근히 한국인을 경계하고 무시하는 것을 삿포로 공항에서 느꼈다. 홋카이도를 대표하는 온천 마을인 노보리 베츠와 유황냄새 시큼한 지옥계곡은 같이 붙어 있어서 관람하고 목욕하기에 편하지만, 우리는 유황냄새와 지옥계곡의 으스스한 분위기가 싫었다. 기호에 따라 좋아하는 사람도 있겠지만, 어쨌든 우리는 별로 아름답다고 느끼진 못했다. 한국인들의 여행 일정은 대부분 비슷한데, 한국에서 온 젊은 친구들이 봉고를 렌트하여 삼삼오오 또는 10명씩 여행하는 것을 보았다. 일본은 물가가 비싸므로 대학생들은 라면 같은 걸 사다가 해먹으면서 차도 봉고로 자유여행을 하는 듯했다.

삿포로의 휘황찬란한 야경을 보고, '러브레터'의 추억인 오타루에서 '오 겡기 데스카?' 한번 소리치고, 홋카이도 여행의 베이스캠프인 아사히 카와에서 아사히 맥주를 마시고, 하얀 언덕의 마을인 비에이(여름 엔 녹색 언덕)에서 눈의 평원을 보고 눈에 취한 채로 서 있다가, 보랏빛 라벤더의 향기를 풍긴다는 후라노로 가서 '인생이란 무엇인가? 난 무 언가? 왜 사냐? 어떻게 살아가야 되냐?' 등 복잡한 생각을 하다 시인이 되어 내려가면 끝이다. 그런데 서로 위치한 곳들이 너무너무 멀어서 차로 가면 몹시 바쁘고 힘들다.

삼포능자의 『길은 여기에』라는 책은 절망의 늪에서 찾은 청춘과 사랑, 그리고 신앙에 대한 솔직한 고백을 쓰고 있다. 삼포능자와 우리나라의 최인호 작가 이 두 사람은 비슷하다. 말년에 각각 기독교와 가톨릭에 귀의한다. 두 사람 모두 성경을 주제로 책을 쓰는데, 최인호의 유작인 『인연』과 『하늘에 계신 우리 아빠』라는 책은 성경 이야기다. 최인호 씨가 성경이나 성인들의 인용을 많이 사용하는 반면에, 삼포능자는 자신의 이성 관계를 고백하며 성경을 인용한다. 삼포능자의 진실한 이야기지만 적나라하고 자세한 이성관계의 토로는 약간 쑥스럽지 않았을까 싶을 정도이다. 좀 자아도취적이라고나 할까? 그러나 읽어볼 만하다. 일본인들은 자세한 것과 세세한 것들까지 밝히는 것을 좋아한다.

하얀 언덕의 마을인 비에이에서 삿포로 호텔로 귀가하던 여행 마지막 날 밤이었다. 그날은 낮에는 청명했으나 저녁 무렵에 갑자기 구름이 몰려오더니 바로 코앞 1m거리도 안 보일 만큼 눈이 내렸다. 자연의 변덕은 참으로 위험하며 변화무쌍하다. 그 순간 어떤 영화가 떠올랐다. 사실 이 무렵 나는 인간의 관계에 대해 고민하고 있었고 관계, 인연, 동행 같은 무수한 단어를 떠올리며 이야기의 소재를 찾고 있었다. 그러나 '관계'에 대해 정리되기는커녕 머릿속은 엄청나게 관계에 대한 고민으로 혼란스러웠다. 신문에는 연일 자살, 폭력, 성폭행, 여야의 대립, 살인사건, 데모로 시끄러운데, 어디에서도 관계에 대한 아름다움은 찾기가 힘들었다.

영화 '더 임파서블'은 태국에서 실제로 일어난 사건을 배경으로 하고 있다. 즉 2004년 12월 26일 현지 시간 오전 7시 59분 동남아 전역에서 일어났던 인류 최대 쓰나미를 배경으로 한 픽션이다. 재난에 비해 한 가족을 배경으로 하는 스토리는 감독의 최소한의 배려로 해피엔딩으로 끝나지만, 자연 앞에서 인간들은 한없이 초라하고 무력하다. 이 쓰나미의 위력은 실제로는 막강하여 단 10분 만에 5천여 명, 총 30만 명이라는 엄청난 피해가 있었다고 한다. 배우들의 섬세한 연기는 묵직한 감동으로 밀려온다. 자연 앞에서 인간의 인간애를 그리고 있는데, 희한하게도 내가 감동받은 대목은 주인공이 핸드폰을 잃어버려서 가족들과 연락을 못 하는 대목이었다. 대강 이러하다. 정확한 기억이 나지 않기에 의문이 나는 분은 다운 받아 보시든가 비디오를 빌려서 보시기 바란다.

왜 내가 구형 핸드폰에 감동을 받았는지 잘 모르겠다. 아마 80이 다 돼가는 우리 어머니가 "얘야! 내가 죽거든 관에 꼭 핸드폰은 넣어라."라고 하시는 말씀 때문인지도 모른다. 아빠인 주인공이 쓰나미로 바닷물 속에서 겨우 빠져 나와 가족을 모두 잃고 헤매다가 어찌어찌해서 겨우 사람들이 많은 곳에 도달한다. 재난 구호소에 살아 있는 가족들의 생사를 확인해야 되는데, 핸드폰을 좀 빌려달라고 하자 바닷가 허허벌판에 모인 수많은 사람들은 모두 망설인다. 그들 역시 모두 가족을 찾지 못하고 헤매는 사람들이다. 그러나 그 많은 사람들 중 그 어떤 사람도 선뜻 도움을 주려 하지 않는다. '바닷가라서 배터리를 충전할 수 없으니 빌려 줄 수 없다'는 표정들이었다. 그런데 딱 한 사람이 자신의 핸드폰을 건네준다. "옜다, 여기 있소!" 하며 말이다. 아빠인 주인공은 감동하여 진심으로 감사해 한다. "Thank you(고맙소)!" 한국이나 일본 사람이 아니기 때문에 고개는 숙이지 않고 뻣뻣하게 서서 눈물만 글썽이는 연기만 하면 된다. 하여간 진심으로 감사해 한다.

"아내와 자식을 찾는 모양인데 내가 같이 가줄 수도 있소."

핸드폰을 빌려준 것도 고마운데, 내가 당신과 같이 동행해줄 수도 있다고 했다. 생전 처음 보는 사람에게 베푸는 이러한 예수 같은 친절에 우리는 얼마나 감동해야 하는지 모른다. 이 핸드폰 때문에 가족들이 모두 살아 있다는 소식을 접하게 되고 해피엔딩으로 끝난다. 영화가 무슨 반전이 있어야 재미있다고 생각하는 족속들이 많은데, 단순한 가족애와 묵직한 감동만으로도 대단한 찬사를 받았다. 쓰나미는 사실이지만 이러한 가족은 없었으며, 가족의 사랑으로 끝나는 영화는 독자들에게 진한 감동을 선물하는 작가나 감독의 최소한의 배려였다. 우리가 태어나서 생전 알지 못하는 누군가에게 조그마한 도움이나 감동을 줄 수 있다면 얼마나 커다란 축복일까? 그래서 이러한 아름다운 관계를 내 주변에서 찾으려고 했으나 감동은커녕 쌀 한 톨만 한 눈물도 찾아보기 버거웠다.

저녁 무렵에 몰려온 구름은 눈으로 변했고, 커다란 눈은 바로 코앞 1m거리도 볼 수 없게 만들었다. 한 치도 보이지 않아서 운전을 하던 아내가 당황했다. 폭설이 내리고 있었다. 자연의 변덕은 말로 형언할 수없이 참으로 위대했다.

"눈이 심상치가 않군요."

아내의 얼굴이 갑자기 심각해진다.

"그러게……."

나 역시 두려운 생각이 들었다.

"운전을 못하겠어요."

아내가 긴 한숨을 내쉰다. 가끔 일본인 차량들이 곁을 지나간다.

"그럼 나한테 맡겨 봐. 내가 하면 잘할 것 같은데……."

아내에게 힘들면 나에게 맡기라고 말해보았다.

"야밤에 폭설이 내리는데 어떻게 당신에게 맡겨요?"

아내는 약간은 빈정거리듯 말을 던졌다.

"그러지 말고 휴게소에서 멈춰 봐. 내가 할게."

나는 그 말에 다시 내가 운전을 하겠다고 재촉한다.

"운전면허 따는 데 5년 이상 걸린 사람한테 어떻게 운전을 맡겨요?"

아내가 못 믿겠다는 듯 말해서 나는 서운했다.

"뭐라고? 나를 못 믿는다는 거야?"

슬슬 화가 나려고 한다.

"믿을 수가 없지, 그럼, 믿을 수 없고 말고……?"

아내는 자신 있게 말한다.

"사람을 뭐로 보고! 이리 핸들 줘봐!"

나는 드디어 화가 치밀었다.

"전문의 면허고시나 의사고시보다 어려운 시험이 운전면허 시험이라면서요. 미치겠네, 눈이 너무 많이 와서 속도를 낼 수가 없네."

아내는 몹시 떨고 있었다.

"덜덜 떨지 말고 내게 맡겨봐."

올라오는 화를 참으면서 나는 한번 더 부탁한다.

"덜덜 떨었으면 떨었지 맡길 수 없네요."

아내는 냉정하게 거절한다.

"그래, 난 의사면허보다 운전면허가 더 귀중하다. 수입인지를 붙일 대로 붙인 운전면허가 더 중요하다."

나는 기어이 화를 내고 만다.

"필기시험은 수석을 하고 실기에서 5년간 떨어진 운동신경이면 운전을 하지 말란 말이죠. 안 그래요?"

아내는 높이 쌓인 눈을 두려워하면서도 눈보다 나를 더 못 믿는다. 운전면허 따는 데 5년! 장롱면허 5년을 지내다가 최근에 와서 운전을 다시 시작한 나를 믿을 사람은 없다.

"내가 말을 말자! 자존심 많이 상하는구면."

나는 침울해졌다.

"가만히 있어요. 내가 알아서 할 테니……."

아내는 냉정했다.

"뭘 알아서해! 지금 덜덜 떨고 있고만……."

'눈이 심상치가 않다'로 시작한 대화는 급기야 나의 운전 경력에 흠을 내더니 내 마음에 상처를 내고 있었다. 밖은 그야말로 솜덩이 같은 눈이 내리고 있었다. 나중에 귀가 후 알았지만, 그날 밤 일본의 유명한 정치가 한 명이 교통사고로 죽었고, 수십 명이 교통사고로 다쳤다는 방송이 NHK를 통해 보도되었다. 물론 아내와 나는 서로 화해하고 생존에 대해 감사드렸다. 섬이라고 부르기에는 너무도 큰 섬인 홋카이도의 겨울은 날씨가 변덕스럽고 무서웠다. 한국에서 평생 볼 눈을 다 본 것이었다. 하룻밤에 6m 이상 쌓이기도 한다.

지진, 폭설, 해일, 화산폭발 같은 자연환경에서 살아남으려면 질서가 필요할 것 같다. 일본인의 질서는 최소한의 사망자를 남기려는 최대의 노력들이다. 자연은 사람을 길들이는 것 같다. 지진, 폭설, 해일, 화산폭발 같은 자연재해 현상이 없는 우리나라 같은 환경에서 태어난다는 것은 축복이다. 그렇지만, 그래서 그런지 우리는 게으르고 무질서 속에서 산다. 또한 정확한 통계는 없지만 뉴스나 풍문에 의하면 한국인들이 해외여행을 가서 알게 모르게 납치, 사고, 부상, 죽음 등을 당하는 일이 날이 갈수록 증가하는 듯하다. 항상 자연에 감사하고 자연과 자기 자신에 의한 교만으로 일어나는 재난을 조심해야 할 것이다. 사람이기에 자연과 인간과의 관계를 끊을 수 없는 것이다.

그 다음날 우리는 여행이 다 끝나서 한국에 입국하기 위해 삿포로 국제공항으로 달렸다. 날씨는 청명하고 하늘은 맑게 개었다. 그런데 아내는 삿포로 공항(신치토세 공항, 千歲空港〔천세공항〕)을 찾지 못하고 고속도로의 엉뚱한 곳으로 가고 있었다. 우리는 삿포로 공항으로 가는 바른 길을 잃어버렸다. 비행기 시간에 맞추어 가야 하기 때문에 아내는 당혹스러워했다. 물어물어 우리는 겨우 올바른 요금소를 찾았는데, 요금소를 통과하자마자 아침 빙판에서 자동차가 그대로 한 바퀴 횡하니 돌아버렸다. 아내가 핸들을 꽉 쥐고 차를 멈추려 하면 할수록 차는 더 세게 움직였다. 들어오는 순간에 20km라는 표지판이 있었는데 60km로 들어온 것이다.

"어허, 어허! 왜 이래!"

"침착해!"

다행히 고속도로 중간 벽에 부딪히지 않고 자동차가 겨우 멈춰 섰다. 우리는 놀라서 어찌할 바를 몰라 그대로 한참을 서 있었다. 다행히 뒤를 따르는 차는 한 대도 없었다. 아내는 핸들에 머리를 파묻고 덜덜 떨고 있었다.

"무서워? 내려! 내가 할게."

나는 기어를 저단 기어로 바꾸고 핸들을 잡았다. 너무 놀라서인지 아내는 순순히 핸들을 내어주었다. 나는 조용히 입을 열었다.

"일본 경찰에 의해 살해된 할아버지와 일본에 학도병으로 끌려오신 작은아버지의 혼들이 나무라는 것 같아, 일본에 오지 말라고 말이다. 왜 일본에 와서 고생하느냐고 말이야."

"……"

아내는 너무 놀랐던지 가슴을 쓸어안으며 한 마디 했다.

"자연의 힘은 너무 위대하다!"

"……."

　순간 나는 미국의 실천 철학자인 헨리 데이비드 소로(1817-1862)의 자연을 칭송하는 평범한 말이 생각났다. "왕이시여! 우리의 눈은 이 우주의 변화무쌍한 경이로운 광경을 감동의 눈빛으로 바라보며 영혼에게 전합니다."(『월든』, 〈겨울호수〉) 하면서 밤이 되면 피조물의 일부가 장막으로 덮이지만 낮에는 위대한 작품이 우리 앞에 나타난다는 구절이 떠올랐다. 어젯밤에는 폭설이 내리더니, 아침엔 청명했으나 눈 위에서 우리 차가 슬라이딩을 했던 것이다. 그 후 우리는 코타키나발루(kota Kinabalu)와 홋카이도의 멋있는 경치는 모두 다 잊어버리고 수많은 날들을 커다란 도마뱀과 교통사고 이야기만 계속 이야기했다. 고통은 간데없고 우리가 생존해 있다는 기쁨에 차서 아름다운 추억만 이야기했다. "자연의 힘은 너무 위대하다! 자연을 깔보지 마라! 돌멩이 하나에도 사람은 죽을 수 있다!"라고 하면서 말이다. 등산하는 사람들은 돌멩이 하나에도 사람이 죽을 수 있다고 생각한다. 절벽에서 미끄러지면 끝장이다. 결국 우리는 자연의 장엄함과 위대함만 깨닫고 돌아온 것이다. 아무리 생각해도 죽었다 살아나는 쾌감이 내 전공인 것 같다. 실재로 행복 순위 1위가 '죽을병에 걸렸다가 치유되는 것'이라는 통계가 있다. 어디에선가 보았는데 근거를 찾지 못하겠다. 그래서 사람들이 계속 히말라야 정상에 도전하는 모양이다. 나 역시 마찬가지다. 삶이 끝날 때까지 계속 도전할 것이다.

■▪ 이상한 사람들

정신과 의사로서 계속해서 존경받는 사람들의 모습만 쓰다 보니 약간은 비현실적이고 이상해서 세 가지 부류의 사람과 병리를 써보고자 한다. 주변에 이런 사람들은 아주 많은데 보편적으로 치료를 받지 않는 그룹만 간단하게 정리해본다. 머리 아프다고 생각하시는 분들은 이번 장은 읽지 않아도 상관없다. 필자 역시 이런 교과서 같은 긴 글은 싫어하지만 전공인지라 몇 가지만 짚고 넘어가려 한다. 국가를 운영하는 높은 지위에 있는 사람이나 또는 행복하지 못한 직장을 다니고 있다면 한번 읽어봐도 좋다. 인재 등용이나 회사 변경의 기준을 삼아도 될 법하다. 보통은 개인의 병리만 쓰는데, 집단과 연관하여 기록했다. 대부분 정신과 교과서와 프로이트(Sigmund Freud, 이하 생략)와 멜라니 클라인(Melanie Klein)의 뒤를 이은 대상관계 이론의 대가이며 생존하고 있는 오토 컨버그(Otto F. Kernberg, M.D.)의 책들을 참고하여 재미있게 요약해보았다.

분열성(schizoid) 인격 장애

분열성 성격 장애를 가진 지도자는 대체로 정서적으로 고립되어 있다. 이들은 너무나 조용하고 내성적이어서 마치 어떤 집단이나 병원이 자기 혼자 운영되고 돌아가는 듯이 보인다. 지도자는 말이 없고 아무것도 책임지지도 않으며 직원들에게 칭찬이나 격려 및 배려도 없다. 물론 부하 직원을 향한 비난도 없다. 만일 이러한 지도자가 기독교나 천주교 또는 불교 계통의 집단이나 병원의 운영자라면, 부처나 예수가 운영을 맡고 있을 뿐이지 지도자가 운영하는 것은 아니다. 즉 불당이나 성당 및 병원이 지도자 없이 돌아가는 형세가 된다.

또한 직원들에 대한 압력이나 잔소리도 없으므로 겉으로 보기엔 평온하기 그지없다. 다행스럽게도 이런 집단은 좀 더 적극적인 다른 부히 관리지원들이 지도자를 대신하여 운영한다. 대통령이나 왕이 없더라도 정승이나 총리가 나라 일을 맡아서 하는 일본 같은 나라들은 세계 도처에 많이 널려 있다. 정신병원 역시 이사장이나 병원장이 없더라도 진료부장이나 원무과장이 운영하는 병원도 많이 있다. 문제는 아무런 보상이 이루어지지 않기 때문에 총리나 원무과장 같은 중간 관리자들이 마음대로 할 수는 있지만, 반면에 이들의 공금횡령이 수반될수 있고, 사회적으로 고립된 무관심한 지도자는 봉급 인상 같은 혜택도 주지 않기 때문에 대체 지도자들이 스스로 떠나버린다는 점이 강력한 단점이 된다.

이런 집단의 직원들은 "모든 일이 보상도 없이 이루어지는 이런 조용한 회사에서 '조금만 참자' 하며 내가 스스로를 위로할 수만 있었더라면, 그러한 능력만 있었더라면 떠나지 않을 텐데……"라고 하면서 말없이 하나 둘씩 떠날 것이다. 직원들 스스로가 독립적이고 성숙한 사람들이어서 '자율적으로 성숙할 수 있는 장소'라고 생각하지만, 반대로 상당히 많은 직원들이 지도자와 함께하지 못하는 소외 구조가 생기는 것이다. 즉 인간관계가 고립된 이런 환경에서 일할 수 없다고 떠나기를 결심하게 된다. 즉 권력형 집단과는 달리 지도자의 권위나 주체성에 대한 회의와 더불어 지도자의 선명하고 단호한 태도가 부족하기 때문에 사건이나 사고가 발생 시 무기력해지기 마련이다. 이 때문에 권위의 위임이라는 면에서 애매모호하게 된다는 것이다. 이런 병원에서는 불이 나도 실제적인 도덕적 책임자는 없게 되며, 모든 직원이 자신의 일이 아니라는 지도자의 모습을 닮게 된다.

이솝 우화 속의 학과 막대기를 모시는 개구리들의 반란이 시작될 수밖에 없는 것이다. 권력형 지도자가 학이라면, 아무 말 없는 분열성(schizoid) 인격 장애를 가진 지도자는 아무 쓸모없는 나무 막대기와 같은 임금이 되는 것이다. 우화 속의 학은 개구리들을 마구 잡아먹는 독재자이지만, 막대기는 아무 쓸모없는 지도자였다는 점을 상기해보면 될 것이다. 결국 지도자의 성격은 아래 부하직원들에게도 전염되고, '감정을 직접 드러내는 일은 위험하다' 또는 '이 회사에선 아무 말도 하지 않는 것이 상책'이라는 메시지를 서로 주고받게 된다. 이처럼 지도자의 감정은 조직 전체에 파급되고 영향을 미친다. 이러한 직장에 오래 근무하다 보면 아무 말 없이 왔다 갔다 하는 재미없는 직장에서 근무하는, 그야말로 봉급을 위해서 존재하는 사람이 된다. 그리고 어떠한 책임 한계도 없어서 동료 직원들을 믿을 수 없게 된다.

강박적인 성격 특성

일본은 교통정리와 인사 및 예의를 보면 꼼꼼하고 배려 깊은 나라이지만, 타국이나 타인에 대한 용서가 없다. 이는 개인적인 심리적 측면에서도 동일하게 나타난다. 꼼꼼하다고 좋은 것만은 아니다.

안타깝게도 강박적인 사람들이 고위 지도층에 상당히 많다. 또한 청결을 중요시하는 전문직이나 사람의 생명과 직결된 의사들에게도 많다. 이들의 긍정적인 측면으로는 정확함, 명료함, 완벽한 통제 등이 부각되는데, 이는 권위 체계의 안정성을 유지시킬 뿐 아니라 의사결정 과정의 명료함과 획일성을 촉진시킬 수 있다. 사람들이 예상하는 것과 달리 이들은 얌전하고, 깔끔하며, 청결하고, 근면하여 단점이 눈에 띄지 않는다. 또한 학생 시절부터 모범생이나 샌님으로 통해서, 한국 사회 모형에서는 곧잘 잘 들어맞아 어른이나 선후배들이 좋아하지만, 엄청난 맹점을 갖는다. 보통 정도의 강박적인 성격은 그의 지도력에 의심을 거의 받지 않는다. 대조적으로, 강박적인 성향이 심한 사람은 의심이 많고 우유부단해서 일반적으로 고위직 지도자에 도달하지 못한다. 그러나 의사 같은 이과 계통의 엔지니어 과정들은 어떤 일정한 수련과정만 받으면 자동으로 진급되기 때문에 병원 내에서 고위직에 오르기도 한다. 공무원, 교사, 은행원으로도 적합한 성격 구조여서 하위직에 있을 경우엔 그다지 눈에 띄지 않는다.

인성을 중요시해야 할 의료진이라는 직업이 오히려 성격적인 단점을 감출 수 있다는 것은 참으로 아이러니컬하다. 그래서 이들은 조용히 잘 지내다가 병원장이나 총장을 하면서 조직에 커다란 상처나 실수를 남긴다. 강박적인 성격의 가장 커다란 오점은 대부분 자기애적 문제에서 비롯된다는 점이다. 즉 타인들이 보기엔 그들의 반복적인 체크와 꼼꼼함이 좋게 보일지 모르지만, 그리고 미화되지만, 그 다음 행위나 결과를 이끌어내지 못한다는 점이다. 증상이 경할 때는 물론 생산적인 요소들도 많이 있다. 그러나 살다가 해고나 부도 및 실업 같은 여러 가지 정신적 충격 이후 증상이 심해지면 매우 힘든 입장에 놓이게 된다. 강박성 인격 장애(obsessive compulsive personality disorder, 强迫性 人格 障碍)는 보통 다음 사항 중 네 가지 이상의 증상이 있으면 강박성 인격 장애로 진단할 수 있다. 그러나 그에 대한 치료는 상당히 어렵다. 대개의 인격 장애라는 기준은 자신이 불편한 것이 아니라 타인들이나 주위사람이 불편한 것이기 때문에 치료를 받으러 오지 않는다.

① 지나친 숙고와 염려 또는 조심스러움 ② 내용의 세분, 규칙, 목록, 순서, 조직 또는 스케줄에 집착하여 반드시 해야 할 일을 놓친다. ③ 매사에 완벽함을 보이지만, 이러한 완벽함이 오히려 일을 완수하는 것을 방해한다(숲은 보지 않고 나무만 본다). ④ 지나치게 양심적이고 꼼꼼하며 즐거움과 대인관계를 배제할 정도로 생산성에 집착한다. ⑤ 사회적인 관습에 대한 지나친 고수. ⑥ 경직성과 완고하다. ⑦ 자신의 일하는 방법에 대하여 정확하게 복종적이지 않으면 다른 사람에게 일을 맡기거나 일을 같이 하려 하지 않는다. ⑧ 강요적이며 달갑지 않은 생각이나 충동이 나타난다. ⑨ 자신과 타인에 대하여 금전 사용에 인색하다(욕먹는 구두쇠). ⑩ 감정적으로 분리되어 있고, 가치가 없는데도 낡고 가치 없는 물건을 버리지 못한다.

이런 유형의 사람들은 보통 사람들보다 깔끔하고, 명료하고, 개념정리나 외부정리도 잘하며, 가치에 대한 헌신적인 태도, 외양상 도덕적인 태도 등의 장점을 가진다. 부정적인 면을 보면, 이들은 지도자가 되면 질서의 정확성을 지나치게 요구하며, 상대방을 과도하게 통제하려고 하며, 자신을 이 세상의 도덕적 중심으로 착각하며, 이러한 요소들 때문에 조직에 가학적이거나 타인이나 직원들에게 가학적이 된다. 강박적인 성격은 가학(sadistic)의 덩어리로 보면 된다. 결국 강한 도덕성은 강한 본능을 허용하고 만다는 것이다. 그런데 그러한 억제나 제어를 자신에게만 통용시키는 것이 아니라, 자신과 관련된 모든 사람에게 적용시키는 자기애적 본능으로 나타나기 때문에, 만일 이러한 사람이 지도자로 있는 직장은 전 직원이 가학적(sadistic)인 상황에 빠져버린다. 외부에서 보기에 아주 점잖은 성직자나 교수가 자기 신자들을 신의 이름으로 또는 율법으로 강제하거나 교수가 진전 없고 결과조차 나오지 않는 논문으로 제자들을 괴롭히는 경우를 예로 들 수 있다. 강박적인 성격은 가학(sadistic)과 자기 처벌(self punishment)의 덩어리로 보면 된다.

　강한 초자아가 마치 본능을 밀어내는 것처럼 상대에게 피해를 주기 때문에 유능한 직원들이 직장을 떠나게 된다. 대표적인 예를 들면, 학교 내의 선생님들이 도덕의 표상처럼 움직이지만, 학생들이 보기엔 선생님들이 결코 도덕적이지 않다는 점을 발견하고 학생들이 선생을 선생이라 부르지 않고 '담탱이', '꼰대' 등으로 부르는 것을 흔히 볼 수 있다. 학생들이 보기에 선생이 선생으로서의 과업을 완성하지 못하고 제자와 불륜에 빠지거나, 도덕을 지키지 못하는 제자에 대해 욕설을 하거나, 학부모의 촌지에 대해 미소를 보내거나, 강박에 대한 거부반응에 의해 거리에 침을 뱉는 행동 등을 보게 된다. 자기도 모르게 강박적인 충동을 자제하지 못한 무의식의 일부가 발견되기도 한다. 그러나 일반적으로 강박을 부정하는 상충된 에너지로 인해 매우 단정한 사람이 책상을 거꾸로 쓴다든가, 일부러 어질러놓는다든가, 또는 담배꽁초를 일부러 길거리에 버린다든지 하는 행동으로 자신의 강박증을 은폐

하기도 하므로 전문가가 아니면 속기 마련이다.

강박적인 성격의 소유자들은 규칙과 규정에 근거한 것을 좋아하며, 자신들이 합리적이라고 합리화하며(사실은 합리를 통한 가학성, 또는 상대를 소유 또는 구속하려는 욕망), 관료주의적인 요소를 강화시킨다. 이러한 행위는 교수라면 제자의 창조성, 사장이라면 직원의 창조성, 고위 공직자라면 창조적인 개발정책을 저해하게 된다. 세월호 사건이 생겼는데 지루한 회의만 하는 한국 공무원들이 대표적인 예이다. 지나친 관료화는 비록 그것이 조직을 정치적 투쟁으로부터 방어하기도 하지만, 대체로 직원들의 수동적 저항을 강화하고 자원의 오용을 부추긴다. 예를 들면 선생님들로부터 지나친 잔소리를 들은 학생들이 급식으로 받은 점심을 먹지 않고 단체로 버려버리는 경우, 또는 직장 내에서 자신의 의견을 표현하는 대신 불만의 표현으로 자기 방 에어컨을 아주 세게 틀어놓고 나가버리는 것 등이다. 심한 강박적인 성격의 소유자이면서 지도자인 사람들은 여러 사람의 자유를 뺏을 뿐만 아니라, 지도자로서도 생산적이지 못하며 창조적일 수도 없다. 그러나 '엄친아' 또는 '샌님' 및 '점잖은 사윗감'으로 통하는 한국 사회의 분위기상 능률과 효율을 따지는 미국과는 달리 높은 자리에까지 도달할 수 있다.

강박적인 지도자들은 스트레스를 받을 때 병리적 특징들이 나온다. 예를 들면 쓸데없이 현학적이 되거나, 예를 잘못 드는 강연이나 잔소리 등이 그것이다. 즉 강박적인 태도와 동시에 현학적인 태도를 취한다. 이러한 설득력 없는 기나긴 잔소리는 조직을 믿지 못하는 지도자의 모습으로 비춰지며, 관료화를 강화시키고, 정작 중요한 결정을 요하는 신속성을 발휘하지 못하게 되어 중요한 기회를 놓치는 상황이 발생한다.

부하직원들 역시 기회라고 느끼고 있지만 반대자나 재야(한국의 경우, 좌익 콤플렉스) 및 불순 세력으로 낙인찍힐 것이 두려워 말을 못 하게 된다.

또 한 가지는 매너리즘과 그로 인한 가학증이다. 매너리즘은 아무 의미나 마음이 담기지 않는 말이나 체크하는 버릇으로 나오며, 자신을 학대하거나 부하직원을 규율과 회사의 원칙으로 학대하기도 하고, 교회 같으면 목회자가 신자를 예수의 이름으로 학대하는 것이다. 그러나 이런 일들은 전문가들이나 전문의가 아니면 눈치를 못 채기 때문에 직원들이나 신자들은 자신들이 잘못된 지도자를 모시고 있는지 알 길이 없다. 단지 무의식적으로 퇴행되어 지도자의 강박증이 말단까지 전달되고 있을 뿐이다. 즉 아무런 창조성도 얻을 수 없고 일시적으로 기업에 이익이 나더라도, 이러한 가학성 때문에 언젠가는 자신의 조직에 치명적인 손해를 입히게 된다. 부하들을 가학적으로 통제하려는 지도자의 욕구는 조직의 업무 구조에 파괴적인 영향을 미친다. 파괴적이진 않더라도 창조적인 소수들이 회사에서 퇴출되거나 스스로 사표를 쓰게 된다. 결국 예스맨만 남게 된다.

예를 들면 반복되는 잔소리, 쓸데없는 의식(ritual), 강박적이고 기나긴 회의, 잦은 집합, 그 외에 이런 여러 가지 것들이 반복된다. 이러한 반복들이 지도자의 증상인 것을 모르는 부하들은 당황하고 불만이 쌓이게 된다. 증상이란 치료받기 전에 또는 치료되기 전에는 절대 좋아지지 않는 것을 말한다. 그래서 부하들을 가학적으로 통제하려는 이런 지도자들의 욕망 때문에 조직이 파괴되고, 부하들은 수동적이 된다. 지도자는 '고집스럽고 앙심을 품고 메시지를 반복하며' 반대자들을 기어이 항복하게 만든다. 안 되면 사표라도 받아낸다. 이런 모습이 부하들에게 한편으로는 존경심을, 또 한편으로는 혐오감을 만들어낸다. 그러나 생계가 달려 있고 요즈음처럼 갑이 먼전가, 을이 먼전가 하는 사회에서 일반인들은 감히 사표를 내는 용기를 잃고 말며, 서구적이고 창조적인 직원들은 하나 둘 회사를 떠나고 말 것이다. 또 다시 예스맨만 남는다. 서양에서는 여러 군데서 일한 경력을 가진 경우를 능력 있는 사람으로 보는 반면에, 한국 사회에서는 '여러 군데서 적응하지 못하는 인간' 취급을 받게 된다는 것도 사회적인 전통적 편견이다.

예를 들면 '병원을 청소하자' 또는 '환자에게 친절하자'라는 주제라면 한 달에 한번 정도 월례회를 통해서 하면 될 것을 매주 또는 매일 이야기를 한다든지 하는 시시한 이야기들의 반복이다. 또는 병원 수입이 늘었는데도 줄 것을 염려해 어쩌다 한번 환자가 없는 것을 너저분하게 현학적으로, 병적으로 자주 젊잖게 강조하며 매주 그래프를 그릴 것을 지시하는 경영회의를 하는 병원장을 예로 들 수 있다. 더 세부적으로 보면 이들은 손을 강박적으로 씻는다든지, 또는 의복을 단정히 한다든지, 안경을 썼다 벗었다 한다든지, 지나치게 눈을 깜박거리는 것 같은 강박적 의식(rituals)을 행한다. 일반 기업체의 지도자라면 실재로 할 일은 제쳐두고 계속해서 서류를 체크한다든지 아주 말초적인 일을 반복시키며, 결과적으로 직원들은 권위자에 대한 비합리적인 두려움과 역할에 대한 왜곡된 지각이 강화될 것이다. 공부를 열심히 하고 의사로서 소양을 쌓아야 할 수련기간에 지도 전문의를 잘못 만나면 4년 내내 돈 계산만 하고 보낼 수도 있다. 수련의 사회와 기업체는 비슷한 먹이사슬이어서 상관에게 대들기가 힘들다는 점을 상기할 필요가 있다.

그런 훈련을 받은 수련의는 마치 실험실의 개처럼 이렇게 중얼거릴 것이다. "내가 의사야, 회계사야?"

필자가 이런 시시한 이야기를 왜 쓰느냐 하면, 필자도 의사여서 선배들에게 이런 쓸데없는 일을 많이 경험해보았는데, 이는 실제로 겪으면 지옥이나 다름없다. 그들의 증상에 따른 의식이나 행위는 1원짜리까지 세기 때문에, 당하는 사람 입장에선 마치 무슨 세무감사를 당하는 기분이 들 정도다. 또한 상사에 대한 순종이 강화되고 강력한 상사의 가학적 욕망 때문에 전체 직원 상호간의 피드백 감소와 창조적인 참여가 감소될 것이다.

수술 시에도 사소한 모세혈관의 출혈에 신경을 쓰는 외과의사도 있고, 완벽하게 수술이 끝났는데 병적으로 자주 확인하는 의사도 있지만, 대개는 찬양을 받는다. 의사이기 망정이지 정치가라면 매년 떨어지는 국회의원이 되거나 소소한 일에 신경 쓰다 큰일을 놓치는 사람이 되고 만다. 그러므로 사람도 꽃과 같아서 꽃이 다 피어야 무슨 꽃인지를 알듯이, 그냥 평범한 의사만 하고 있을 때는 그 사람을 모르다가, 그 사람이 운이 좋아서 총장이나 병원장이 되면 비로소 그 사람을 알게 된다. 그 사람의 모든 모습이 드러나는 상황까지 출세한 후 일을 망쳐버리는 사람을 자주 보는 이유 또한 꽃처럼 다 피우지 못하고 있을 때의 잠재적인 병리적 특성을 감추고 있기 때문이다. 그만큼 자기 자신을 알기란 힘든 것이다. 대부분의 사람들은 출세하면 자신의 못된 성격들을 감추지 못하게 된다. 결국 우세만 하고 만다.

이러한 집단에서 그런 강박적 지도자를 만나면 만성적 수동성은 증가되고 진정으로 서로를 걱정해주는 마음은 감소되며, 권위자에 대한 두려움에서 비롯되는 유사 의존성, 권위주의의 전염과 파급, 환자마저 부하로 생각하거나 하부직원으로 생각하게 되는 권위주의가 파급되고 만다. 만약 강박적이고 가학적인 정신과 의사를 병원장으로 고용한다면, 가장 창의적인 선임 전문의들이 일년 내에 하나 둘씩 병원을 그만 둘 것이다. 유능한 의사들은 다른 지도자의 제안에 의해 제공되는 경제적 안정과 안전만 제공되면 다른 병원으로 이동하고, 자율적이고 창의적인 의사를 포기한 사람들만 병원에 남겨질 것이다. 즉 허약하고 억제된 시시한 의사들만 남게 될 것이다. 또한 예스맨과 반대자로 나누어지게 되는데, 극심한 경우 지도자나 교주를 몰아내고 직원들이 단결하는 사태가 발생될 것이다. 집단이 투쟁도피 집단이 되고 전쟁터가 될 수도 있다.

편집증적 성격 장애

종합병원은 커다란 조직이다. 직원들은 마치 기계의 부속품과 같다.

필자의 생각으로는, 본래적으로 편집증적 성격이 있고 전쟁이나 정치 같은 끊임없는 음모나 모함이 필요한 집단에서 후천적으로도 공유 편집증이 형성될 것 같다. 또한 경찰관, 검사, 교수, 수사관 등 같은 의심을 필요로 하는 직업에서는 말단(하급 관리)으로 있을 때는 크게 성과를 거두기도 한다. 그러나 이 글의 전체적인 맥락은 개인의 병리로 출발된 관계 속에서 발생하는 집단의 병리에 대해 세 가지 성격구조만 기술하기로 약속한 바 있다. 그 이유는 사회에서 우리가 가장 흔하게 접하게 되기 때문이다. 한편 반사회적 인격 장애나 경계성 인격 장애는 너무 어렵고 필자의 실력이 짧기 때문에 생략한다. 또한 그들은 상당수가 교도소에서 복역 중에 있을 것이다. 또한 초등학교 시절, 중학 시절, 심지어 일제 강점기와 현대 자본주의에 이르기까지 사회에는 지배자와 가해자 또는 박해자가 있기 마련이다.

과학은 사람을 편하게 타락시키며 끊을 수 없다. 또한 종교보다 과학이 더 좋은 일을 많이 하고 있다. 그래서 세상은 내용이 없어지고 모든 것이 커졌다. 다음 세상은 분명히 작아진다. 왜냐하면 큰 것의 부조리를 알게 되기 때문이다. 커지면 작아지는 것이다. 또한 커다란 공간은 상대적으로 작은 공간을 뺏기 때문이다. 그게 그거다!

'사무라이들 같아……' 먹고살려고 발버둥치는 커다란 조직은 오늘도 아우성이다. 진심으로 마음을 담아서 '안녕!'과 '사랑!'을 외쳐야 할 텐데, 그렇지 않다. 자본주의의 비애다. 서로가 서로를 잡아먹지 못해서 외치기도 하고, 먼저 망하는 것을 예방하려고 외치기도 하는, 그런 동물농장 같은 자본주의 사회의 함성 속에 우리는 살고 있다. '우리는 손님을 사랑하지 않고 돈지갑을 푸는 손님들을 사랑한다.'는 표현이 더 맞을 것이다. 대형병원이나 백화점은 아침조회 때의 '인사합시다! 안녕하세요! 사랑합니다! 손님!'이란 구호가 끝나면 의료진이나 직원들의 표정은 각자의 표정으로 돌아오는데, 마치 하루의 숙제가 끝난 것 같은 냉정한 표정이 가장 많다. 사람이 죽거나 물건이 팔리지 않으면 웃을 수가 없기 때문이다.

그래서 우리는 그 병원이나 백화점 직원을 평가할 때 연극이 끝난 뒤의 표정이 더 궁금하며 텔레비전에 나오는 유명한 강사의 뒤 표정이 더 궁금하다. 뒤 표정이 냉소나 비소가 더 많은 것이 배우나 강사들일지도 모른다. 즉 우리 모두가 무대 위의 표정과 무대 뒤의 표정이 다른 배우들이다. 또한 배우는 연극을 더 잘하는 배우를 질투한다. 인간이 바로 자연이다. 우리는 서구의 기계화된 문명과 시장 사회를 받아들이면서 자연스럽지 못한 표정과 스타일로 치장되어버린 것이다. 이러한 강압적인 기계화된 사회구조 속에서 동료 간의 질투나 의심을 주로 형성하는 병이 편집증적 성격 장애이다.

필자가 알기에는 심지어 의과대학 학생들도 정신과 공부를 하면서 서로를 인격 장애라고 의심한다. 그래서 인격 장애는 '의과 대학생 병'이라고도 부르는 병이다. 정신과 교수를 보면 학생들은 '혹시 나에게 무슨 병명을 붙이지는 않을까' 두려워서 강의 시간에 교수를 쳐다보지 못하고 책상만 쳐다보고 강의를 들었던 과거의 추억들이 떠오른다. 그리고 수업이 끝나면 바로 친구들에게 병명을 붙이기 시작했다. "넌 파라노이아다." "그러는 넌 강박성 인격 장애다!" 하는 진단들을 붙이곤 하는 것이다. 그만큼 진단을 붙이기도 쉽고 흔한 병들이다. 그래서 세포 생물학을 전공한 바버라 에런라이크(Barbara Ehrenreich)는 『긍정의 배신』이라는 책에서 마틴 셀리그만(Martin E. P. Seligman)을 만나 철저히 까부시는 글과 함께 소아정신과의 새로운 정신병명은 미국의 정신과 의사들이 의료보험료를 더 타내려고 만드는 병으로 비판한다. 참고 삼아 한번 정도 읽어볼 만하니 추천한다. 자본주의와 철저한 공생 관계를 맺고 있는 긍정 사상에 대한 문제점을 파헤친 책이다. 미국의 신시상 운동의 배경에 깔린, 신복음주의 교회 및 기업계와 결합하면서 발전한 긍정주의가 현대사회에 들어서 우리 삶의 어떤 부분까지 깊숙이 개입했는지 살펴보고, 이러한 긍정주의가 낳은 현대판 노예적 근성과 폐해에 대해 분석한 책이다. 그녀의 글에 따르면 긍정주의란 한낱 자본가나 기업가 및 통치자를 따르게 만드는, 그래서 현대사회의 노예로 만들어버리는 사상에 불과하다는 주장이다. 하지만 독자에 따라서 여러 의미로 해석할 수가 있으니 직접 읽어 보기를 바란다.

한편, 우리는 이내 그러한 '정신과 병명 붙이기' 장난에 지쳐버리고 병리나 내과 및 외과 같은 다른 과목을 암기하느라고 바빴다. 의대생들은 '살인적인 암기 광'들이다. 편집증적 성격 장애에 대한 교과서적 정의를 보면, 다음 증상 중 네 가지 이상만 가지고 있으면 진단을 붙인다.

① 충분한 근거 없이도 다른 사람들이 자신을 착취하고 해를 주거나 속인다고 의심한다.

② 친구나 동료의 성실성이나 신용에 대한 부당한 의심에 집착되어 있다.

③~⑥ 생략

⑦ 이유 없이 배우자나 성적 상대자의 정절에 대해 자꾸 의심한다 (편집성 인격 장애, 서울대학교병원, 정신과 교과서).

교감신경계는 몸을 많이 움직이거나 공포 같은 상황에 처해 스트레스가 많아지면 활발해진다. 교감신경계의 활성화로 인해 이러한 스트레스에 대처하는 데 필요한 반응과 에너지 공급이 나타나게 되며, 그에 따라 혈압과 심장박동 수가 높아지고 동공이 확대되며 소름이 돋는다. 이러한 교감신경계의 준비 동작을 '싸움 혹은 도주(fight or flight)' 반응이라고 부르기도 한다. 정신과 의사들은 그 무섭다는 여러 정신분열병 같은 병은 두려워하지 않지만, 병원에 인격 장애 환자가 나타나면 무서워하여 '싸움 혹은 도주(fight or flight)' 반응이 나타난다. 그 이유는 치료의 성패가 불분명하며, 가족이나 주변 사람들이 질병으로 받아들이지 않고, 통제가 불가능하다는 점 때문이다. 환자가 어디로 튈지 예측이 불가능하며, 오랜 인내력이 필요하기 때문이다.

어쨌든 망상형 또는 편집성 인격 장애, 이런 장애를 가진 아빠의 구타, 강간 사건들은 그 결과가 만만치 않기 때문이다. 또한 맞는 아내나 아이들은 제대로 정보를 제공하지도 못한다. 정반대로 육하원칙에 따라 질서정연하게 이야기하는 성인이 다 된 아가씨도 있지만, 오히려 이런 여성은 반대로 '화간'이나 '고의'의 가능성을 따져 진실 여부를 조사해야 한다는 점도 잊지 말아야 하기 때문이다. 즉 편집성 인격 장애를 가진 아버지를 가진 딸들은 대개는 나중이 두려워 아버지의 성적 폭행을 고발하지도 못하고 말을 하지 못한다는 점이 정설이다. 일반적으로 우리가 회사에서 부당해고를 당하고도 법적인 대응이나 따지지 않는 경우가 있는데, 상대가 짐승같이 포악해서 뒤가 두려워 못 하는 경우와 마찬가지다.

병원이 아니라 수사과가 되고 머리가 엄청나게 아픈 사건과 접할 수도 있는데, 대부분 겉으로 멀쩡한 인격 장애가 거기에 해당된다. 극단적으로 표현하면, 마치 공포 서스펜스 영화와 같다. 갖은 정보의 진정성과 진실성의 결여가 있을 수 있기에 그러하다. 물론 판사가 조사하고 판결을 하겠지만 말이다. 실재로 모든 정보를 일관된 순서로 나열하고, 자신의 고통스럽고 치욕적인 점을 명확한 말로 전달한다면, 바로 그 사실이 진실성의 결여다. 대부분의 피해자인 여성이나 아동들은 경찰서나 병원에서 분명히 온몸에 푸른 상처와 구타당한 흔적이 있는데도 반대로 말을 한다. 예를 들어 온몸에 담뱃불로 지진 흔적이나 상처가 있는데도 '모른다'로 일관하거나 '맞지 않았다, 때리지 않았다'고 답변한다. 그들은 수치감, 두려움, 공포로 가득 차 있다.

"부모님이 때리시든……?"

"……아니오."

"담뱃불로 지지진 않았니?"

"……아니오."

"담뱃불 상처는 뭐야?"

"……으앙!"

하고 때린 아버지나 어머니 품속으로 달려간다. 이럴 때는 부모를 나가게 하거나 입원을 시켜놓고 면담을 진행해야 한다. 국가적 폭력도 난제지만 가정폭력도 커다란 문제이다. 흔히 독일의 히틀러의 만행으로 저질러진 홀로코스트 생존자들의 진술을 믿지 못하겠다고 하는 부분들 역시 피해자들이 증언할 때 그 당시의 공포나 창피함, 나만 살아나고 가족들이 죽었다는 죄책감, 불안 등이 혼재되어 진술을 번복하거나 명확하지 않은 말로 얼버무려서 그렇다고 하는데, 바로 그들의 얼버무리는 말 속에 진실이 있다고 보면 맞다. 적당한 거리를 두고 언어의 조각을 맞추는 변두리나 언저리 말을 종합해야 된다. 그 당시의 공포가 너무 심하기 때문이다. 물론 이러한 불투명성 때문에 법을 다루는 명확한 증거를 확보하기는 매우 어렵다. 단지 치료자가 추측해내어 치료적으로 사용할 뿐이다.

광주 민중항쟁 후에 고문을 받았던 사람들이 전면에 나서지 않는 것도 마찬가지다. 사실 작가나 기자들은 일회성 폭로로 그치지만, 그 당시의 현장에 있던 사람들은 말로 이루 표현할 수 없는 고통을 가지고 살아간다. 폭로가 아닌 치유의 상황으로 나아가야 한다는 점이다. 정치적인 한 국가 내의 테러나 전쟁도 사람들을 일시적으로 파라노이드(편집증)한 상황에 빠뜨린다. 예를 들어 내가 비행기를 타고 독자들과 함께 유럽여행을 떠났는데 이슬람 무장 단체가 타고 있다가 자살 폭탄을 차고 여러분들을 파리에 도착할 때까지 13시간 정도 고문했다고 해보자. 이때 일어나는 것이 교감신경계의 '싸움 혹은 도주(fight or flight)' 반응이다. 동시에 혼이 나가고 지배자이자 가해자인 이슬람 무장단체를 향해 온갖 상상을 하게 될 것이다. 위에 서술한 편집증적 성격 장애의 증상이 나오겠지만, 이슬람 무장단체라는 명백한 가해자가 있기 때문에 편집증적 성격장애라는 진단을 사용하지 않는다. 이런 비행기를 탔다가 살아난 경우엔 출현되는 증상에 따라 다르겠지만 외상 후 스트레스증후군이라는 용어를 쓰게 될지도 모른다.

그러나 환자의 경우는 명백한 대상이나 증거도 없이 망상을 만들어 낸다. 바람피운 사실도 없는 아내에 대해 아내로 하여금 바람피우게 만든 남자라는 대상을 만들어낸다는 것이다. 자신에게 피해를 끼치는 대상도 없는데 주변의 사랑하는 모든 사람들이 자신을 박해하고 있다고 믿고 있는 것이다.

폭력이라고 하면 우리는 범죄와의 테러 행위, 사회 폭동, 국제 분쟁 같은 것을 떠올린다. 폭력의 유형을 개념화하기 위해서는 폭력으로 인한 정신적 충격을 무시하고(환자는 정신적인 충격 때문에 진술하지 못하므로 구타의 정도나 형태만을 조사하라는 의미) 조사해야 한다. 하지만 폭력에 대한 냉정한 분석마저도 어느 정도는 폭력을 재생산하고, 그 공포감 조성에 합류해야만 가능해진다는 사실도 잊지 말아야 한다. 즉 치료자는 박해를 하는 사람에 대해서도 상상을 하지만(편집성 인격 장애 환자), 박해를 당하는 사람(그의 아내나 자녀)에 대해서도 상상을 해야 한다는 것이다.

이런 성격구조를 가진 사람들이 결혼을 하면 배우자가 부정한 짓을 한다며 생사람을 잡기도 하고, 아내를 평생 감시하며 배우자에 대한 강한 지배욕과 독점욕을 나타내기도 한다. 여러 가지 악조건에서 실패하고 좌절하게 되면 책임을 회피하며, 오히려 다른 사람을 원망하거나 가까운 대상에 대해 추궁하고 문책한다. 자기의 능력이 모자라는 것을 느끼지 못하고, 동료들이나 사회가 자신을 믿어주지 않는다고 불평과 불만을 토로한다.

뿐만 아니라 이런 사람들은 생각과 행위가 고집스럽고 매우 예민하여 의심이 많고 성질이 옹졸하다. 자신을 과대평가하면서도 의심 또한 지나치게 많아서 '의심병'이라 불릴 만하며, 다른 사람들의 비판을 절대로 받아들이지 못하고 정서가 불안정하여 비판하는 사람들을 적으로 간주하고, 그들을 향해 적대적이 되어서 도전적인 행위나 공격적인 태도를 취한다. 만일 이러한 사람들이 지도자가 되면 『삼국지』의 조조가 죄도 없는 충신들을 살해하듯이 직언하는 자를 배신자로 몰아 회사에서 몰아낸다.

대부분 이러한 사람들은 지능이 높고 머리가 좋으며 학식이 높은 사람들에게 많이 나타난다. 때문에 별의별 모함과 '마녀 사냥' 같은 전쟁터가 되는 것이 면담의 현장이다. 환자가 남성이고 치료자가 여자 의사라면, 어렸을 때 환자가 어머니로부터 당한 성적 학대를 드러내기도 해 여자 정신과 의사에게 상당히 위험하다. 한 마디로 아무 말도 하지 않고 들어주어도 '무능한 의사'가 되고, 반대로 여러 가지 이야기를 해 주면 핑계나 꼬투리를 잡는다. 성적 학대는 아니더라도, 아버지가 폭력적이고 절대적인 사람인 경우에 아들(성인이 된 환자)의 구타를 방관하고 무기력했던 어머니를 만나서 좋지 못한 경험들이 경험되기도 한다. 아버지가 방에 가두고 혁대로 때린 기억을 가끔은 호소하기도 하며, 물고문에 가까운 폭력을 이야기하기도 한다. 아버지가 재혼하여 새엄마를 본 경우에 새엄마의 발길질이나 구타를 이야기하기도 하지만, 그러한 근원적인 대상에 대한 기억이나 회고담보다는 치료자를 비난하는 것으로 대상관계를 호소한다. 사랑과 증오의 대상인 부모와 치료자를 격리시키지 못하는 것이 특징이다. 주체성에 대한 분별 능력이 없는 것이다.

공격성에 대한 두려움 때문에 치료자를 통제하거나 아내를 통제하며, 이는 전형적인 투사적인 동일시(나를 어렸을 때 때린 부모는 바로 치료자)가 쉽게 이루어진다는 것을 말한다. 박해자에 대한 타인에 대한 동일시로서 치료자가 바로 박해자가 되어버린다. 심한 편집증 환자가 퇴행 상태에 도달하면 미묘하고 복잡하며 잠재적인 공격성을 표출하므로, 면담자는 위험을 예측하고 피해야 할 상황에 처하게 된다. 필자의 경우 얻어터지거나 고소당하면 나만 손해여서 필자보다 유명한 사람을 소개하고 보내버린다. 정말 지겹고 힘든 환자 중에 하나이다.

면담을 하는 정신과 의사를 가끔 박해자로 생각하며 자신을 피해자로 생각하여 공격적으로 면담을 한다. 그래서 면담을 주관하는 자는 보다 분명한 태도로 당당하게 맞서지 않으면 종종 환자로부터 무시당하고 면담이 종료된다. 그래서 대단히 면담이 힘들며 나중에는 치료자를 법적으로 합리화하여 끝까지 물고 늘어지며 고소도 마다않아 '고소광'이라는 낙인이 찍히게 된다. 법원 주변을 맴돌며 자신의 문제를 타인에게 투사하는 사람들이 꽤 많고, 평생 법적 투쟁도 마다하지 않는다. 지도자라면 자기를 비판했던 세력을 제거하기도 하지만 법조문을 들어 법적인 지능적인 고소도 마다하지 않아 부하직원들을 전체적으로 꼼짝 못 하게 만든다.

편집증적 성향의 지도자는 직무 관계에서 심각한 위험에 빠뜨릴 소지를 항상 가지고 있다. 상기한 투쟁-도피 반응인데, 전체 조직을 뒤숭숭하게 만들어 투쟁과 도피 반응을 증가시킨다. 그런데 이런 집단엔 반드시 현명한 사람들이 있는데, 문제는 지도자 입장에서는 이들이 '창조력이 있고 분별력 있는 사람'이라고 평가하지 않고 '박해자, 배신자, 가해자, 좌파, 재야'로 구분해버린다는 점이다. 편집증적 성향의 지도자는 여러 층으로 구성되어 있는 복잡한 조직을 거느리며, 자신의 개인적인 분노를 직원과 참모들에게 겨냥하고 그들에게 가학적인 양상을 보인다. "너희들 모두를 못 믿겠어!, 너희들이 감히 나에게 대항해!"라는 간접적인 표현을 연구하고, 좌파의 지도자로 지명한 사람들을 제거해 나간다. 이런 환자 같은 지도자는 항상 화가 나 있고, '전진, 발전, 개혁'이라는 단어를 자주 외치며 합리화하며, 본인 자신도 투쟁-도피라는 교감신경의 흥분으로 인해 피해망상이 증폭된다. 물론 인격 장애는 망상까지는 없다. 그러나 종종 망상에 빠질 수도 있다. 이들에게는 건전한 제안, 충고, 조언을 해주는 부하의 언행을 좋게 받아들이지 못하고 편집증적 사고가 증폭되기 때문에, 이런 병을 가진 지도자는 일상적인 토론이나 사소한 반대마저 용납하지 못한다. 결국 직장의 주인이면서 네로 같은 사람이 되고 말 뿐이다.

어쩌다 운이 좋아서 재산을 상속받은 병적인 이런 지도자들은 관리할 길도 없으며 병같이 보이지 않아서 우리 사회 곳곳에 숨어서 지도자로 도사리고 있다. 이들은 반대파를 억제하려는 욕구가 강하고, 인내력이 없으며, '직원들의 직언'을 존경심의 결여, 부당한 대우에 대한 보복, 상사에 대해 숨겨진 공격성이나 공격심으로 해석해버린다. 병원과 회사의 경우에 의사나 직원이 자주 바뀌면 이러한 지도자인지 아닌지를 의심해야 한다. 또한 편집증적 지도자는 강박적인 지도자와 분열형 지도자보다 더 많이 직원을 잘라낸다. 자신을 의심하는 사람들에게 박해를 가함으로써 철저하게 창조적 인간을 '재야'로 구분하여 잘라낸다. 독자 여러분들은 이 세 가지 인격 구조가 가진 인간관계를 어떻게 보시는지 모르겠다. 여러분의 지도자는 과연 건전한 사람일까? 아니면 단순히 돈만 알고, 돈이 많은 사장이면서 환자일까?

이러한 지나치게 꼼꼼한 사람, 지나치게 조용하며 기괴한 사람, 지나치게 의심이 많은 사람과 결혼하거나, 또는 직장의 상사라면 그들은 불행을 운명론적으로 감수하거나 아니면 이혼과 회사에서의 퇴출을 맞이하게 될 것이다. 그래서 병적인 사람들과의 관계는 대단히 어려운 문제다.

CHAPTER 2

폭력의 시대

사춘기에 만난 음악가 S형

중학교 시절이었다. 나는 사춘기를 맞이하여 엄청나게 정신적으로 혼란스러운 시기를 겪고 있었다. 공부는 안 하고 친구들과 어울려 다니며 주먹질이나 하던 시절이었다. 우리 시대엔 초등학교를 졸업하면 시험을 봐서 중학교에 진학했는데, 문교부(현재 교육부)의 변덕으로 갑자기 시험이 없어지고 1회로 추첨해서 진학하는 중학교 평준화 정책이 시작되었다. 이러한 급작스러운 제도의 변경을 아버지는 두고두고 이렇게 말씀하셨다.

"개자식들! 문교부를 없애버려야 이 나라가 잘될 거다!"

그래서 초등학교 시절 제법 공부를 잘했던 나로서는 서운하기 짝이 없었다. '뺑돌이'라는 꼭 무슨 아이들 장난감 같은 기계를 돌리고 제법 괜찮다는 D중학교를 1개월간 별 탈 없이 다녔다. 그런데 이렇게 말하면 좀 이상하지만, 당시에 깡패학교라고 불리는 C중학교로 가라는 어처구니없는 공문이 왔다. 추첨 번호가 잘못되어 배정이 잘못되었다는 것이었다. 선생도 학생도 전부 질이 떨어지는 학교라고 어머니는 대성통곡을 하셨다. 어머니는 평소에 상냥했지만 교육열이 대단히 강했다. 그래서 교육에 대해서는 누구 못지않게 치맛바람을 일으키는 분이셨다. 어머니는 교육부나 관계자를 만나 따졌지만 어쩔 수 없다는 말만

들었다. 어머니는 내게 결국 이렇게 말했다.

"이렇게 된 바에야 어쩔 수 없으니 그냥 다녀라."

그러나 그 학교는 정말로 개판이었다. 군사 독재에서나 용납되는 폭력들이 우글거리는 학교였고, 선생들도 이러한 폭력을 다스릴 능력을 잃어버린 학교였다. 지금 50대 이상이라면 이러한 학교에서 생활한 사람들이 있으리라고 추측한다. 그러면 폭력에 가장 예민했던 13~15세 시절인 중학교 시절로 돌아가 보자. 그러니까 약 40여 년 전으로 돌아가 보기로 하겠다. 기억이 가물가물하지만 예민한 시절이라 기억이 조금은 난다.

학교에 입학하자마자 선배들이 후배들을 개 패듯이 팼다. 나는 추첨을 하여 이곳 C 부속 중학교에 입학했는데 부모님은 크게 실망하셨다. 왜냐하면 C 부속 중학교는 하류 학교이기도 했지만, 광주광역시의 유일무이한 일명 '깡패학교'라는 소문이 파다했다. 나는 초등학교에서 전교 1~2등을 다투던 터라서 부모님들은 일류 중학교에 진학하기를 원했다. 그러나 정부에서 우리나라 최초로 '전국 중학교 추첨제'를 실시해버렸다. 그러나 설마 했는데 정말 그 학교는 깡패학교였다.

"동철아! 넌 왜 이름이 동철이냐?"

점심식사가 끝나고 우리는 교실 안에 옹기종기 모여 서로 소개하기도 하고 농담도 하면서 친해지려고 노력 중이었다.

"난, 창수야!"

"난, 철수."

"철수는 매우 흔한 이름이야"

"……"

"난, 갑돌이다."

"난, 승현이야……."

"야, 반갑다. 난, 만수야. 너희들 털이나 났냐? 난 요즈음 코밑에 털이 나기 시작한다. 남자가 되려나 봐."

"털 하면 이 동철이 아니겠냐? 봐라, 가슴에 털 나는 거 봐."

동철이가 갑자기 교복을 위로 제쳐서 다른 아이들이 깜짝 놀란다.

"야, 그것도 털이냐? 솜털가지고. 엄마 젖 더 먹고 와라! 내 것을 봐라! 내 가슴에 털이 더 진하지 않냐? 영화배우 같지 않냐?"

갑돌이는 웃통을 아예 벗고 근육 자랑을 했다.

"너, 약치냐? 털 자라라고 농약 치냐? 자식들 솜털 가지고, 샌님들이 솜털가지고 내 겨드랑이 털을 봐라, 얼마나 시커머냐?"

"시커먼스네! 야 검댕아! 한번 만져보자."

아이들은 이제 초등학교를 졸업하고 무슨 성인 신고라도 하듯 몸매 자랑을 해댔다. 그러더니 많은 아이들이 나를 잡아먹을 듯이 쳐다보았다. 수많은 눈빛이 너무 많이 반짝거려서 무서웠다. 그 중에서 몸이 굉장히 발달된 운동선수 같은 만수가 다가오면서 말했다.

"승현아!, 넌 아랫도리에 털 났냐?"

만수는 내 거시기를 움켜잡았다.

"아야……!"

"한번 보자."

"그래, 그래, 한번 보자. 뽀송뽀송한 솜털 말이야. 야! 우리 샌님 솜털 좀 함~ 보자!"

아이들은 더 많아지고 주위는 웅성거렸다. 눈들이 늑대처럼 빛난다.

'아! 정말 깡패학교네. 이 호모 자식들! 난 오늘 죽었구나.'라고 생각하던 찰나에 갑자기 큰 목소리가 들려 선생님이 오신 줄 알았다. 그런데 모자는 비틀어 쓰고 앞 후크는 풀어 제치고 야구 방망이를 든 상급반 선배 학생들이 다섯 명 이상 몰려왔다.

"야, 솜털 새끼들아, 너희들 뭐하냐? 오늘 좀 놀아보자! 다들 책상에 앉아!"

"멍……"

"내 말 안 들려! 다들 책상에 앉으라니까?"

"……"

우리는 놀라서 모두들 의자에 앉았다.

"내 말 안 들리나? 책상에 앉으라고……"

우리는 선배들이 무슨 말을 하는지 몰랐다. 선배들이 너무나 깡패같이 시끄럽게 악을 쓰는 바람에 우리들은 모두 화들짝 놀랐고 당황하고 있었다.

"호주머니에 든 모든 것을 꺼내!"

선배들은 여기저기서 몽둥이를 들고 아이들의 무릎을 때리고 교실에서 담배를 피며 돈을 주워 담아 나갔다. 참으로 기막힌 학교였고, 우리 중 일부는 선배가 되어서 똑같은 짓을 했다.

그러한 신고식을 치른 후 당시의 나의 동급생들은 3년 내내 선배들로부터 갈취와 협박을 당했지만 선생님들은 전혀 신경도 쓰지 않았다. 법의 사각지대이고 방임된 학교였다. 요즈음 영화로 제작된 '친구'나 그와 유사한 영화의 복사판이었다. 친구들과 마찬가지로 나 역시 3년 내내 책을 보지 못했다. 그리고 나니 고등학교 진학 후에 전혀 기초가 없었다. 이처럼 사춘기의 육체적 변화와 정신적인 변화는 너무도 예민한 시기라는 것은 자명한 일이다. 그래서 당시엔 중학교나 초등학교 선생님들의 자질 향상에 노력해야 하는데도 대학교수만 선생으로서 존중받았다. 선진국으로 갈수록 초등학교나 중학교 교사가 존중받는다고 한다. 그만큼 인간에 대한 교육과 인간이 되는 교육을 중요시하며 폭력 예방 프로그램이 잘되어 있다는 이야기다.

어찌되었든 선배들처럼 우리도 나름대로 '백골단', '해골단' 등의 이름의 단체를 만들고 있었고, 그런 아이들 중에는 어린 나이에 당시 광주에서 만들어진 성인 깡패단 '충장파' 졸개들이 있을 정도였다. 지금 생각해보면 어린 나이에 그 충격은 어마어마했었고, 지옥 같은 폭력의 시간이었다.

데이비드 바래시와 주디스 이브 립턴은 부부로서, 한쪽은 진화생물학자이고 한쪽은 정신과 의사다. 두 사람은 『화풀이 본능』이라는 책에서 고통의 전달 방식을 세 가지로 나눠 설명하며 3R로 풀었다. 첫 번째가 보복(retaliation)이다. 보복은 자신이 겪은 고통을 즉시 가해자에게 반사하는 반응이다. 이 반응은 즉각적이고 직접적이다. 복잡한 신경체계가 필요치 않으며 사실 뇌가 없어도 된다. 해파리를 건드리면 쏘는 것과 같은 이치다. A가 B를 공격하고 바로 B가 맞받아친다. 대개 그 반응은 순식간에 벌어지며, 비례적이고, 무의식적이다. 두 번째는 복수(revenge)다. A가 B를 공격하고 B도 A를 때린다. 하지만 B가 공격받은 즉시 바로 대응하는 건 아니다. 게다가 공격의 강도도 동일하지 않다. 지연된 반응이 나타나는 것이다. 복수는 식혀서 먹어야 맛있는 음식과 같다는 말도 있다. 복수의 강도는 비례적이지 않다. 눈을 이로

갚기도 하고, 때로는 눈을 생명으로 갚는 일도 있다.

여기까지는 가해자와 피해자가 일대일의 관계를 갖는다. 어찌 보면 정정당당한 면이 있다. 그런데 세 번째가 문제다. 바로 화풀이(redirected aggression)다. A는 B의 꽁무니를 쫓고, B는 처음 문제와 아무 상관 없는 C의 뒤를 쫓는다. 불합리하게 보일지 모르지만 이런 일은 항상 벌어진다. 특히 C는 그런 공격을 받을 이유가 전혀 없는데도 그런 일을 겪는다. 엄밀히 말해 화풀이는 고통을 상대에게 되갚아주는 앙갚음이라기보다, 상관없는 사람 누군가에게 갚아주는 행위다. 그런데 이는 꼭 상관없는 이에게만 가는 게 아니라, 빌미를 제공한 사람에게 가게 되어 있다. 심리학자들은 일종의 희생양이 만들어진다고 설명한다(『화풀이 본능』).

즉 동철이가 창수를 때리면 창수는 아무 죄도 없는 승헌이를 때린다. 또 승헌이는 맞고만 있는 것이 서러워 조금 참았다가 갑돌이를 때린다. 직장 상사가 아침마다 쓸데없는 조회를 하면서 세일즈맨들에게 화를 낸다. 한 세일즈맨은 화가 나서 곁에서 근무하는 여직원에게 화를 낸다. 여직원은 세일즈와는 아무 상관도 없는 수위실 경비에게 화를 낸다. 학교에서나 회사에서 당하고만 사는 학생이나 직원들이 그룹을 만들어 서로를 시기 질투하는 것을 보면, 사회 지도자의 역할이 얼마나 중요한가를 알 수 있다. 학생과 회사원들의 악순환을 중단시키는 데는 선생과 사장의 역할이 중요하다. 학내에 그룹이 만들어지면 선생도 감당하지 못하게 된다. 그래서 방치한다. 월급을 타는 데는 아무 지장이 없기 때문이다. 이러한 학교나 회사는 군대의 내무반과 비슷하며, 거기서 근무하거나 공부하는 사람들은 상당히 불행해진다. 그래서 반드시 '이지메'를 당하는 희생양이 생긴다.

그리고 어떤 파에도 가입하지 않은 자들은 따돌림을 받는다. 나는 무서워서가 아니라 공부는 안 하고 학교에서 맞기도 하고 때리기도 하면서 살아가는 나 자신이 우스워서 부모님에게 3년 내내 아무 말도 하지 않았다. 자존심이 상해서 말을 못 하는 것이다. 물론 성적이 바닥을 향하자 부모님들은 실망했고 급기야 가정교사를 고용하는데, 이때 만난 분이 지금까지도 관계가 지속되는 S형이다. S형 이야기는 나중에 하고, 우선 우리나라 폭력의 현실과 관련하여 기사를 들여다보면서 필자의 이야기를 써보기로 하자.

학교에서의 집단 따돌림은 역사가 깊고 오래됐으며 어른들이 모르는 사이에 지금도 지속 중이다. 신문 기사들을 참고하면 50년 전이라고 다를 바 없을 것이다. 1963년 5월, 서울 모 중학교 1학년생이 죄명도 으스스한 '위계에 의한 살인미수' 혐의로 경찰에 입건됐다. 위계란 계획적이란 뜻이다. 도대체 무슨 일이 있었기에 13살 소년이 살인을 계획하고 실행에 옮기다 적발된 걸까. 어처구니없게도 학생들이 마실 물에 청소용 양잿물을 넣다 발각됐고, 그 이유는 '따돌림에 대한 보복'이란 것이었다.

그 범행 소년은 만년필을 훔친 후 15일간 정학을 당했다고 한다. (중략) 그러나 사실 그 친구가 만년필을 훔친 것인지 아닌지에 대한 정황 보고는 막연하다. 사실 이런 주제가 소설이나 영화 속에도 자주 등장한다. 이 소년은 친구들의 선심을 얻어 '이지메와 왕따를 피하려고 부모를 졸라 때를 잘 빼는 양잿물을 학교에 가져왔다. 반 아이들에게 자신이 양잿물 묻힌 걸레로 마루를 닦아 윤을 내보겠다고 말했다고 한다. 그러나 이번에도 아이들은 들은 체 만 체, 본 체 만 체했다. 자기들끼리 숙덕대고 얘기를 하면서, 소년이 아예 거기 없는 것처럼 행동했다. 화가 머리끝까지 치민 소년은 아이들이 점심시간에 먹을 물을 끓이던 솥에다 양잿물을 쏟아버렸다(1963, 『경향신문』 5면, '교육자는 어디 갔는가'). 필자가 초등학교를 입학하는 시기에 일어난 사건이었다.

또 다른 기사를 보면, 1972년엔 초등학교 6학년 어린이가 학교에 불을 지른 사건이 일어났다. 역시 따돌림 때문이었다. 생모를 잃고 계모 밑에서 자란 A군은 사랑이 없는 집과 학교 모두에 관심을 잃었다. 특히 학교에서는 공부를 못 한다고 손가락질하는 담임이나 반 아이들 모두를 미워했다. 자연히 점점 외톨이가 되어갔고, 다른 아이들과 싸우는 일도 잦아졌다. 몇몇 아이들이 공부를 잘한다고 선생님이 칭찬하는 걸 보면 질투심에 얼굴이 붉어지기도 했다. 장기 결석을 하게 된 것도 그런 열등감 때문이었다. (중략) 그러던 어느 일요일, A군은 몰래 학교에 숨어들어갔다. 교실 뒷벽에 붙어 있던 공부 잘하는 아이들의 그림을 한 장씩 뜯어내 불을 붙였다. 한 장 한 장 태울 때마다 희열을 느꼈지만 불은 어느 순간 갑자기 공작도구 상자로 옮겨 붙었다. 혼자 꺼보려 했지만 역부족. 황급히 교실을 빠져나온 A군은 소방차가 오자 물을 퍼 나르며 진화를 도왔다. 그런데 이때 또 이상한 행동이 나타났다. 반 친구들을 보자 느닷없이 "시원하게 잘 탄다. 저 불은 내가 낸 거야!"라고 소리 지르기 시작한 것이다('왕따, 학교 폭력의 시작', 네이버캐스트 한국사〉한국현대사).

한편 최근의 사건을 보면 '대전 여고생'은 친구들의 왕따를 못 견디고 자신의 아파트에서 뛰어내렸다. 투신 직전 엘리베이터의 CCTV가

공개돼 충격을 주기도 했다. 그 이외의 사건을 보면 '대구 중학생' 사건은 친구들로부터 39차례 폭행을 당하고 물건을 빼앗기는 등 노예 생활을 견디다 못 해 아파트 베란다에서 투신했다. 친구들의 괴롭힘 때문에 스스로 목숨을 끊은 중학생에게 가해 학생들이 무려 300통의 협박 메시지를 보냈던 걸로 드러났다. 내용이 어른 사채업자보다 더하다는 내용이다(YTN, KBS2). 조그마한 화를 부르는 분위기가 폭력을 부르고, 그 폭력이 집단화되어 이지메 당하는 희생양이 생긴다. 폭력은 계속 폭력을 부르고 증가시켜, 학내 방화사건이 일어나고 당하기만 하던 희생양이 양잿물을 전체 학생에게 먹여버린다. 정신과에서 환자를 독방을 쓰게 하거나 묶는다든지 약물을 쓰는데, 대부분의 처치는 응급을 요한다. 병원 내 폭력사건이 생기면 그야말로 응급처치에 들어간다. 즉 폭력은 초기에 진압하는 것이 원칙인 것이다. 방치하면 문자 그대로 '개판' 되는 것이다. 사소한 폭력이 거대한 폭력을 만들어낸다. 어찌되었든 이처럼 폭력의 역사는 길다.

40여 년 전에도 마찬가지였다. 무서운 학교에 다니면서 성적표를 바닥을 그리고 있던 나에게 어머니는 과외 선생을 만들어주셨다. 당시에 만난 분이 J대 의대 예과 1학년생인 S형이다. 그는 수수한 옷차림이지만 깔끔한 복장에 그야말로 요샛말로 '엄친아', 그 당시 말로는 '샌님'에 해당되는 그런 사람이었다. 집안 좋고 성격이 밝은 데다 공부도 잘하고 인물도 훤한, 모든 면에서 뛰어난 젊은이였다. 우리 집안 분위기나 학교 분위기와 달리 그는 나를 향해 항상 칭찬과 웃음을 아낌없이 주었다. 지독하게 공부도 안 하고 중학교 3년 내내 사고만 치던 나에게 항상 위로와 용기를 주는 지지자(multiplier: 사소한 것을 칭찬하여 많은 일을 성취시키는 사람)였다.

"넌 참 머리가 좋구나! 조금만 더 잘하면 좋은 고등학교에 갈 수 있을 거야."

중학교에서 단 한 번도 들어본 적이 없는 칭찬을 너무 많이 해주어서 쑥스러울 지경이었다.

"나는 이렇게 영어를 잘하는 학생은 처음이야. 넌 천재야! 굉장히 빨리 발전하는구나."

무수한 칭찬을 듣고 살자 나는 그 형의 걸음걸이와 언행을 모두 배우기 시작했고 모방했다. 그때 형이 소개해준 헤르만 헤세의 『데미안』이라는 책을 보고 깊이 감명을 받았고 거친 나의 몸짓도 어느새 원래의 내 모습으로 돌아가기 시작했다. 『데미안』이라는 책은 한 폭의 수채화같이 아름답고 유려한 문체가 S형을 닮은 책이었다. 감수성이 풍부한 주인공 싱클레어가 소년기에서 청년기를 거쳐 어른으로 자라가는 과정을 보면서, 세상엔 아름다운 청년도 많다는 생각이 들었다. 이 세밀하고 지적인 문장을 보면서 사람에 대한 존경과 그리움을 배웠다. 나는 진지한 삶에 대해 고민하고 올바르게 살기 위해 노력하는 사람이 되어갔다. 그러나 3학년 중반기나 말에 시작한 공부이기 때문에 성적이 오르긴 했지만, 일류 고등학교에는 낙방하는 고배를 마셨다. 그러나 S형은 낙담하면서도 용기를 주었다.

"미안하다! 내가 잘못 가르친 모양이다. 열심히 했는데, 힘내서 좋은 대학에 가야 한다."

나 자신이 중학교 3년을 엉망으로 보내면서 '성적 부진아가 되었는데, 그는 자신을 한탄하고 책망했다. 그 모습을 보고 나는 아무런 말도 못 했다. 형은 참으로 맑은 사람이었다.

'참, 착한 사람이다. 과외 대학생이 돈이나 벌면 되지, 우리 학교 선생들도 책임감을 느끼지 않는데……. 공부에 대한 책임은 놔두고라도, 학교 폭력에 대한 책임도 느끼지 못하던데 말이다.'

그 후 나는 절대 내가 하지 말아야 될 직업이 '선생'이 되었다. 대학에서 레지던트를 마치자 교수님이 "너 교수 할 의향은 없니?"라고 물었을 때, 무책임했던 중학교 선생님과 선배들(diminisher: 하는 일마다 욕과 처벌을 하여 많은 일을 망치는 사람들)이 떠올라서 "저는 절대 선생은 안 합니다."라고 말했고, 그래서 그 귀한 교수 자리를 포기해야만 했다. 교수님도 여러 가지 생각을 하다가 하셨던 말씀이지만, '배울 것이 없었던 무법천지의 중학교'를 졸업할 때 나의 마음속에서는 학교 선생은 바로 '위선자'라는 등식을 세워놓고 있었다. '파파로티'라는 한국 영화를 보면 우리나라의 교육 현실을 보여준다.

아름다운 클래식 음악에 대한 감사

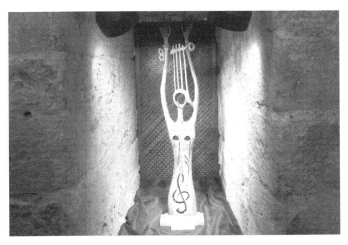

스페인의 코르도바 칼라오라 탑 내부에 있는 조각품(La música).
전쟁으로 많은 것이 사라지고 남는 것이 서적, 그림, 조각, 음악 같은 문화가 아닐까 싶다.
또한 문화는 정치를 바꾸는 저력을 가지고 있다.

수많은 한국인들이 전라도에는 신사가 없다고 생각한다. 사람들은
전라도 신사는 기억하지 않고, 목포의 ○○파, 광주의 ○○파, 여수의 ○
○파, 개뼈다귀파, 백골파, 해골파 등 전라도의 좋지 못한 것들만 기억
한다. 하지만 고려대학교를 만든 교육자 김성수 박사, 작고하신 고승 법

정, 해남의 선비 윤선도, 3·1 운동의 주역 김철, 의병장 김덕령 등을 기억하지 못하게 하는 데는 깡패 영화와 드라마 작가들의 공이 클 것이다. 또한 이러한 대중매체들을 가장 많이 접하는 세대가 청소년들이다.

필자는 가끔 청소년에게 폭력 영화와 다 벗고 나오는 에로 영화 둘 중 어느 것이 더 해로울까라는 생각을 해본다. 결론은 강간 같은 폭력성이 없는 에로 영화가 더 나을 것 같다는 생각을 한다. 물론 둘 다 청소년에게 해롭다. 그렇지만 인간의 몸은 신이 창조하여 본질적으로 아름다운 것에 들어간다. 성이란 꽃과 같이 정당한 부부관계에서는 아름답지만, 불륜이나 상대를 희롱하는 무기로도 사용되기도 한다. 결국 영화나 작품이 되려면 상식적이 아닌 강간 같은 부도덕한 성행위가 더 상품성이 있다는 이야기다. 결국 작가도 인간이기에 먹고 살기 위해서 성을 왜곡하여 전달하는 것이다. 이것이 바로 성의 상품화가 아니고 뭐란 말인가? 성이란 것은 수치라는 감정이 포함되어 있고, 청소년에게는 터부시된다. 칼로 찌르고 목이 날아가는 깡패 영화는 희뿌옇게 칠하지 않지만, 인간의 성기는 희뿌연 연기같이 처리한다. 프로이트의 성은 공격성을 의미하지만, 신이 내린 성은 사실은 사랑과 탄생이라는 열매이다. 그래서 우리나라 깡패 영화의 대부이자 명배우인 한석규는 '힐링 캠프'에 출연하여 이렇게 말했다.

"인간에게 꼭 영화가 필요한가라는 질문을 나 스스로에게 해보는데요. 결론은 영화가 인류에 기여한 것이 별로 없었어요. 영화 속의 내가 실제의 내가 아니잖아요? 폭력을 쓰는 내가 실제 내가 아니고……. 영화가 사실은 없어도 살아가는 데 아무 지장이 없어요."

그 후 그는 '파파로티'라는 영화에 출연하는데, 지금까지 한석규가 나온 영화 중 가장 사람들을 행복하게 했던 영화 같았다. 그러므로 그와 마찬가지로 우리도 폭력이나 폭력이 섞인 성에 관련된 영화에서 행복을 느낄 수 없다는 결론에 도달한다. 단지 다른 사람을 통해 화를 푸는 대치와 전이라는 효과는 있다. 어찌되었든 똑같은 대한민국에 사는데 말씨가 거친 전라도라고 왜 신사가 없겠는가? 말씨가 어눌한 충청도 사람이 신사나 양반이 아니라는 이야기는 아니다. 하여간에 대학이고 직장이고 간에 소위 '파'를 만들어 시끄럽게 하는 데는 다른 나라에 비해 한국 사람을 따라갈 수 없을 것 같다. 특히 군대 내에서는 심하다. '위험한 상견례'(2011)라는 영화에서 경상도 장인과 전라도 시아버지의 군대 생활이 나오는데 매우 코믹하다.

S형은 정말로 사람됨이나 몸가짐이 점잖고 교양 있으며 예의 바른 남자였다. 더구나 그는 하루 종일 노래를 부르는 테너 가수였다. 점잖은 S형의 몸짓과 태도는 배울 수 있었지만, 음치인 나는 아무리 노력해도 그의 노래는 따라 부를 수 없었다. 이런 것을 바로 신이 내린 달란트라고 한다. 탤런트라고도 하는 달란트는 신이 인간에게 내리는 내적인 자원이다. 어떤 사람에게는 매우 쉬운 일이 어떤 사람에게는 매우 어려운 일이 된다. 나와 달리 말씨는 항상 표준말을 쓰며 옷매무세가 단정하고 목소리는 꾀꼬리 같은 그런 섬세한 남자였다. 다정다감한 그에게 단점이 있다면 바로 그의 완벽함이었다. 중학 시절 수학이나 영어를 배울 때는 마치 외과 의사처럼 꼼꼼하게 틀린 부분을 가르쳐주었다.

"여기 이 부분이 영작이 잘못된 부분인데, 여기는 이렇게 고치는 것이 더 멋질 것 같지 않니?"

"어라, 정말 그러네."

"수학 공식은 더 정확해야 돼, 기초공식은 꼭 암기해야 할 것이다."

"알았어요."

어찌되었든 그는 우리 어머니가 소개해준 가장 중요한 인간이었고 훌륭한 선물이었다. 그렇게 우리는 서로 가까워졌다. 더욱 재미있는 것은 여러 가지 읽어볼 만한 책을 소개해주는 자상함도 잊지 않는 신사라는 점이었다. 중하생에게 알지도 못할 니체, 칸트, 에리히 프롬, 까뮈, 쇼펜하우어 같은 책들을 소개해주었다. 나는 책을 사서 읽었지만 난해하여 그야말로 아무것도 이해하지를 못했으나, 그의 현학적인 모습만은 배울 수 있었다. S형과는 고등학생이 되어서도 관계가 끝나지 않아서 한라산 등반까지 다녀왔다. 중학교에서 배운 주먹질이나 깡패 같은 행동들은 사라지고 법대를 가겠다는 희망이 서서히 S형과 같은 의과대학으로 변하고 있었다. 클래식 음악을 듣기 시작했고, 파파로티가 누군지도 알게 되었다.

사실 법대에 가려고 했던 소망은 변호사였던 아버지를 보고 영향 받은 것도 있지만, 중학교 선생이나 깡패 같았던 동기들을 혼내주고 싶은 소망도 있었을 것이다. S형은 그의 음악처럼 순수하고 거짓을 모르는 사람이었다. 그에게 배울 점은 너무도 많았다. 무엇보다 '법대에서 의대로 돌린 것'에 대해서 아버지가 가장 기뻐하셨다. 그러던 어느 날 누군가의 입에서 한라산 백록담에 가보자는 말이 나왔다. 백록담이라는 그 이름은 옛날 선인들이 이곳에서 '백록(흰 사슴)'으로 담근 술을 마셨다는 전설에서 유래했다고 한다.

고등학교 2학년 여름이었던 것 같다. 당시는 어두운 군사 정권이었고, 지금으로부터 약 38년 전인 1975년 무렵 즈음일 것 같다. 많은 선후배들이 우울한 시기였고, 수많은 양심 있는 연예인, 정치인, 법조인, 대학교수 들이 잡혀가고, 젊은이들은 자신의 열정들이 억압당하는 그런 시기였다.

"산에 가자!"

"등산은 머리로 하는 운동이 아니다. 등산은 행위예술이다. 행위가 우선시되는 것이다. 옛날 선지자들의 말처럼 아는 것보다 행하는 것이 낫고, 행함보다 즐기는 것이 더 낫다고 하지 않던가?"

"야, 대단하다, 어디서 그런 말을?"

"한라산 갈까?"

그래서 우리는 평소에 아는 지인들과 가톨릭 신자 누나들과 함께 여섯 명이 한라산에서 보내게 되었다. 나는 어머니를 졸라서 제주도 가는 뱃삯을 구했고 어머니는 흔쾌히 허락해주셨다.

"그래, 그 형과 누나들이라면 믿고 보낼 수 있다. 잘 갔다 와라."

나보다 사실 어머니가 S형을 더 좋아하여, 수많은 칭찬을 해대서 귀가 아플 지경이었다. "명문 의대에, 그 정도로 건실하고 성실한 청년을 요즈음 어디서 찾을 수 있느냐?"라고 하면서 말이다. 요즈음은 지방의 대로 전락하여 J대나 CH대나 비등비등하지만, 당시엔 좀 차이가 있었다. 나는 어머니가 어찌나 S형을 칭찬해대든지 질투가 날 지경이었다.

성판악 근방의 대피소인지 잘 기억나지 않지만, 산악 안내를 맡은 J형이 거기서 하룻밤을 자고 다음날 백록담에 가자고 했다. J형과 S형은 마치 부부처럼 사이가 좋은 의대생들이었는데, 얼마나 친하던지 호모가 아닌가 싶었다. J형이 나처럼 털털하지만 사람들을 통솔하는 힘이 있고 의대생이지만 장군 기질이 있는 남성적인 스타일이라면, S형은 등산 도구나 먹을 것을 잘 챙기는 알뜰한 여성적인 스타일이었다. 두 사람의 재능을 보면서 나는 성당 누나들이 해놓은 밥이나 먹으면 되는 것이다. 굿이나 보고 떡이나 먹으면 되는 것이 나의 역할이었다.

대피소에는 마침 여름방학이어서 전국 각지에서 온 수많은 대학생과 젊은이들이 모여 있었다. 때마침 연일 이어지는 여름장마 덕분에 많은 사람들이 대피소로 몰려들었다. 지금처럼 예약을 하는 시대는 아니었고, 지금처럼 제주도가 붐비는 곳도 아니었다. 고등학생이어서 모든 것이 설레기만 했고, 형과 누나들이 어떻게 지낼까도 몹시 궁금했다. 4년 차이지만 당시엔 엄청난 계급사회여서 선배들에게 깍듯이 대할 수밖에 없었다. 또한 집을 비우고 여행을 하는 것도 처음이었다. 대피소의 수많은 군중 앞에서 느닷없이 노래 대회도 아닌, 단 두 사람의 콘서트가 J형에 의해서 진행되었다. 고교 2학년, 대학 3학년 여대생들, 그리고 본과 1학년 의대생 두 명이 놀러온 것인데, 당시 고등학생인 나의 모토가 된 사람들이었다. 오랜 기간에 걸쳐 조언과 도움을 베풀어주는 선배로서 요즈음 멘토(mentor)라고 하는 그런 사람들이었다. 물론 집안에 법조인, 판사, 의사 친척이 일곱 명 넘게 있었지만, 흔히 책벌레들이 그러하듯 대부분 냉정하고 '심장이 없는 사람들'이었다.

나의 친척들은 대부분 일류였다. 일류 지상주의자인, 목에 석고를 칠한 친척들과는 대조적으로 두 명의 의대생과 수녀가 된 H누나는 나의 지지자들이었고 심장이 뜨거운 사람들이었다. 내가 대학에 가서 최소한 바오로 신부와 S대 출신의 나의 지도교수였던 신경정신과 Y교수를 만나기 전까지, 38년 전인 1975년의 그들의 업적은 지금도 잊을 수가 없다. 요즈음은 마누라가 지도교수님이 되었지만, 최소한 그전에는 그러했다.

"지금부터 제가 부를 곡은 '명태'라는 노래입니다. 양명문 작사, 변훈 작곡, 오현명 노래입니다. 큰 박수를 부탁합니다."

J형이 대피소에서 갑자기 일어나더니 큰 소리로 분위기를 잡았다. 당시 '명태'라는 노래가 무슨 노래인지도 몰랐고 클래식은 접한 적이 없어서 생소했지만 가사가 참 재미있었다. 중후한 베이스와 '쇠주를 마실 때, 카~!' 하는 익살스런 대사가 일품이라는 것을 그때 처음 알았다.

"그거 좋은 생각이네, 그래 노래 한번 들어봅시다. 박수!"

누군가가 일어나서 지지 박수를 보내자 젊은이들이 우레와 같은 박수를 쳐주었다.

"검푸른 바다, 바다 밑에서 줄지어 떼 지어 찬물을 호흡하고/ 길이나 대구리가 클대로 컸을 때/ 내 사랑하는 짝들과 노상 꼬리치고 춤추며 밀려다니다가/ 어떤 어진 어부의 그물에 걸리어/ 살기 좋다는 원산 구경이나 한 후/ 이집트의 왕처럼 미라가 됐을 때/ 제 몸은 안주가 돼도, 시가 돼도 좋지만, 명태란 이름만은 잃을 수 없다."

"우와! 잘한다. 박수! 앵콜! 앵콜!"

앙코르로 대피소가 떠나갈 듯했다.

"감사합니다. 그러나 공교롭게도 저는 앵콜송이 없네요. 그리고 저는 정식 가수가 아닙니다. (잠시 침묵) 이번에 소개해드릴 분은 정말로 테너 가수인 J대 의대 1학년 S군입니다. 커다란 박수를 부탁합니다."

"방금 소개받은 S라고 합니다. 이 곡은 1982년 가에타노 도니체티라는 작곡가가 쓴 곡이고 여러분도 아시는 대단한 노래입니다. '사랑의 묘약'이라는 오페라에 나오는 곡이구요. '남몰래 흘리는 눈물(Una furtiva lagrima)'의 내용이구요, 구슬픈 단조 가락과 전조의 묘미 덕분에 전곡 중 가장 인기가 높고요, 작곡가의 베스트 아리아로 꼽혀요."

"빨리 불러라, 무슨 음악시간이야?"

누군가가 구차한 설명이 싫다는 듯 목소리를 높여 말했다. 정말 설명과 폼이 자상한 S형이었다.

"Una furtiva lagrima negli occhi suoi spunto, One lonely tear steals down thy cheek, Secretly here in the dark(외로이 그대 뺨에 흐르는 눈물, 어둠속에 남몰래 흐르네)."라고 어둡게 부르는 곡은 점점 높은 음을 선택하더니 슬프게 끝났다.

"M'ama, si m'ama, lo vedo, lo vedo! One lonely tear on thy cheek, Seems to say Don't fly away(외로이 그대 뺨에 흐르는 눈물 떠나지 말라고 말하는 듯하네)."

S형의 신선하고 젊은 목소리가 대피소의 벽을 타고 아름답게 공명하여 사람들의 귀로 전해지자, 청중들은 한동안 멍하니 있다가 갑자기 우레와 같은 박수를 보냈다. 클래식 음악이 모두 다 그러하듯 그는 상당한 매너로 정중하게 인사를 했지만 바로 앙코르를 받아서 몇 곡을 더 불렀다. 커다란 박수소리가 들리고, 여학생들은 자지러지고, 눈물도 흘리며, 노래를 부른 자나 듣는 자 모두 행복해했다. 그 후 수녀가 된 H누나는 "목소리가 너무 아름다워서 목소리만 가지고 싶었다."라고 말하곤 했다. '사람은 싫고 목소리만 갖고 싶었다.'로 해석하고 있다. 너무 아름다워서 모두들 샌님에 대한 칭찬과 질투를 했던 것 같다.

다음날 우리는 백록담을 가기 위해서 산길을 걸어야 했다. 가끔 혼자서 또는 친구들과 산길을 걸으면, 정말로 말없이 걷는 행위가 좋아진다. 등산 자체가 숨을 쉬기 힘든 운동이어서 말이 없어진다. 둘이 걸어도 말이 싫어진다. 말이 없으니 정말로 편하다. 허리가 굽혀진다. 배가 나온 사장님도 숨쉬기가 힘들어서 허리를 굽힌다. 그래야 숨쉬기가 편하다. 모두들 허리를 굽히고 산행을 하여, 산은 모두 겸손한 사람으로 만든다.

S형은 단순히 노래만 잘해서는 노래로 성공할 수 없었던지, 요즈음 나이 들어 전주에서 조용한 콘서트를 열며 지낸다. 모든 예술가가 그러하듯이 자기만의 스토리가 있어야 한다는 생각이 든다. 휴대전화 판매원이었던 폴은 초라한 외모, 가난과 왕따, 교통사고, 종양수술 등 어려운 상황 속에서도 오페라 가수의 꿈을 가지고 살았다. 그래서 사람들은 그의 노래 실력에 놀라고 휴대전화 판매원이었다는 사실에 놀라서 기자들이 대서특필하여 유명해졌다. 빈센트 반 고흐가 가난에 지쳐서 정신이 돌아 유명한 화가가 되고, 프로이트가 자신의 문제를 연구하다가 오이디푸스 콤플렉스를 만든 것처럼, 단정하고 완벽한 신사는 너무 완벽해서 자신의 스토리를 만들 수 없는 것 같았다. 맑고 섬세하며 여성스러운 보첼리 역시 장님이어서 더욱 아름다웠다.

파파로티는 수학을 잘하여 평생 수학을 가르치며 살려고도 했고, 축구 선수로 뛰다가 체육교사가 될 수도 있었다. 교사가 되는 길이 당시 파파로티의 실력으로는 실패 확률이 별로 없는 길이었다면, 성악가가 되는 길은 그야말로 극소수만이 성공하는 험난한 길이었다. 남다른 의지와 노력, 건강과 행운이 따라주지 않으면 안 되는 일이었다. 그런데 S형은 파파로티를 흉내 내기 시작한 것이 벌써 40여 년이 흘러 60세의 노인이 되어버렸다. 그러나 지금도 그는 내과의사로 만족하지 않고 수학 공부도 하며 노래 레슨도 받는다. 젊은 날은 덧없이 흘러갔고 그의 허망한 꿈도 물거품이 되었으나 파파로티가 되려고 지금도 노력한다. 사실 나는 파파로티의 여자관계와 그의 상업성은 너무나 세속적이어서 싫어한다. 누구의 말처럼 목소리만 좋아한다.

"노래는 수학처럼 정확해야 돼."

"과연 그럴까?"

"그럼, 수학인데……."

그는 최근에 수채화를 시작했는데 명암이 너무 정확해 사진 같았다.

"극사실주의야? 그림에 감정이 없어, 이러려면 사진을 찍는 게 나을 거야. 노래도 마찬가지야. S형! 차라리 기분을 살리려면 가곡을 유행가로 패러디해봐. 그러면 형의 감정이 실어질 거야. 그러다가 다시 클래식으로 불러봐. 그게 나을 거야."

"그런 이야기를 왜 지금 하니? 그렇게 좋은 생각은 젊었을 때 해야 하지 않을까?"

그는 나의 늦은 충고를 기쁘게 받아들였지만 늦은 것을 못내 아쉬워했다. 그러나 내심 S형이 보첼리나 파파로티가 되어 만나기도 힘들 만큼 유명해지면, 나를 만나주지 않으면 어쩌나 하는 기우와 시기심도 있었을 것이다. 그리고 세계의 일인자가 되는 것이 개인적으로 행복한 것인지 아닌지는 아무도 모른다. 세계의 일인자가 되어본 적이 없는 자들이 세계의 일인자에게 '돈이 많아 행복할 것이다'라고 평가를 내려버리기 때문에 그렇다. 정작 본인은 팬 서비스 하느라고, 또는 인기에 연연하여 불행할 수도 있기 때문이다. 일반적으로 너무 유명해진 친구에겐 바쁠 것 같아 자주 가지 않게 된다. 그들 역시 평범한 사람에서 출발했기 때문이다.

"형의 그림은 수학이야. 저번에도 피카소의 그림이 멋진 수학적 도형이라고 주장하던데, 그게 아니고 여러 여자가 혼재된 감정이 숨겨진 그림이라고들 하던데……. 피카소나 파파로티는 여자들이 많았는데, 어쩌면 그녀들이 그림의 원동력이 아닐까 해."

"……."

여자 이야기에 그는 화들짝 놀란다.

"흘러간 청춘을 되돌릴 수는 없어. 과거에도 그런 유사한 이야기는 했는데 말이야. 차라리 듀엣이나 트리플로 젊은 사람들과 함께 팝송을 부르면 더 좋을 거야. 형 노래에 생기나 색깔이 다 없어져버렸네. 다 늙어서 그래. 늙으면 노래가 도덕이 되거든……."

음악에 문외한이자 음치인 내가 할 소리는 아니지만 지금도 가끔 만나면 충고를 한다. 주제넘은 짓을 해대는 것이다. 전라도 신사 음악가이자 내과의사인 S형을 통해서 깡패 중학생에서 그의 신사다움을 보고 정신과 의사가 될 수 있었다. 이 글을 장황하게 쓰는 이유는 사춘기는 참으로 중요한 시기인데, 나를 통해서 다른 후배나 중학생들이 환경과 사람이 얼마나 중요한가를 가르쳐주려고, 소위 정신과에서 말하는 동일화(identification, 또는 identity를 위한 그 무엇) 과정을 써본 것이다. 또한 오늘날도 버젓이 선생님이 제자를 성폭행하는 일이 자행되고, 제자가 여선생을 구타하고, 자살하는 젊은 학생들이 있다는 사실이 매우 안타깝다.

나이가 들수록 느끼는 것은, 신은 재능을 주며 그 재능은 인간의 운명을 결정하지만, 재능이나 운명보다는 우리가 살아가면서 서로를 존중하고 끊임없이 노력하는 사랑이라는 배려가 훨씬 더 중요하다는 점이다. 그래서 우리는 우리들 각자에게 신이 내린 재능에 대해 감사드리고, 그러한 운명 속에서 유명세보다는 더욱더 사랑을 느끼고, 행복해 하는 시간을 늘리며, 실존에 대한 감사의 시간을 늘리는 것이 우리 삶의 과정과 목표가 되어야 한다고 생각한다. 인간의 노력이 10%라면, 신이 준 재능이 90%이기 때문이다. 그래서 우리가 유명하든 또는 유명하지 않든 재능은 사라지지 않는 것이다. 현자들의 말처럼 왜 태어났냐고 자문하지 말고 어떻게 살아가야 하는가를 자문해야 하기 때문이다. 음악은 사람들을 행복하게 만드는 아름다운 재능이기에 더욱 그러하다. 아름답고 듣기 좋으면 그만인 것이다. 나는 준엄한 아버지의 뜻과 같이 슈바이처를 생각할 수는 없었지만, 또한 K신부님의 자비로운 허락에 따라 신부는 못 됐지만, Y교수의 끊임없는 연구에 대한 현학적인 꾸짖음에도 부응하지는 못했지만, 내가 의사가 될 수 있었던 것은 순전히 S형이 보여준 모범과 형이 행동과 점잖은 태도로 보여준 영향 때문이라는 점은 믿어 의심하지 않는다.

"신사 음악가 테너 S형! 중학 시절에 함께 동행해주어 고마워."

이 말을 꼭 남기고 싶었다.

청소년은 교육만 시켜도 병이 좋아진다

"똑똑……."

"들어오세요."

진료실은 대략 넓어야 6평 정도밖에 되지 않지만, 문이라는 벽을 통해서 그 너머에 항상 드라마 대본을 가져오는 환자로 넘실댄다. 성폭행도 아닌데 성폭행이라고 우기는 60대 할머니, 아내와의 이혼 상담, 애인과의 이별 문제, 자살하지 못한 자살 환자, 정치와 도덕을 논하고 싶은 대학교수, 어머니나 친구를 잃은 우울증 환자, 할 일 없이 술만 처먹어대는 알코올 환자의 변명 등 이야기로 넘쳐흐른다. 그러나 이렇게 복잡하고 병적인 사람들도 있지만 매우 신선한 중학생 환자들도 있다.

아마 잘은 몰라도 정신과 의사들은 자신이 변호사도 아닌데, 이혼하러 변호사한테 가기 전에 정신과에 잠깐 들르는 부부와 해결책이 없는 방만한 연애 이야기(외도)를 가져오는 것을 가장 싫어할 것이다. 대부분 이들은 가정에 충실하겠다는 의지와 노력보다는, 일방적으로 자신은 잘해주었는데 상대가 잘못했다는 것을 인정받기 위해서 오며, 대부분은 헤어질 것을 답으로 정하고 오기 때문에 끝이 좋지 않다. 이들은 대부분 자녀 문제는 제쳐두고라도 자신의 만족과 이해관계를 위해서 상대와 결별하겠다는 것, 또는 남편의 외도의 경우 아내인 나도 이성과 관계를 가지겠다는 것이 결론이다. 즉 반성이나 참회가 전혀 없는 사람들이 대부분이다. 증오로 가득하다. 증오는 법륜 스님이나 다른 종교인에게 가져가도 좋은 소리 못 들을 것이다. 상대가 마음을 닫고 오면 해줄 게 하나도 없게 마련이다.

지금으로부터 25여 년 전, 잘생기고 똑똑한 중학생이 나를 만나러 왔다. 개원의의 장점은 자기가 보고 싶은 환자만 보면 된다는 것이 내 소신이었다. 물론 병원비 할인도 봉직 의에 비해 자기 마음대로 할 수 있다. 그러다가 적자가 나기도 하지만……

"원장님! 저는 심각한 문제가 있어요."

차트를 보니 초진, 중학생, 14세, 중 2라고 되어 있었다.

"심각하다? 뭐가 심각한데……?"

녀석은 눈을 멀뚱멀뚱 굴리더니 한참 망설이면서 눈치를 본다. 녀석이 눈치를 보면서 시간을 많이 끌었기 때문에 나는 화를 억누르고 있었다.

"저요, 남자 선생님이시네요."

"왜? 남자 선생에게 하지 못할 이야기라면 여자 선생 소개해줄까?"

"아니요, 이름이 여자 이름이어서……"

"나 바쁘다, 얼른 말해라. 다음 환자도 봐야 돼서 말이다."

"이런 거 상담해도 되는지……. 말까?" 정

말 지루하게 만드는 데 일가견이 있는 중학생이었다.

"글쎄 이런 것이 무언지 알아야 해결을 해주지 않겠니?"

'도대체 나를 자꾸 궁금하게 만드는 이놈은 정체가 무얼까?'라고 중얼거려본다. 녀석은 진료실을 한참 둘러보고 발을 떨고 손을 꼼지락거리더니 말을 잇는다.

"비밀은 보장되나요?"

"내가 자신하는데 정신과 의사는 성당의 신부와 같아서 비밀 보장 하나는 끝내주게 지킨다는 것을 알아라!"

녀석의 눈을 뚫어지라고 쳐다보다가 힘주어 말했다.

"아버지에게 말하지 않을 거죠?"

"난, 네 아버지가 누군지도 몰라!"

"전화하지 마세요, 아까 간호사가 전화번호 적던데……."

"그러니까 무엇이 궁금하냐고?"

"……병원비가 얼마예요?"

"……. 너 지금 나 약 올리려고 왔냐, 치료받으러 왔냐? 아! 아버지 몰래 와서 치료비가 없구나? 너 공짜 환자 아니야?"

속으로 '참, 수준 없는 치료를 하고 있구나. 어허! 오늘 적수 만났네!' 라고 중얼거려본다. 도대체 이놈의 문제가 무엇이란 말인가? 중학생이면 성적 부진, 가족 문제, 구타하는 선생이나 아빠, 엄마의 외도로 가정이 풍지박살, 왕따, 우울증, 불안 장애, 아니면 이성 문제일까라고 생각이 들어 하나하나 다 물어보았지만 해당되지 않았다. 시간은 계속 흘러갔다. 나는 인내력의 한계를 느껴서 초조해졌다.

"오천 원밖에 없어서요. 게임방에 가려고 남겨둔 돈이거든요."

대개 부모 몰래 온 환자들에게는 할인을 하고 있던 터였다. 일반과 기본 진료비가 1300원 하고 보험료가 2500원으로 올랐던 시절이다.

"빨리 말해라! 보통 한 시간에 7500원에서 만 원인데, 넌 기본 진료비 2500원으로 할인해줄게, 제발 빨리 말해라. 다른 환자들 기다리고 있잖아? 앞으로 3초 안에 본론으로 들어가자. 3초 안에 하지 않으면 할인 없어!"라고 말했더니 그 후로는 속사포같이 말을 하기 시작했다.

"섹스 문제인데요. 제가 조금 부자라서 집에 컴퓨터가 있어요. 그래서 가끔 포르노를 보는데 어제 처음으로 싸버렸어요."

"이야! 너 부자다! 세련된 XT(당시의 엄청 느린 컴퓨터 기종) 한 대에 300만 원인데 말이다."

"제가 아니라 아버지가 부자여서 장남이라고 한 대 사주셨어요. 그것 가지고는 동영상은 잘 안 되고 누나들 포르노 사진을 다운받아 보다가 글쎄, 기분이 나른해지다가 머리가 멍해지더라고요. 그 다음에 쌌어요."

"무엇을?"

"정액을 말이에요."

녀석은 아버지 몰래 큰 죄를 지었다면서 눈물까지 흘리며 말했다.

"······."

"······."

"그러니까 너의 첫 관계가 사진의 누님과의 정사로 끝났다 그 말을 하러 온 거군. 다들 그래, 그것은 남자가 되었다는 자랑스러운 징표야!"

나는 드디어 무언가를 이놈으로부터 얻어냈다고 생각하고 학교 선생님같이 한참 동안 성에 대한 설득을 했다.

"그게 아니라······."

"그것이 아니라고? 그러면 도대체 뭐야?"

"원장님이 말하는 기초적인 수준의 성에 대해서는 이미 다 알고 있고, 그런 것은 요즈음 다 학교에서도 가르쳐요."

"평범하다 그 말이군. 그럼 도대체 뭐야?"

"에이즈(AIDS)에 걸린 것 같아서요. 기침도 나오고 콧물도 나오면서 온몸이 욱신거려요."

"에이즈(AIDS)?"

"그래요, 에이즈! 바이러스 감염증으로 세포성 면역기능에 이상이 발생하여, 감기와 비슷한 증세를 보이는 급성 감염기를 보인다고 인터넷에 쓰여 있더라고요. 그러니까 그 정액이 발사되면서 거꾸로 흐르면서 내 몸에 침입하여 바이러스 병을 일으키는 것이죠."

"정액이 거꾸로 역행하여 에이즈를 발생시킨다!"

"틀렸어요?"

"혹시 네 꿈이 나처럼 의사 되는 거냐?"

"일단은 목표를 그렇게 정하고 있어요. 나중에 성적이 될지 안 될지 모르지만 말이에요. 인체에 대한 관심이 좀 많거든요."

"으흠, 그렇구나! 네가 생각하는 학설이 맞는다면 넌 노벨상 후보감이지만, 네 생각이 틀렸다."

"틀려요? 그러면 제가 호모가 아닌가요?"

"자신의 정액을 거꾸로 흐르게 하는 자위행위를 하면 호모라는 이야기가 틀렸고, 네가 앓고 있는 병은 호모도 아니고 에이즈는 더더욱 아니다. 왜냐하면 네가 한 행위는 자위행위이지, 그것을 호모라고 부르지는 않는다. 알았어? 호모는 남자와 남자의 성관계를 말하는 거야."

"아하 그렇구나! 그러면 공연히 병원에 왔네요."

"그래, 다음부터는 그런 문제가 생기면 이웃집 형에게 상담해라."

사소한 상담이지만 청소년들은 이러한 간단한 교육만으로도 좋아지는데, 1녀 1남만 낳고 만다는 가족계획이 태동하고 있어서 집안에서 물어볼 사람이 없어진 효과였다. 사실 아버지와 이런 문제를 상담하는 것은 약간 창피한 일이다.

"병원비 안 내면 안 돼요?"

"뭐라고? 지금 네놈이 뺏은 시간이 얼마인데……?"

"알았어요."

"대신에 감기약을 처방해줄게……. 난 감기 환자도 잘 보지 않지만 네놈이 하도 귀여워서 감기약을 주마. 다음에 또 의문 나는 것 있으면 와라. 그러나 가능하면 이웃집 형이나 친구들과 상의해라! 그런 기회를 통해서 친구들과도 더 친해지고 말이야."

"……예!"

당시에 14세인 중학생들은 이제 30대가 되었을 것이다. 그리고 그들은 핵가족의 폐단으로 그들 스스로가 피해자라고 생각할지 모르겠지만, 그들은 인터넷을 통해서 지식을 얻는 새로운 세대이다. 사이버 시대라는 계층이 태동된 것이다. 이들이 이제 자녀를 낳아 부모가 되면 사춘기 아이들에게 어떻게 대하며 어떻게 훈육하는지 궁금하다. 사춘기 아이들은 대화만으로도 치료가 되고 교육만으로도 좋아지는 경우가 허다하다. 그러므로 부모들은 엄격함을 유지하되 아이들의 고민을 경청해야 한다.

폭력이란?

■ 사디스트(sadist)

나의 선함을 주장하려면 배경이 되는 타인들의 약점과 악행과 비난을 가득 써야 되기 때문에, 가능하면 이러한 폭력에 대해 쓰기도 싫지만, 독자들의 이해를 돕기 위해 조금 써보겠다. 사실 대학병원 의사들의 수련 과정에 대한 드라마를 통해 이미 독자들이 다 아는 사실이다. 한국에서도 흔하게 이러한 폭력이 의과대학이나 수련병원 자격을 갖춘 사립병원에서 흔하게 일어나며, 일류나 하류 할 것 없이 비일비재하다. 그러나 이에 대해 체계적으로 조사되거나 연구된 적도 없다. 단지 고려대 의과대학 내 성희롱 사건만 유명할 뿐이다. 직장 내 상사나 힘 있는 오너(owner)들의 언어 폭행이나 성적 희롱이 신문에 나는 것은 빙산의 일각이 아닐까 하는 의문이 든다.

나는 1985년에 모 대학 병원에서 인턴을 마쳤다. 나라도 독재국가였지만 그 시절 인턴은 지금의 인턴보다 훨씬 더 강력한 독재 체제 하에서 혹독한 생활을 했다. 아시다시피 인턴은 잡일꾼이고, 족보도 없고, 자신의 과도 정해지지 않은 상태로 이름도 없는 심부름꾼이다. 그냥 멍하니 시키는 일만 잠 안 자고 닥치는 대로 하면 된다. 대부분 인턴 선생들은 모든 과를 돌면서 각 과가 무슨 일을 하는지 배우고, 의대 시절 임상실습 때 본 것을 좀 더 구체적으로 본다. 단지 시술이나 수술은 못 하고 보기만 하면서 검사실로 보낼 피(혈액)만 열심히 뽑으면 된다.

환자들에게 수술 전에 밥 먹지 말라고 하고 관장을 하거나 검사 결과지를 찾아오는 일이 대부분이다. 그리고 외과 계열을 돌 때면 선배들의 수술 광경을 보거나 환자를 수술 베드로 옮기면 된다. 환자가 40kg이든 100kg이든 그것은 인턴이 알아서 해야 한다. 주치의가 실수하여 환자가 사망하면 주치의 대신 인턴이 환자 보호자한테 맞으라면 맞아야 되는 그런 한심한 세상이었다. 안 되면 되게 하라! 선배는 법이다! 옛날엔 그랬다.

50대 아빠들이 얼마나 초라하게 살았는지 지금의 20대들이 알아주기 바라진 않지만, 다 그러한 혹독한 시절이 있었기에 오늘의 의학 발전과 경제 발전이 있었다는 이야기다. 물론 50대들의 정신은 그만큼 황폐화되어 있는 것도 부인할 수 없는 사실이다. 배우지 마라! 좋은 것만 배워라! 그러므로 우리가 그나마 밥이라도 먹고 부자 국가가 된 것이 30~40년도 되지 않는다는 것이다. 다시 말해 우리의 역사는 '때리고 술 사주고……, 때리고 밥 사주고……' 하는 전 근대화 과정 속에서 의사가 된 것이다.

"야! 너 조냐? 어젯밤 뭐했냐?"

수술 장에서는 선배나 교수들이 외과 레지던트를 폭언과 구타로 함부로 다루었다. K교수 역시 예외는 아니어서 아까부터 졸고 있는 땡삼이 형을 수술대 밑에서 발로 10번 이상 찼다. 졸고 있는 제자가 불쌍한지는 알지만, 수술에는 환자의 생명이 달려 있어서 K교수 역시 제자를 깨워야 한다. K교수의 영웅적 소신은 배울 때는 맞아가며 배워야 한다는 것이었다. 그리고 실제로 그의 꼼꼼함과 완벽성 같은 점들은 배울 게 많았다.

"아, 어제 당직을 해서요. 죄송합니다."

땡삼이 형은 얼마나 피곤했던지 졸린 눈을 부릅뜬다. 야간 당직으로 날을 새고 그 다음날 수술 방에 들어오는 레지던트는 서서도 잔다. 의사가 부족한 시대의 병원 수술 장의 흔한 풍경이다. 그러나 은근하게 밀려오는 잠은 어쩔 수 없어 또 잠이 든다. K교수는 은근히 화가 난다. 또 발로 찬다.

"외과 의사는 체력이 최고야! 허약한 몸으로 어떻게 외과를 하니? 다음엔 모스키토(수술 기구)로 때린다."

"K교수! 레지던트들 살살 다루세요. K교수도 젊었을 땐 다들 그렇고 그랬잖아."

마취과 L교수가 땡삼이 선생을 감싸고 돌았다. K교수는 L교수가 고등학교 선배라서 아무 말도 못 했으나, 내심 마취과 일이 아닌 외과 일에 신경 쓰는 것이 거슬린다. 당시의 의대생들은 지금같이 평준화된 고교를 졸업한 것이 아니라 일류 고교 출신들이 다수여서, 고교 때부터 대학까지 선후배가 되는 모순을 안고 있었다. 의사와 교수 및 깡패의 공통점은 많다. 한번 선배는 영원한 선배라든가 등등……. 대부분의 수많은 교수들은 존경받을 만큼 점잖지만 K교수는 예외였다. 우리 모두가 경험했듯이 중고등학교 선생 중에서도 한두 명은 '독종' 또는 '꼴통'으로 불리는 부류가 있었다.

"땡삼이 선생! MBS와 GBS 방송에 나갈 원고는 써놓았나?"

"아니오, 바빠서요."

"지도교수 얼굴에 먹칠을 할 거야? 병원장님 명령으로 내가 나가는 방송이란 말이야! 내일까지 써서 내 방으로 가져다 놔!"

"어라! 자신의 방송 원고도 레지던트에게 맡기나?"

또 마취과 L교수가 거든다. L교수의 참견에 마침내 K교수가 흥분한다.

"형님! 아무리 고등학교 선배라도 오십이 다 된 나이에 서로 그러지 맙시다. 저도 이제 외과 과장이에요."

"……."

"왜 남의 집에 감 놔라 배 놔라 합니까?"

K교수는 마침내 화를 참지 못하고 큰소리를 내고 말았다.

"알았어, 알았어……, 알았다고! 흥분하지 마!"

땡삼이 선배는 외과 전문의가 되겠다는 일념으로 대학병원에서 수련 중이고, K교수는 대학교수로서 외과 담당 과장이면서 방송을 통해 자신의 명성, 명예, 권력 등을 늘려 나가는 의사였다. 대개 40대 의사나 교수들은 이런 허무맹랑한 것들에 집착하지만, 나이가 더 들면 '내가 그때 왜 그랬을까' 하고 후회를 한다. 땡삼이 선배는 외과 1년차 레지던트였고, 전문의라는 자격을 얻으려면 대학에서 연구하고 공부도 해야 하며 수련도 받아야 된다. 즉 개인의 야망과 자격증이 걸려 있고, K교수 역시 연구와 명예를 목적으로 대학교수를 하는 것이다. 단지 K교수는 가르치는 입장이고, 땡삼이 선배는 배우는 입장일 뿐이다. 그러므로 중세의 장군이나 조선시대의 임금 격이 K교수이고, 땡삼이 선배는 그의 신하인 셈이다. 고등학교에서 배운 민주주의는 병원 어디에서도 찾아볼 수가 없었다. 즉 병원은 독재주의 체제였다. 외과는 더욱 더 그랬다.

만일 매일 때리는 외과 선배가 있다면 그것도 받아들여야만 땡삼이 선생은 전문의가 될 수 있다. 땡삼이 선생이 원하는 민주주의 원칙에 따른 독립된 인간형은 병원이라는 커다란 기계가 받아주지를 않았다. 독립을 외치면 외칠수록 K교수는 방송 원고와 의국 발표(conference)에서 이상한 질문으로 괴롭히더니, 급기야 구타도 서슴지 않았다. 그들의 공통 목적인 학술과 연구라는 병원 비전이 있었기에……. 목적이 농일해서 그나마 서로들 견디고 있었다. K교수는 수련의뿐만 아니라 의과 대학생들도 때려서 학생들 사이에서도 두려움의 대상이 되었다.

레지던트들은 교수라는 힘과 권위를 가진 자 밑에서 일을 한다. 수련의들은 교수가 언제든지 부족한 점을 지적하고 노출시켜버릴 것 같은 두려움 속에서 산다. 바로 수치심에 대한 두려움이다. 누가 더 주목을 받는가, 누가 더 수술을 잘하는가, 누가 더 탁월한가(excellent), 누가 더 유능한가, 누가 더 현명한가 하는 평가 밑에 있는 사람들이 레지던트다. 물론 교수들 사이에서도 이러한 비교의식은 존재한다. 그래서 이러한 소영웅주의 때문에 서로들 과시적이 되며 절제하지 못하고 과격해진다. 그리고 그러한 수치심들이 모여서 공격적이 된다. 이때 공격성을 보이기 쉬운 사람은 윗사람이다. 조절자나 중재자가 없기 때문이다. "K교수는 사디스트(sadist), 우리 학생들은 마조히스트(masochist)야."라는 이야기가 소문을 타고 돌 정도로 학생들 사이에서도 K교수는 유명했다. 1970년대 말에 의과대학을 다니던 의과 대학생들은 스포츠 선수들과 동일하게 구타에 익숙해져 있었다.

한편, 당시의 의과 대학생들을 보자면 대강 이러했다. 고등학교를 졸업한 우리들은 대학에 가면 술 마시고 노래하고 연애나 하는 자유로운 성인이 되어 어른 대접을 받는다는 기대로 가득 차 있었다. 입학식이 끝나고 예과 2학년 선배들이 예과 1학년 후배들에게 강당으로 모두 다 집합하라는 명령을 내렸다. 그래서 집합 장소에 가보았더니 본과 4학년 대의원부터 의예과 2학년 대의원과 선배들이 수십 명 미리 와 있었고, 모두 다 야구 방망이를 들고 있었다.

"히포크라테스 정신을 받들어 우리 의과대학에 입학한 것을 축하한다. 너희들은 앞으로 지역사회의 엘리트 정신으로 사회에 봉사하고 열심히 공부하기를 바란다. (중략) 여학생들은 일어나서 강당에서 뒤로 나가주기를 바란다. 사나이들끼리 할 말이 있다. 여학생들은 다 나가라!"

"……."

여학생들은 영문도 모르고 밖으로 나갔다.

"시간관계상 1번부터 때리겠다."

당시 선배들은 우리의 눈에 마치 일본 군대 비슷하게 보였다. 사실 이러한 구타 문화와 남성중심 사회는 군사 문화와 일본에서 비롯되었다. 일본은 전 세계의 유일한 천황 국가이며 남성중심 사회로, 지금도 '닌자 문화'와 '사무라이 문화'라는 것이 있고 여성을 하시한다. 그리고 의리를 지키지 못한 자들에게 자살을 대중화시킨 국가이며 전쟁 발발 위험 국가이다. '시작도 끝도 없는 웬 히포크라테스 선서를 이야기하더니 갑자기 구타는 또 뭐냐?'라고 중얼거려본다.

"왜 우리가 맞아야 됩니까?"

용기 있는 한 학생이 말대꾸를 했다.

"누구야? 어떤 놈이야? 어떤 새끼야?"

그 말대꾸에 여러 선배들이 맞장구를 치며 여기저기서 악을 썼다. 그러한 융합된 핵폭탄과 같은 큰 목소리에 우리는 얼음처럼 얼어버렸다.

"전데요? 도대체 히포크라테스 정신과 사회봉사, 엘리트 정신 같은 것이 집단 구타와 무슨 관련성이 있습니까?" 장똑똑이라는 학생이었는데, 그는 나중에 학내에서 데모 주동을 하여 고생을 좀 했지만 잘리지는 않았고, 지금은 훌륭한 노인 의사가 되어 있다. 그의 꿈은 독재정권 치하의 이 땅이 싫다며 미국에서 의사가 되었으나, 이 땅에 민주주의가 온다는 소식을 듣고 다시 귀국하여 한국에서 살고 있다. 어쨌든 그날 장똑똑 선생은 끌려 나가서 엄청나게 두들겨 맞았고, 우리는 그 뒤를 이어 야구 방망이로 여섯 대씩 맞았다.

"아이고, 아이고, 김씨 집안 삼대독자 죽네!"

어떤 학생이 두들겨 맞고 소리쳤다.

"무신 삼대독자, 사랑의 매라니까……."

선배들은 때리는 것을 즐기며 큰소리로 비아냥거리고 피식대며 웃었다. 그들은 전통적으로 내려온 매를 맞고 성장한 세대들이어서, 그들 역시 후배를 때리면서 자신이 맞았던 것을 되갚고 있는 것이다. 그 후 대학에 대한 우리의 이상과 꿈은 완전히 깨져버리고, 수련의 때까지 이어진 그러한 질서와 유치한 행위는 선배를 하늘같이 모시라는 독일식 도제와 일본식 교육으로부터 들어온 것이었다는 사실을 한참 후에 깨닫게 되었다. 그 후 우리는 한두 살 차이의 선배에게도 깍듯이 인사를 하고 예를 갖추었고, 그러자 "역시 사람은 때려야 말을 들어."라고 했다. 그런데 서울에서 명문대 병원 원장 아들이 우리 학교에 들어왔다.

그의 이름은 장정보였다. 나중에 이 학생은 아버지 병원에서 레지던트를 했는데, 정보라는 문자 그대로 전국 의과대학 정보통이었다. 변태군(별명: 변태)이라는 학생은 그러한 신고식이 억울했는지 장정보에게 이렇게 물었다.

"어, 장씨! 다른 대학도 때리니? 고등학교 교련시간을 제외하고 맞은 적이 없는데 말이야."

"아버지가 타 대학 교수라서 아는데, 다들 때린대······."

"이웃 대학도 때리니?"

"더 많이 때린다더라."

"환장하겠네, 그러면 동문고별로, 서클별로, 대학별로 하면 총 몇 대고, 대학 졸업할 때까지 6년 동안 맞아야 되니?"

"그렇다고 하더라, 너희들은 더 낫지만, 난 S대 국문학과를 다니다가 아버지가 의사여서 억지로 의대에 왔고, 본과 1, 2학년도 다 고등학교 후배들이야. 그러니 후배들에게 앞으로 6년을 맞아야 돼. 너희들이 내 심정을 알까?"

녀석은 눈물을 글썽거렸다.

"우리는 후배들을 때리지 말자."

그 다음날 동기들이 학교에 나왔는데 눈들이 통통 부어 있어서 왜 그러냐고 물었더니 이렇게 말했다.

"밤 내내 생각했는데 우리는 6년간 파블로프의 조건반사에 나오는 개가 될 것 같아."

"개 이야기 말이냐? 식사시간에 종을 치면 밥을 연상하고 침을 흘리는 개?"

"그래. 그 침 흘리는 개 대신에 종을 치면 '맞을 준비'를 하는 의과대학생 짐승인간이 되는 거야."

"아아, 정말 그러네. 개처럼 맞을 준비를 하는 인간이라고 생각하니 모욕감에서 눈물이 나오겠구나."

의과대학의 교육은 사실 인성교육이 중심이 되어야 한다. 최소한 우리 대학만은 언젠가는 슈바이처나 페니실린을 발견한 미생물학자 알렉산더 플레밍을 내놓겠다는 각오를 새롭게 하지는 못할망정, 선동열 선수도 아니면서 한심한 야구 방망이 짓을 하며 우리는 의과 대학을 다니게 되었다. 그러나 오늘날도 마찬가지로 때리지는 않지만 의과 대학들이 기업형 대학병원으로 변신한 것은 아쉬운 일이다.

"나, 포기할래. 그만 다닐래, 개 취급받기 싫어."

우리 반 아이들은 '구타'에 대한 토론을 며칠씩 계속했고 모욕감, 무력감, 창피함, 자존심의 상실감 등에 시달렸다. 하지만 답은 굴종이나 순종밖에 나오지 않았다. 그러나 몇 년이 흘러 우리는 본과 4학년 졸업을 앞두고 있었다. 놀랍게도 우리 중에 후배를 때리지 말자는 아이들은 나를 포함해서 네 명밖에 없었고, 학교를 안 다니고 중퇴한 놈은 한 명도 없었다. 인간은 적응력이 놀랍도록 빠르다는 사실을 알았다.

우리는 시간이 흐를수록 집단 폭력에 항거하지 못하는 무기력한 명령 복종자가 되어 있었다. 의학이라는 상상도 못 할 일정한 양의 지식을 배급받고 집단 구타라는 사회주의 틀 안에서 살게 된 것이다. 다행스럽게도 그 시대는 민주주의가 아닌 군사독재여서 전 국민이 구타 문화 속에 살고 있었기 때문에, 의과 대학생들이 맞으면서 학교 다니는 것에 더 쉽게 익숙해졌는지도 모른다. 심지어 부모들도 회초리로 아이들을 가르치는 전근대적 유교 교육을 받고 살고 있었다. 의과 대학생들만 맞고 살았다면 저항은 더 세졌을 것이다. 다들 정부로부터 억압을 당하고 살았기에 의과 대학의 집단구타는 서글프게도 전혀 사회적인 문제가 되지 않았다. 당시엔 언론의 자유만 확보되면 그것이 민주주의로 가는 최상의 지름길인 줄 알았다. 당시의 교수들도 이를 묵인했던 것 같다.

일본의 의학 연구자들은 의과 대학 실습생들이 선배들에게 당하는 폭력을 연구했다. 이들 9명은 교토 의과 대학을 중심으로 홋카이도의 삿포로 의과 대학에 이르기까지 광범위한 설문 조사를 했고, 그 결과 559명 중 276명(49.4%: 남성 178명, 여성 98명)이 설문에 참여했다. 이러한 설문지를 통해서 의과 대학 실습생들의 68.5%가 여러 가지 폭행에 대해 보고했다. 언어 폭행이 가장 빈번했는데, 남학생의 52.8%, 여학생의 63.3%에 달했다. 성적 희롱은 남성이 14.6%, 여성이 54.1%로, 남성 선배에게 빈번하게 성희롱을 당한다는 것을 알 수 있었다. 또한 내과 계열에서 25.1%, 외과 계열에서 42.0%로, 외과 계열에서 폭행이 더 많았다. 폭행 후의 가장 빈번한 감정반응은 권위에 대한 분노(anger), 즉 참담한 수모를 느낀 것이었다(Medical Student Abuse During Clinical Clerkships in Japan; Shizuko Nagata-Kobayashi, MD, PhD외 9명, Gen Intern Med. 2006 March; 21(3): 212·218.).

우리나라가 원래 모계중심 사회라면, 일본은 세계 유일의 부계중심 사회라고 한다. 역사가 짧은 미국은 결혼 후에 남편의 성을 따라 부인이 성을 바꾸어야 한다. 즉 남편의 성이 Smith란 성을 사용하면 아내 되는 자 역시 Smith란 성으로 바꾸어 써야 한다. 뿐만 아니라 결혼식

장에서 결혼행진을 할 때 장인 되는 사람이 신랑에게 딸을 넘겨주는 이상한 행진은 딸을 남편에게 판다는 의미가 있다고 한다. 우리 사회에서는 과거에 남녀가 서로 동등하다는 입장에서 재래식 맞절을 사용했는데, 이러한 의미도 모른 채 최근 서양식 혼례를 따른다. 다시 말해 한국 사회는 원래 모계중심 사회 또는 남녀평등 사회였던 것이다.

이러한 일본의 부계중심 사회의 근성이 세계대전을 일으키는 근간이 된다고 한다. 그래서 사냥을 좋아하는 특성을 띤 남성중심 사회의 일본은 지구가 존재하는 한 전쟁 발발국가로 관리해야 되는 것이다. 일본은 60대가 되면 아내로부터 이혼을 당하는 국가이다. 여성을 하시하는 일본의 문화와 반 강제적인 여성들의 순종이 60대가 되면 폭발하여 이혼의 원인이 되는 것이다. 그런데 근대화와 군사정권을 통해서 일본으로부터 들어온 부계중심 사회가 시작되었는데, 그것이 요즈음 들어 다시 모계중심 사회로 원상복구하고 있는 것이다. 남성중심 사회라 불리는 부계중심 사회가 파괴되고 여성중심 사회가 건설되었다.

남자란 여자를 보호하고 자식을 잉태시키고 가족을 위해 사멸하는 존재다. 결국 남자나 동물의 수컷의 본성은 여성이나 암컷에게 열심히 음식을 조달하고 잘 보이려고 노력하며, 사랑하는 암컷이 몸을 바치면 정액을 배설하여 암컷을 임신시키면 끝이다. 그리고 이웃이나 타국에서 처들어오면 남성 특유의 공격성을 사용하여 영토를 지키는 전쟁을 하면 되는 존재다. 또한 암컷의 채집 습관은 여성의 쇼핑 습관과 비슷해서, 모든 남성은 백화점에 가서 괴로워한다고 한다. 수컷은 자신이 목표한 식량을 공격하는 형태(사냥)로 살아가는데, 남성은 자신이 목표한 물건만 사면 되는 것으로 쇼핑이 끝나는 것도 이와 유사하다.

"나는 볼펜과 노트북을 샀는데 이놈의 마누라는 무엇을 하고 있지 ……?!" "당신은 무슨 놈의 쇼핑을 그렇게 빨리 하세요?" 하면서 부부들이 싸우는 일은 모두 다 동물 연구에서 비롯된 이야기들이다. 여성 중심 사회에서 아내들은 남성도 쇼핑 오래 하기, 의복구매를 위해 둘러보기, 육아, 청소, 빨래, 밥 짓는 일들을 강요하지만, 남성들의 천부적인 능력은 그들의 뜻을 따르지 못하게 설계되어 있다고 한다. 이미 설명했듯이 처녀가 임신을 하면 천부적으로 엄마가 되고 모성애를 발휘하는데, 이것 또한 신이 내린 선물이자 모성본능이다. 잠 못 자고 아이를 양육하는데 옆에서 자고 있던 남편이 잠자리(sex)를 요구하는 것을 본 아내들은 '내가 저런 한심한 녀석과 살고 있구나?'라고 생각할 것이다. 남자는 자식에 대한 책임감과 희생은 있지만, 자발적으로 우러나오는 모성애가 없기 때문에 그러하다.

그러나 전쟁이 시작되면 모계사회도 바로 부계사회로 전환한다. 남성의 역할은 다른 남성이나 다른 민족과 싸워서 가족과 국가를 지키는 일이다. 남성들끼리 모이면 서로 말이 없다가도 군대나 구타 이야기만 나오면 친구가 되는 일, 남자아이들이 태어나자마자 권총을 장난감으로 달라고 하는 것들이 남성이라는 본능의 실체다. 전쟁을 겪은 70~80대가 가르친 전후 세대가 바로 50대와 60대들이다. 전쟁은 참으로 많은 것을 바꾸어버린다. 수많은 것을 파괴하고 건설 중심의 남성 중심 사회로 문화를 바꾸어버리는 것이다.

"아빠, 권총 사줘요!"

이런 남자 아이들이 성장해서 그룹을 만들고 패를 가른다. 그리고 계급을 부여한다. 교수나 관료가 되면 영남학파와 호남학파 및 경기학

파를 만드는 것이다. 교수나 관료 및 정치인들은 '총을 갖고 싶다'는 소망이 '권력과 파벌'로 진화하여 더욱 더 공격적이 된다. 여성으로 태어난 아이는 반대로 "인형 사줘요." 하면서 어린아이 때부터 벌써 엄마가 될 준비를 한다.

본능적인 전쟁 감각을 남성들은 태생적으로 타고나는데, 이러한 공격성을 조절해주는 이들이 여성이다. 여성은 아이를 양육하는 '사랑'의 동물인 반면, 남성은 여성과 달리 감정 논리보다는 논리 두뇌가 발달되어 법을 많이 만든다고 한다. 즉 남성은 법이고 전투 무기라는 것이다. 그래서 남성중심의 복종과 순종만 배우는 일본 여성들은 불행하다. 그래서 일본은 법이 강하고 디테일의 문화와 질서가 정연하다. 지금도 일본은 '선배들의 서열 강조'가 여전하다. 한국의 의과 대학은 일부 대학을 제외하고 성폭행과 구타가 사라진 것같이 보인다.

"여러분! 이 인체를 보십시오. 특히 하체 부분을 보시면, 그 중에서도 이 펠빅 본(pelvic bone, 골반골)을 보시면 예술입니다. 자동차도 100년을 못 쓰는데, 이 골반의 뼈들은 100년을 씁니다. 그리고 인체가 총을 들고 서면 대단한 무기가 됩니다. 또한 골반 골은 가로 세로로 조직들이 실처럼 모여서 단단한 뼈를 이룹니다. 이러한 예술품을 누가 만들겠습니까? 창조자나 만들지 않겠어요? 신神만이 이를 만들 수 있습니다."

S대 출신의 백발 정형외과 노교수의 강의가 생각난다. 당시의 노교수는 돌아가셔서 지금은 계시지 않겠지만, 이 말씀은 진리였다. 정말로 아주 점잖은 신사 교수 분이었다. 골반 골 때문에 사람이 서서 걸어 다니고, 전쟁도 하며, 엉덩이로 춤을 출 수도 있다. 그래서 우리 시

대의 의대생들은 구타 문화에 시달리며 슬프게 산 것이다. 최근 한국의 의대는 때리지 않는다고 한다.

오늘날 청소년이나 대학생들에게 폭력을 제공하는 것은 있으나마나 한, 폭력의 우상화를 담은 영화들이다. 사실 영화가 꼭 인간에게 필요한지 어떤지는 의문이다. 서로 때리는 문화는 일본에서 넘어와 군사정권에서 시작된 '남성 특유'의 문화다. 남자들이 가장 좋아하는 영화가 전쟁과 폭력 영화다. 이것이 발달하고 승화되지 못한 것이 학교별 또는 마피아 파벌 문화다. '식량은 우리끼리만 먹자.'는 문화인데, 때리지는 않지만 식량과 돈을 벌어들이는 권력이 파벌이다.

조직 내에 자신의 대학 출신만 심고, 위계질서를 강조하고, 자기들만 같이 나누어 먹는다. 예를 들어 모 의대 출신이 병원장이 되어 자신의 학교 출신만을 뽑고 난 후, 힘없는 봉급쟁이 의사들에게 차명 계좌를 이용하여 탈세를 한다면 마피아나 다름없는 것이다. 그런데 세월호 사건 이후에 우리나라에 어마어마한 정경유착의 산물인 관피아(낙하산 부대 인사)가 여전히 있다는 것을 알고 놀랐다. 탈세는 심각한 범죄다. 만일 당신의 회사 사장이 봉급을 많이 주면서, 불의한 일을 시키며 우리 집단에 충성하라면 거절할 수 있을까 자문해보기를 바란다. 즉 아예 불의에 동의하는 사람이 두 명이라면 나머지 제 삼자를 아예 배제시키는 폭력을 말한다. 예를 들어 회사의 사장이 명백한 증거도 없는데 선입견을 가지고 상대방이 자신들의 조직을 파괴할지 모르므로 채용하지 않는 것이다. 배제의 폭력 또는 상대를 포함시키지 않는 폭력에서 우리는 자유로울 수 있을까 자문해보기를 바란다. 파벌은 그러한 것들 중 하나이다. 상대를 이단으로 미리 정하고 이야기를 시작하는 것이다. 회사로 말하면 자기 대학 출신이 아니기에 이미 떨어뜨리는 시험에 응시하는 꼴이다. 의사 사회에는 과거에 이런 행태들이 조금은 있었고, 암묵적으로 지금도 진행된다.

폭력이란 자제하지 못하는 인간의 파괴적인 욕망이다. 프로이트(Sigmund Freud)는 '죽음의 본능설(instinct theory)'을 통해 인간에게는 원래 공격이나 파괴를 추구하는 내적인 충동이 있다고 가정했고, 로렌츠(Konrad Zacharias Lorenz)는 동물이 생득적으로 공격 기구를 갖는다는 설을 주장했다. 반듀라(Albert Bandura)는 사회 속에서 학습하고, 몸에 익히고, 유지되는 사회 행동이라는 설을 주장했다. 반듀라에 의하면, 특히 어린아이는 타인이나 미디어를 통하여 공격 행동을 학습하고, 습득된 공격 행동은 자기 과시나 사회적 보수를 통하여 강화되고 유지된다고 했다. 달라드(John Dollard)가 말한 노여움 등의 불쾌한 내적 충동이 만족되지 않으면 공격적 행동이 일어난다는 '욕구불만-공격'의 가설이다. 공격은 항상 욕구불만의 존재를 전제로 하며, 공격의 강도는 욕구불만의 양에 비례한다는 것이다.

다시 간단히 설명하자면, 프로이트는 인간은 태생적으로 원래 공격성을 보유하고 있다고 했고, 로렌츠 역시 동물은 먹고 살기 위해 공격성을 보유한다고 했다. 반듀라는 사회 속에서 학습하는 공격성, 즉 미디어나 부모나 사회 환경을 통해서 폭력을 학습한다고 했고, 달라드는 욕구불만이 내재하여 그것의 강도에 따라 공격성이 비례하여 증가한다고 했다. 이 모두 다 우리가 알고 있는 사실이다.

또한 유전학적으로 XYY라는 성염색체를 가지고 있으면 폭력성이 높다고도 하고 반사회적 인격 장애, 알코올 중독, 충동조절 장애, 강박

장애, 대뇌종양 등에서도 폭력성을 보인다고 한다. 폭력을 보고 자란 가정에서 태어난 아이는 다시 폭력 유발자가 될 가능성이 높다는 것도 이미 알려진 사실이다. 독자들이 싫어하는 50대 이상의 폭언 속에는 군사 문화가 자리 잡고 있을지도 모른다. 왜냐하면 폭력이 싫든 좋든, 또한 그들이 '민주화'를 이룩했든 말든 50대 이상은 불행한 폭력의 역사 속에서 성장한 여러분의 불쌍한 아버지들이다.

또한 남북이 대치하는 상황에서 대한민국 남자들은 대부분 군대생활을 했기 때문에 나이 들어 50대 이상 또는 60대 이상이 되어 실업문제가 발생하면, 실업자가 된 그들이 내재된 불만과 공격성을 어떤 식으로 사회에 표현할지는 안 봐도 뻔하다. 즉 노인의 실업문제는 심각한 사회적 상황을 초래하여 육체적으로 건강하고 정신적으로 불안한 노인들 역시 폭력 유발자가 될 가능성이 있으므로 일자리 창출에 정부가 노력해야 한다. 20대의 일자리도 마찬가지다. 욕구 불만의 실업자 20대나 50대 모두 다 무서운 세력이다. 의사가 오래 살리는 역할이라면, 정부는 이들을 고용할 의무가 있는 것이다. 상류 권력계층에 대한 불만과 여러 가지 빈곤에 대한 공포를 지닌 사람들이 50대 이상들이다. 그렇다고 젊은이들이 좋은 환경에서 자랐기 때문에 비폭력적이라는 말도 아니다. 요즈음 신문을 보면 실업으로 인해 경제적 빈곤으로 이루어지는 사건들은 군사 정권 때보다 더 처참하고 잔인한 폭력이 얼마나 많은지 잘 알 것이다. 좌우간 폭력은 어떤 방법으로든 중단시켜야 한다.

■ 마조히스트(masochist)

나는 '나의 훌륭한 점'을 쓰지 않는다. 남을 비난해야 할 대조군이 필요하기 때문이다. 사디스트와 마조히스트 역시 비교가 된다. 가만히 생각해 보면 숨 쉬고 잘 살고 있다는 것 이외에 별로 자랑할 만한 것도 없다. 때리는 놈이 있으면 맞는 자가 필요하며 정신병적 수준은 아니더라도 한국 사회는 이러한 가학과 피학이 존재하는 사회이다. 이미 설명했듯이 성희롱과 때리는 것만 폭력이 아니다. 아예 대상에 포함시키지 않는 무언의 이지메나 왕따도 폭력이며 회사에서 사람을 채용할 때 특정학교만 채용하는 것도 아주 오래된 폭력이라고 이미 설명하였다. 그 이외에 고대의 종교적인 행사에서 종교제의(sacrifice)를 통해 양, 말, 여러 가축 등을 죽여서 피를 내고 태우는 것부터 시작하여 인간 제물(human sacrifice)까지 사용하였다. 즉 가장 성스러워야 할 종교에서도 폭력이 행하여져서 폭력의 역사는 매우 깊고 위험하다.

사디스트란 고통을 줌으로써 성적인 쾌감을 얻는 이상한 성행위다. 마조히스트란 반대로 성적 대상에게 고통을 받음으로써 성적인 쾌감을 얻는 이상한 성행위다. 즉 사디스트란 고통을 받음으로써 성적 쾌감을 얻게 되는 마조히즘과 대응된다. 사디스트에게 고통을 주는 방법은 마조히스트가 사라지는 것이 답이다. 프로이트는 모든 생리적 기능에는 사디즘이 숨어 있으며 마조히즘은 자기 자신에게 향하는 사디즘이라고 말했다. 때로는 성 목표에만 한정시키지 않고, 공격적이며 고통을 주는 것에 쾌감을 느끼는 경향을 가리킬 때도 있다고 한다. 그리스도의 수난이라든지 성자의 순교나 지옥의 형벌을 그림으로 나타낸 중세의 회화에도 화가의 무의식적인 사디즘이 역력히 나타나 있다고들 한다. 또한 프로이트는 이러한 관계 속에 에로스적인 요소가 있음을 간파했다.

그래서 의대 선배들은 후배를 깡패들처럼 죽어라고 패놓고 '사랑한다.'는 말로 끝나거나, 고대에 유명한 점술가나 제사를 지내는 사제들 역시 죄 없는 짐승을 죽여 제사에 올리고 난후에 인간의 행복과 사랑을 간구했다. 참으로 웃기는 일이지만 인간의 내부에 깔린 공격성과 성본능은 무시할 수 없는 것 같다. 직장에서 돈 많은 사장이 직원들을 마음대로 부려 먹고, 때리고, 멱살 잡히고, 성폭행도 하고, 노예같이 학대하여 염전 노예라는 직장도 신문 기사에 보인다.

대한민국 봉급쟁이의 80%가 우울증이라는 기사('직장인 10명 중 8명 회사 우울증, 해결방법은?', 이데일리 2014.03.31)를 볼 때 언제 우리나라에 진정한 인간 존중 사상이 있었나 싶다. 직장인들 스스로들 노예라고 생각하는 듯하다. 동년 동월 동일 대법원 양형 위원회는 아동학대 치사는 9년, 염전 노예생활 중 맞아서 사망 시 최대 5년으로 형량을 증가시킨다고 했다. 좀 약하다. 일상생활에서 일어나는 소소한 폭력은 대수롭지 않다는 이야기 같다.

오늘에 와서 땡삼이 선배에 대한 추억을 생각하다가, 내가 잘 아는 30대 K정신과 선생의 말이 떠올랐다.

"승현 선배님! 제가 평소에 항상 생각하는 문제가 왜 한국에 민주주의가 늦게 상륙했는지를 연구한 결과인데요."

"무슨 결과?"

"거 있잖아요. 고려시대나 조선시대 역사물 드라마를 보면 왜, 신하

들이 죽여주라는 말을 자주 쓰지요?'

"그래 죽여주옵소서라는 말?"

"그래요! 그 말 때문에 한국의 민주주의가 늦은 거예요. 죄도 없는 신하들이 끄떡하면 그저 죽여주옵소서 해서 말이에요. 저항정신이 없어서 민주주의가 늦은 거죠, 뭐!"

"······. 죽여주옵소서라는 말 때문이라?"

우리 민족은 마조히스트였을까? 요즈음엔 전학제도가 있지만 옛날 우리가 중학교나 고등학교 다닐 때는 아주 특별한 사연이 없는 한 전학이 거의 불가능했는데, 요즈음은 그것이 가능하여 때리는 교사나 괴롭히는 상사가 있으면 전학, 이사, 전직, 이동을 추천하고 있다. 그리고 때리는 자는 고발해버린다. 모두 땡삼이 형 덕분이다.

CHAPTER 3

모성애

해리 할로우(Harry Harlow) 박사

정상적인 원숭이들은 peer relationship(동료 관계)이 좋다. 지브롤터 원숭이들.

프로이트(Freud)의 업적은 세계적으로 유명하다. 1940년에 출간된 『정신분석의 개관(outline of psychoanalysis)』에서 프로이트는 "어린이는 심리적으로 어른의 아버지이며, 생애 첫 일년의 일들이 모든 생애에 있어서 가장 중요하다."라고 기술한다. 그러나 프로이트를 추종하는 사람(Freudian)이 아닌 미국의 비교심리학자 할로우(American comparative psychologist Harry Harlow)는 이에 대한 의심을 품기 시작한다. 즉 프로이트의 말이 너무 문학적이고 과학으로 입증되지 않은 문자에 지나지 않는다고 생각하게 된다. 그래서 그는 1950년에 시작해서 1970년대에 완성한 '절망의 구덩이(Pit of despair)'라는 실험기구를 만들고 원숭이에 대한 실험에 들어간다. 세상의 모든 선구자들이 그러하듯 주변 사람들에게 놀림을 받는다. 지금도 그러하지만 왜 사람들은 타인의 건전한 창조나 발견에 대해 그렇게 시기심들이 많은지 모르겠다. 빈센트 반 고흐(Vincent van Gogh)도 고갱이 '당신은 왜 그림을 한 점도 못 파느냐?'고 묻자 그 충격에 귀를 잘라냈다. 그는 평생 그림 한 점밖에 팔지 못한 세계적인 천재 미술가였다. 항상 가까운 동료와 사람들이 문제다. 아랍인과 유대인, 일본인과 한국인은 DNA가 가장 유사하다고 한다(제레드 다이아몬드, 『총, 균, 쇠』). 또한 유태인 속담에 '형제간의 골은 상관없는 사람의 골보다 더 깊다.'고 했다. 관계의 기본은 가장 가까운 사람들을 어려워하고 조심하며 배려해야 한다는 점이다.

"미친놈이 자기 마누라가 암으로 죽는 것도 무시하고 연구에 열중이다. 도대체 생후 1년이 무엇이 그렇게 중요하단 말인가?"라고 같은 학자들은 수군거렸다. 해리 할로우 박사는 실제로 실험에 열중하는 중에 부인이 암으로 사망해서 '우울증'에 빠졌고, 따라서 우울증에 관심이 많았던 것 같다. 그런데 실험 도중에 우울증에 관한 것보다는 애착(attachment)에 관련된 원숭이의 생물학적인 특징들을 발견하게 된다. 최초로 프로이트의 말을 과학적으로 입증하게 되는 것이다.

그는 실험기구인 '절망의 구덩이(Pit of despair)'를 제작하게 되었는데, 수직 챔버 장치, 철망, 철망으로 된 딱딱한 구조물로 된 원숭이 모형, 철망에 천을 입힌 따스한 원숭이 모형, 물을 공급할 수 있는 홀더, 식사를 제공하는 박스 같은 것들이었다. 목적은 동물 모델에서 본 임상적 우울증에 대한 연구로서 여기에서 무언가를 발견하려 했다. 스테펜 수미(Stephen Suomi)라는 연구자는 해리 할로우 박사가 단순한 쇠구조물(stainless-steel)로 무언가를 발견하려고 했다고 후일 기술했다.

그의 연구는 수년간 지속되었는데, 연구 재료는 유아 원숭이(rhesus monkey infant)였고, 연구 방법은 원숭이들을 태어나자마자 절망의 구덩이(Pit of despair)라는 고립된 철망 속에 집어넣어 키우면서 여러 가지를 관찰하는 것이었다. 어머니와 완전하게 분리된 원숭이들이 어떻게 변화되는가를 수년간 기록했다. 여러분도 상상해보라! 내가 만일 태어났는데 수년간 엄마가 키우지 않고 철망에 갇힌 채로 사회적으로 고립되어 가끔 식사시간에 할로우 박사가 젖병이나 우유를 들고 나타나서 음식 통에 부어주고 물이나 가끔 주면 그만인 그런 경우를 생각해 보라. "잔혹한 해리 할로우 박사!"라고 외치게 될까? 나는 여러분들은 인간이므로 어떻게 될지 잘은 모르겠다. 우선 해리 할로우 박사는 막 태어난 원숭이들을 10주(70일)간 부모와 함께 살게 하다가, 갑자기 '절망의 구덩이(Pit of despair)' 안에 원숭이들을 3개월에서 3년간 고립시키고 감금했다. 수일 후에 원숭이들은 모두 한쪽 구석에 모여서 움직이는 것을 멈추고 서로 움츠리고 있었다. 여기서 발견한 점은 어머니의 양육이 대단히 중요하며, 어머니와 친구들 간의 상호작용 역시 중요하다는 점이었다. 서로간의 따스한 체온을 갈망하는 것이었다.

해리 할로우 박사는 이것도 양이 차지 않아서, 철망 안에 철망으로 된 딱딱한 구조물로 된 찬 공기가 감도는 빈방과 철망에 천을 입힌 따스한 원숭이 모형(대리모)을 각각 따로 다른 방에 설치했다. 또한 완전하게 고립된 놈, 부분적으로 고립된 놈, 대리모에 의해 키워진 놈들을 구분했다. 1971년 이 연구 중 부인이 암으로 세상을 떠났고, 그 역시 우울증에 빠졌다. 대상의 상실에 대한 이러한 설명은 필자가 쓴 『난, 네가 있어 고마워』라는 책에 기술되어 있으니 참고하기 바란다.

　쉽게 설명하기 위해서 자세한 것은 생략하기로 하고 간단하게 보자면, 완전히 분리된 경우(total isolation: 대리 부모도 없고, 친구도 없고, 아무런 보호자도 없는 경우)의 원숭이들은 나중에 실험실 밖으로 나와서도 혼자서 박수치기, 친구들을 사귀지 못하고 두려워하는 것, 성생활을 못 하며 지내는 것 등을 특징으로 보였고, 6개월이 넘게 고립된 경우엔 아무리 잘해주어도 이러한 친구관계와 자기방어, 성생활이 회복되지 않았다는 점이다. 부분적으로 분리된 원숭이(partial isolation)들은 정신분열증에서 보이는 상동 행동(stereotyped behavior, 의자에 앉아 장시간 상체를 전후로 크게 흔들거나, 손을 되풀이해서 상하로 흔들거나, 방 안에서 쉬지 않고 왕복을 되풀이하는 등의 동일행위)들을 보였고, 친구들과 어울릴 때 자주 화들짝 놀라고, 허공을 멍하니 쳐다보는 행위를 했다.

　실험의 핵심은 모자관계의 기초에 관한 것이었다. 유아가 주로 음식을 찾을까 아니면 애정(affection)을 그리워할까라는 주제였는데, 해리 할로우 박사는 영아들이 애정(affection)을 추구한다고 결론 내렸다. 즉 첫 1년간의 감정의 본드(bond)가 평생을 좌우하는 핵심이 된다는 결론이었다. 1940년대의 프로이트의 업적을 과학적인 실험을 통해 완성한 사람이 해리 할로우 박사일지도 모른다. 그는 프로이디언(Freudian)이 아니었다. 아내의 상실로 우울증을 연구하다가 이러한 실험들을 통해 우울증의 핵심인 고독(loneliness), 무기력(helplessness), 무언가에 갇힌 느낌(sense of being trapped), 절망과는 좀 다른 무엇을 느꼈다고 한다. 필자의 사견으로 보기에 그보다 훨씬 더 깊고 광범위한 정신적인 파괴를 의미하는 듯하다.

그래서 그는 'pit of despair(절망의 구덩이)'라는 표현을 쓰면서 절망의 지하 감옥(dungeon of despair), 절망의 깊은 우물(well of despair) 또는 고독의 우물(well of loneliness)이라는 용어를 사용했다. 그러나 퓰리처(Pulitzer) 상을 수상하고 『원숭이 전쟁들(the monkey wars)』이라는 책을 써서 히트 친 미국 태생의 저널리스트 데보라 블럼(Deborah Blum)은 '잘 알려진 당연한 결과'라고 비평한다. 그러나 과학은 저널리스트의 노력보다 훨씬 더 지극히 고귀하고 외로운 실험을 진행하는 연구자들을 필요로 한다.

제자들도 그의 이상한 실험기구를 보고 깜짝 놀랐고, 여러 연구자들이 그를 다른 사람들을 놀라게 하는 재주가 있다고 비난했다. 하지만 리서스 원숭이의 모성 박탈에 관한 연구는 영장류나 동물학 연구의 초석이 되었을 뿐 아니라, 애착(attachment)과 상실(loss)에 대한 명백한 과학적 연구 결과물로 인정받고 있다. 그는 프로이디언들이 문자 그대로 쓰인 수유(breast-feeding)의 중요성을 주장한다고 비판했지만, 그것을 실험으로 증명해버린 꼴이 되었다(Harry F. Harlow, Monkey Love Experiments). 애착은 주로 배고픔과 갈증도 아니고 한번 기능이 상실된 이후에 다른 간호에도 개선되지 않는 고귀한 어머니의 사랑 같은 것이라는 이야기다. 그러므로 우리가 사회에서 정상으로 생활할 수 있는 것은 신과 어머니의 작품인 것이다. 남성의 기능은 가족을 보호하고 전쟁을 일으키는 것이라고 주장하는 사람들도 있다.

결국 '세상의 어머니 만세!'라는 이야기였다. 그의 연구에 대해 프로이트가 이야기한 것을 증명한 시시한 과학자라고 빈정거리는 언론인들도 있었지만, 그의 연구가 과학적으로 최초로 애착과 상실에 대해 증명한 명확한 결과물이라는 의학자들의 찬사도 받았다. 요즈음 '통섭의 시대' 또는 '융합의 시대' 하고 신조어를 만들어내는데, 1970년대에 이미 이처럼 프로이트의 인문학적 사고와 해리 할로우 박사의 과학적 사고가 결합한 연구들이 있는 걸로 보아 찾아보면, 이미 융합의 시대라는 정의가 없어도 그러한 연구들은 꽤 많이 있을 것이다. 우리나라는 인기에 연연하는 신조어도 아닌 신조어들이 너무 많다. 땅덩이가 좁다보니 파딱거리는 성급한 기질일 것이다.

부당한 관계(unfair relationship)

성 도밍고 상(스페인 세비야 대성당).

해리 할로우 박사나 프로이트의 이야기가 아니더라도, 동양 사상이나 의학에서는 생후 일년이 매우 중요하다는 것을 넘어, 어머니의 뱃속에서 아이를 태교시킬 때부터 중요하다고 강조한다. 이런 것도 원숭이같은 실험동물을 이용해보면 연구과제가 될 수도 있겠다는 생각을 해본다.

가끔 나는 이야기의 소재를 위해서 사람을 만나기도 하고 진료실에서 이야기의 소재를 찾기도 한다. 진료실 이야기긴 하지만, 치과 진료실에 찾아온 어떤 엄마 이야기를 한번 해보기로 하자. 개원의로 있을 때는 엄마들이 아이를 어떻게 키워야 잘 키울까 하는 것을 상담하러 자주 찾아오는데, 엄마들의 울부짖음은 참으로 아름답다는 생각을 하게 만든다.

어느 날 평소에 존경하는 CH선배로부터 전화가 왔다. 이 선배는 유능한 치과 의사로서 날이면 날마다 하나님을 외치다가 교회의 장로가 되었다. 마음의 맑기가 청명한 하늘같이 깨끗하고 정의로움에 가득 차 있고 올곧은 사람이다. 그런데 이 사람의 과거 이력을 보면 재미있다. 고등학교 선배인데 우리 동기들이 의과 대학에 입학했을 때 후배들에게 술과 담배를 가르치고 난폭하기 이를 데가 없어서 군기 반장으로 통하던 사람이었다.

"의과 대학 선배들에게 몽둥이찜질 당하기도 바쁜데, 무슨 치과 대학 선배까지 때리려고 오라 가라 하냐?"라고 투덜대던 동기들의 말이 떠오르는 그런 사람이었다. 요즈음 만나서 그때 왜 그랬냐고 물으면 "그때 내가 미쳤나 봐."라며 웃기만 한다. 상당히 부당한(unfair) 관계이다. 올바른(just)이라는 말은 '나야말로 옳다'는 식의 주관적인 가치를 나타내는 데 비해, 공정한(fair)이라는 말은 자신과 상대의 관계를 통해서 발생하는 가치를 말하므로 fair라는 말이 훨씬 민주적이다. just나 justice는 일방통행이지만, fair는 쌍방 간의 타협을 포함한다고 한다. 어찌되었든 우리들은 치과 대학 소속 선배인 CH선배에게 무척이나 많이 맞고 살았다. 가끔 광주 시내에 책을 사러 가거나 여학생과 데이트하다가 그 선배를 만나면 '재수 없는 날'이라고 생각할 만큼 싫은 선배이자 무서운 선배였다.

그러던 그가 어느 날 그리스도인들의 말로 예수를 영접하고 난 후 플루트를 배우더니, 음악에 심취해서 영화 '미션'에 나오는 신부처럼 플루트를 잘 불어 무슨 콘서트도 하고, 혼자서 술 담배를 끊고 나더니 완전히 개과천선하여 얌전한 양이 되었다. 단점이 있다면 말세론자라는 점이 우리를 심히 걱정스럽게 했다. 그의 말세론은 항상 정의(justice)와 관련되어 있고 "그리스도인들은 다 때려죽여야 한다."라는 말로 끝난다. "왜 하나님의 말씀을 지키지도 않으면서 자신들만 올바르다고 하는 거야?"라고 말이다.

"야! 승현아! 밥 먹자!"

"밥걱정은 하지 말아요. 밥은 내가 평생 사기로 했잖아요. 그때 금니 박을 때 그냥 돈을 내라고 하시지. 금니를 박아주고 평생 밥으로 나를 노예로 삼아도 되는 거요?"

"그게 아니고 정신과에 대해서 좀 물어보려고……. 이상한 환자가 있어서 말이야."

"저도 환자 보느라 바쁘니까 서점에 가서서 프로이트나 융에 대한 책을 사보세요."

이렇게 말했지만, 그리고 나니 무언가 미안하기도 해서 우리는 OO식당에서 만났다.

"아니 오늘 이상한 어린이 환자가 왔는데 말이야. 무엇을 시키면 꼭 반대로 하거든……. 희한하리만큼 반대로 하잖아. 예를 들어 입을 벌리라면 입을 꼭 다물고 절대로 벌리지를 않아서 진료를 할 수 없게 만들어버리거든……. 그 아이 엄마 말로는 물을 떠오라고 하면 성냥불을 붙이고, 밥을 먹으라고 하면 텔레비전을 보고, 동생을 때리지 말라고 하면 화장실에 데리고 가서 반은 죽게 팬다고 하더라.”

'아! 하루 종일 환자 보고 왔는데 또 환자 이야기를 해달라고……. 아, 피곤해!'라고 나는 생각한다. '반항성 도전장애 또는 적대적 반항장애라는 병인데, 또 이것을 설명해달라고 하겠군?'이라고 생각한다. 이 병을 설명하자면 뚜렷하게 반항적이고, 불복종적이고, 도발적인 행동을 하지만, 규칙을 어기거나 타인의 권리를 침해하는 반사회적 행동이나 공격적인 행동은 두드러지게 나타나지 않는 질환이다. 대개 주의력결핍, 과잉행동장애를 함께 갖고 있는 경우도 있다.

“그래서 내가 교회 장로로서 그냥 지나칠 수 없고 해서, 내 방에서 몇 번 면담을 했거든…….”

“치과 환자가 더럽게 많더구먼, 언제 또 면담까지 하시오?”

“따로 시간 내서 퇴근 안 하고 밤에 한두 차례 했어.”

“치정(치과 정신과)과라고 하겠구먼……. 마누라가 좋아하겠다, 밤에 늦게 들어가면…….”

가능하면 말을 아껴야겠다고 생각했다. 정신과는 말을 시작하면 끝이 없다. 공짜로 금 박아준 이를 빼고 싶다는 생각을 해본다.

“그런데 말이야, 이 어머니가 몇 번을 면담하더니 좋아지더라고……. 한참 뒤에 아이도 좋아지더라고……. 이게 웬일이야?”

나는 이미 정신과 의사여서 의사와 환자 관계뿐만 아니라, 현대사회의 발명이라는 것들이 가족 간의 대화를 차단하고 정작 중요한 것들을 말아서 먹어버린다는 사실을 너무나 많이 알고 있다. 간단한 예가 스마트폰이다. 그러므로 대화만 잘하고 관계만 잘 맺어도 인생은 풍요로워지고 아름다워진다. 바보 같은 보호자들이 아이에게 스마트폰 사주고 그것과 함께 방치한 결과 병이 생긴다. 아이의 말만 잘 경청하면서 부모 관계가 정립되면 스스로 좋아지는 병도 많다.

"어머니의 사연이 말이야, 결혼 전에 좋아한 사람이 있어서 큰아이를 낳을 때 그 아이를 지워버리면 어떨까 싶었었는데 차마 그러지를 못했대. 그리고 그러한 마음 때문에 현 남편과는 자주 싸웠대. 그런 생활을 아이가 세 살 될 때까지 하다가 둘째가 태어났다고 하더라고……."

"거 참 길고만……. 무슨 연속극도 아니고……."

나는 지루하다는 듯 몸을 앞뒤 좌우로 흔들면서 이야기를 듣고 있었다. 의사들이 가장 싫어하는 것이 바로 이 선배처럼 퇴근 후에 오는 상담이나 응급 환자들이다. 물론 귀가 후에 본인의 아이들이나 아내가 감기 같은 시시한 병을 호소하면 "그대로 살아라, 감기는 자기 혼자 좋아진단다."라고만 하고 바로 밥 먹고 자버린다. 의사는 가족들의 질병에 무심하다는 말을 듣고 산다.

"좀 들어라! 들어봐!"

"듣고 있어……. 말하세요."

"그런데 어느 날 그 어머니는 아이가 이렇게 된 것이 자기 책임이라며 엉엉 울면서 '선생님! 제 아이가 이렇게 된 것이 나의 못된 마음 때문이 아닐까요. 그렇게 키우면 안 되는데 말이에요. 이제 둘째도 초등학생이어서 전에 좋아하던 남자도 잊어버리고 행복을 느끼며 사는데, 왜 이제야 이런 일들이 생기나요?'라고 말씀을 하시더라고……."

"죄책감?"

"그래, 엄청난 죄책감을 한꺼번에 토로하더라고……. 정신과 의사로서 뭐 질문이나 할 말 없냐?"

"무슨 말? 잘하고 있는데……."

"뭐 느끼는 것 없냐고?"

"……."

"뭐 느끼는 것 없냐고?"

"없어. 하루 종일 그런 시답잖은 연속극을 듣고 보고 오는데 지겹지 않겠소? 밥이나 먹고 하십시다."

"그래, 넌 밥 먹어, 나는 말만 할 테니까……. 같은 교회 신자라서 그런 고해성사와 기나긴 스토리를 듣고 난 후 '난 어쩌면 좋아요'라고 물어서 할 말이 없더라고……. 예수님처럼 '너는 이미 용서받았다'라고 하려다가 아무 말도 못 했지……. 그런데 그런 이야기를 들어주었더니 몇 개월 후 아이가 입을 벌렸어. 자기 이빨 치료를 해달라고 말이야."

"그래서?"

"신기하잖아? 넌 신기하지 않다고 생각하는 것 같은데 말이야."

"고해성사라고? 그렇게 기나긴 이야기를 요즈음 신부들이 들어줄까? 형은 대단해, 정신과 의사도 아니면서 그런 긴 이야기를 듣고 있으니까 말이야."

"잘난 장로라서……, 어쩔 수 없지……. 정말 신기하지 않니?"

"신기할 것도 말 것도 없어. 어머니는 진정으로 참회하고 자신의 과거의 잘못을 뉘우치면 그 다음에 어떻게 했겠어? 모르겠어?"

"모르겠는데……."

"잘 들어, 우선 형의 위선적인 사견 없이 아무 말 하지 않고 그 어머니의 말을 가만히 듣고만 있었다는 점은 그 어떤 정신과 의사보다 잘한 훌륭하고 점잖은 행동이야! 대개는 대화 중간에 끼어들어 오이디푸스 콤플렉스가 어쩌고저쩌고, 또는 조상의 묘가 잘못되었다든가, 그런 어불성설을 성급하게 조언하거든……. 마치 자신이 득도한 사람인 것처럼 말이야. 그러나 형은 조급함이 없이 잘 들어주었어."

"난 그냥 뭘 몰라서 들어주었는데……?!"

"들어봐, 언어는 자신의 생각이 모이고 모여서 어쩔 수 없이 터져나오는 거야. 그리고 그러한 말들은 진실을 담고 있기 마련이야. 진실을 담으면 그것이야말로 진정한 참회라고……. 죄를 짓고 매주 어쩔 수 없이 고해성사를 하면 천국에 간다고 해서 내가 유년기에 고해했던 그런 형식적인 것과는 다르다는 이야기거든……. 물론 하느님은 용서를 해주시겠지만, 진정성이 없는 참회는 행동의 수정을 가져오지는 못해! 그러나 그 어머니는 형을 통해서 진정으로 자신의 숨겨온 감정, 즉 남편을 과거에 증오했던 마음을 진정으로 참회한 거야. 아이를 위해서 말이야. 그래서 아이들에게 자신의 감추어진 진정한 모성을 발산한 거야. 즉 참회는 행동의 수정을 가하게 돼. 우리가 살면서 진정으로 참회하지 못하면 그 죄가 바로 아이들에게 영향을 미친다는 것을 의미하지! 그래서 아이가 좋아진 거야. 소아정신과 치료의 중요한 첫 장이 부모를 치료에 참여시키는 것인데, 아이들을 좋아하는 형이 그 일을 한 거야."

그리고 나는 해리 할로우 박사나 프로이트 이야기를 해주었다.

"야, 시내에 그런 책이 없니? 정신과를 배우고 싶은데……."

"왜 없어? 멜라니 클라인, 라캉, 프로이트, 융 등의 번역본이 많이 돌아다니니 사서 봐."

"그런 책은 너무 어렵고, 네가 쉽게 하나 써주면 안 되겠냐?"

"뭐라고? 책을 쓰라고? 그 방대한 책들을? 돌아버리겠네? 20년 이상의 정신과 의사 생활을 다 쓰라는 이야기네."

"……."

CH 선배는 눈을 껌벅거리며 순진하게 나를 쳐다보았다. 그러한 순진성과 교회를 개혁하겠다는 정의감이 좋아서 그 형과의 관계를 지속하고 있지만, 과연 일부 돈밖에 모르는 교회들을 어떻게 개혁하겠는가. 그는 그 반대세력에 의해 배척당할 것이 뻔하다. 어찌되었든 동화에나 나올 법한 CH선배를 나는 좋아한다.

어린이는 뱃속에서 부모를 모르고 태어나는데, 그 어미 되는 사람이 아이의 아빠를 미워해서 아이들을 소홀히 하거나(neglected) 학대(abuse)한다면, 그것이 바로 부당한 관계가 아니고 무엇이겠는가? 그런 아이들은 어렸을 때는 적대적 반항장애 또는 행동장애를 보이다가 성장해서는 시내에서 칼을 쓰는 반사회적 인격장애(깡패)로 발달한다. 어머니에 대한 분노를 사회로 전환하는 것을 보면 사랑이 얼마나 중요한지 알 수 있을 것이다.

프로이트의 이야기를 많은 사람들이 미친놈의 오이디푸스 콤플렉스로 알고 배우는데, 사실은 사랑의 기술을 과학적 또는 문학적으로 기술한 선각자의 책이라는 점을 진지하게 생각해야 된다. 요즈음처럼 생물학 중심의 정신과를 배운 젊은 의사들은 따로 시간을 내서 심리학책을 사서 보고 연구해야 할 것 같다. 사람들은 성경을 많이 읽고, 역시 율법적인 측면이나 신앙에 대한 구원에 집중하는데, 결국은 우리들 사이에서 발생하는, 특히 신약성경의 '사랑'이라는 점을 눈여겨보아야 할 것이다. 현세에서 우리가 살아가는 동안 구원과 율법에 충실했는데 자녀나 이웃을 사랑하지 않았다면, 과연 그 사람이 구원받을 수 있을까 하는 점이다.

우리들 사이에서 성경을 읽고도 많은 사람들이 율법만 따르고 구원에 애걸복걸하기 때문에 우리 사회가 정이 없고 건조하다는 점은 어쩌면 당연하다. 왜냐히면 율법이나 구원은 제도를 따르면 되는 쉬운 길이지만, 같이 숨 쉬고 나누며 직접 재물을 이웃을 위해서 내어놓는 것은 힘들기 때문이다. 우리 사회가 수많은 기독교인과 가톨릭 신자를 보유하고 있지만, 개인적으로는 개인적인 신앙이나 집단적인 신앙 안에서 발생하는 사랑이 없기 때문에 우리 사회가 퍽퍽하다는 생각이다.

더구나 자신이 장로나 목사나 가톨릭의 성직자라고 해서 교회에 나오지 않는 사람들을 멸시해서는 안 된다. 왜냐하면 그들 역시 형제자매이고, 신은 이미 태어난 모든 사람을 선택했기 때문이다. 사랑으로……, 말이다. 마치 어린아이를 돌보는 어머니의 심정으로 우리 모두를 선택하여 돌보고 계시는 것이다. 신이 죽은 사람들을 지옥이나 천국에 보내는 재판이라는 과정도 바쁘고. 하루의 날씨를 조절하기도 하고. 시시껄렁한 인간의 기도도 들어야 하고, 재능도 분배해야 하고……. 그래서 신의 목적인 '사랑'을 위하여 어머니를 만들어 그 어머니들로 하여금 자녀에게 사랑을 베풀도록 업무를 분장한 것이다. 즉 너무 바빠서 세상의 어머니를 통해 사랑을 전달하는 것이다.

모성애는 로미오와 줄리엣의 사랑보다 더 진하다. 그리고 그 어떤 것보다 더 숭고하다. 그러나 CH선배처럼 금니를 공짜로 해주고 평생 밥을 사게 하고, 평생 정신과를 공짜로 배우겠다는 관계는 부당한 관계

(unfair relationship)라고 할 수 있다. 남편이 미워서 아빠와 엄마의 관계를 모르는 자식까지 미워하는 것은 더욱 부당하다. 그러나 그 형을 만나면 교회나 성당 욕을 실컷 할 수 있어 행복하다. "나중엔 교회에 대항하고 배척받는 외로운 선각자 또는 선지자만 구원 받으리라!"가 그 형의 대사이다. 솔직히 나는 게으르기도 하지만, 신앙에 대해 잘 모른다. 하지만 그 형의 번뜩이는 깊이 있는 외로운 쇼를 보러 자주 만나게 된다. 왠지 뭔가 숨겨놓은 아름다운 보석과 하늘의 외로운 별처럼 빛나는 동화를 꿈꾸고 싶어서 말이다. 이 세상의 모든 선지자들은 모두 배척당했다.

관계 유지법과 대화의 태도

정신과 관련 서적과 프로이트의 책을 읽다 보면 감정의 전이(trans-ference)와 역전이(counter transference, 逆轉移)라는 말이 나온다. 전이(transference)란 정신분석 요법의 과정에서 나타나는 현상으로, 피분석자가 과거의 중요한 인물에게 향해져 있었던 감정이나 태도를 치료자에게 무의식적으로 반응하는 것이다. 이것은 환자의 과거 체험이 치료 관계 가운데서 다시 나타나게 된 것으로 이해되는데, 분석자가 중립성을 유지하는 한 보다 순수한 형태로 나타난다. 이러한 전이 가운데서 볼 수 있는 감정, 태도를 명확히 하고 최종적으로 환자에게 통찰시킴으로써 치료를 성공으로 이끈다고 한다. 예를 들면 이런 것이다. 어느 날 내가 좋아하는 병원 정원에 잠시 놀러 갔다가 들어오는데, 원무과 직원이 환자에게 친절하게 서류를 작성하여 건네주는 것을 보았다.

"아버님! 서류가 다 되었는데 우리가 여기서 직접 면사무소로 보내드릴까요, 아니면 면사무소로 부쳐드릴까요?"

여직원 K양이 친절하게 묻는다.

"여기서도 부쳐주나요?"

"그럼요."

"그럼 그렇게 하세요."

그 모습을 보다가 나는 물었다.

"K양은 항상 친절하네. 언제나 그렇게 친절해?"

"그럼요. 아버님이 멋있는 우리 아빠를 닮았잖아요!"

하며 우쭐해 했다. 환자는 기분 좋게 돌아갔다.

역전이(counter transference, 逆轉移)는 치료자의 무의식적 갈등에서 생기는 상황이 많아, 치료자의 중립성을 방해하고 환자에 대한 공감이나 이해의 방해가 되어 치료 과정에 큰 영향을 준다. 한편, 역전이 감정을 면밀하게 분석함으로써 환자의 행동, 감정, 사고의 의미를 이해하여 환자의 통찰을 심화하는 계기를 얻어야 한다. 치료자에게는 교육 분석이나 감독자를 통하여 역전이를 느끼게 하는 훈련이 필요하다. 역전이의 예를 들면 이런 것이다.

"아버님! 서류가 다되었는데 가져가유."

여직원 K양이 퉁명스럽게 묻는다.

"앞의 환자는 부쳐주고 나는 왜?"

"……. 여기서도 부쳐주긴 해유."

여직원 K양이 환자의 얼굴을 쳐다보지도 않고 이야기한다. "저 아이가 이상하네, 어떤 환자에겐 친절하고 또 다른 환자에겐 불친절하네. 생리하나?"라고 나는 중얼거리며 물끄러미 그녀를 쳐다보다가 말을 잇는다.

"왜 그래? 환자들에게 똑같이 친절해야 되지 않을까?"

"그럼요. 난 두 사람에게 친절하게 했는데……. 아! 두 번째 환자분이 술 잘 먹고 날마다 난리치는 우리 오빠를 닮아서 그랬나?" 하면서 계면쩍게 웃어넘긴다.

우리는 이와 같이 인간인 이상 K양처럼 행동하기가 쉽다는 것이다. 인간관계에는 정직, 신뢰, 성실한 관계가 바탕이 되어야 하지만 무의식적으로 실수를 한다. K양은 첫 환자에게는 아버지에게서 느꼈던 신뢰를 그대로 재현했고, 둘째 환자에게는 과거에 경험했던 술 먹고 난동 피우고 자신을 때리는 오빠에 대한 경험을 그대로 재현한 것이다. 하물며 환자 앞에서 무소불위의 권력을 가진 의사는 두말할 것도 없이 자신의 감정을 살피며 치료에 임해야 한다는 것이다.

이와 같이 우리는 양성전이(신뢰, 우정, 동경, 연애 등)와 음성전이(원망, 비난, 증오 등)를 가지고 사는 것이다. 관계 유지법과 대화의 태도는 별다른 방법이 없다. 관계 유지법은 항상 정직으로, 어머니가 젖먹이인 아이를 향해 갖는 성실성과 신뢰를 바탕으로 해야 한다. 대화의 태도는 예의를 갖추어 상대를 항상 존중하며 해야 한다. 그리고 실제로 자신도 모르게 무의식적으로 불친절하게 되는 그러한 태도들을 고칠 때 비로소 관계 유지에 충실하게 된다. 상대가 싫어도 표현하지 말아야 하며, 자식 가운데 미운 놈이 있게 마련이지만 그것도 표현하지 말라는 이야기다.

그러나 실제로 면담 상 이루어지는 대화는 분석하기가 대단히 어렵다. 사람들은 흔히 '통섭' 또는 '소통'이라고 쉽게들 이야기하지만, 개개인의 내부에서 일어나는 심리적인 현상은 다양하다. 전이나 역전이가 아무런 의미 없는 저항일 수도 있기 때문이다. 또한 면담자 쌍방 간의 생리적인 현상이 면담을 방해한다. 예를 들어 면담을 하러 오는 사람과 면담을 진행하는 의사나 심리학자들의 건강에 이상이 있어서 면담이 방해받거나 면담을 중단해야 되는 경우도 있다. 둘 중 한 사람이 심한 감기에 걸렸거나 설사병이 나서 면담 중에 쉬거나 화장실을 왔다 갔다 하는 경우가 대표적인 예이다. 이는 단순한 생리적인 현상일 뿐, 이를 전이나 역전이 및 저항으로 해석할 수는 없다.

요즈음은 특히 SNS 문화나 인터넷 상의 댓글에서 보듯이, 자신의 일방적인 이야기만 하면서 문제의 초점을 비켜나가곤 한다. 그런 것들을 보면서 사람들이 대화를 한다기보다는 서로 자신의 이야기만 하면서 '비켜가기'와 '심각한 정면충돌'만 할 뿐이라는 생각이 든다. 결국 어느 정도 개개인이 성숙한 모습을 갖추고 있을 때 비로소 소통은 가능해진다.

수많은 사람들이 떠들고 우기면 되는 것이 민주주의가 아니라는 것을 잘 알면서도, 대화가 아닌 아집과 파벌에 관련된 이야기만 해대는 것을 얼마든지 우리 사회에서 볼 수 있다. 소통이 아닌 자기 자신의 이야기를 하거나 싸우기 싫어서 젊잖게 비켜주거나 비켜나가는 발언들을 할 뿐이다. 또한 우리가 보았듯이 논리보다 감정이 더 중요하다는 사실이다. 예를 들어 경상도 사람과 전라도 사람이 똑같은 주제를 가지고 똑같은 결론과 주장을 이야기하면서 싸우거나, 이조시대 학파들의 이야기를 보면 결론은 '서로 잘해보자'인데, 그런 단순한 문제를 '노론이 먼저니 소론이 먼저니' 하면서 자질구레하게 싸운다. 감정이 우선시되는 것이다. 개인적인 면담도 논리보다 감정이 우선시된다. 그래서 관계 유지법은 이렇게 힘들다. 이론상의 소통이나 세계 어느 곳에서도 보기 힘들다는 대한민국 유일의 인터넷 문화는 있지만, 진정한 대화를 하면서 관계를 유지하는 것은 실전에서는 아주 어려운 일이다.

용서

스페인 론다 성당(산타마리아 라 마요르 성당).

어느 여름 날 날씨도 덥고 해서 10명의 정신과 의사들이 퇴근 후 호프집에 모였다. 나는 정신과 의사들이 모이면 무슨 이야기가 화제의 중심이 되는지가 궁금했다. 그런데 어느 누군가가 예수에 대한 이야기를 시작했다. 이들은 모두 종교인들이다. 기독교, 가톨릭, 불교 신자들이었는데, 대강 이야기를 들어보니 모두 날라리 신자들이었다. 물론 소수긴 하지만 율법에 충실하여 매주 교회에 나가서 성경을 중요시하는 선생도 몇몇은 되어 보였다.

"바이블은 어른들의 동화이지요."

K선생이 무언가 조금 알고 있다는 듯이 말을 건넨다.

"어른들의 동화? 참 멋진 표현이네요."

L선생이 고개를 끄덕이며 공감한다는 표정을 짓는다.

"가끔 저도 돈을 좋은 일에 기부하고 싶은데 믿을 만한 장소가 없어요."

P선생이 말을 잇는다.

"기독교인인 선생의 교회에 내면 될 성싶은데……."

"물론 어느 정도는 내고 있는데 목사님을 믿을 수가 없어서……."

"그러면 장로에게 가져다주세요."

"장로도 믿을 수가 없는데……."

"우리 교회는 기업 형 교회라서……."

여러 의사들은 교회를 믿을 수 없다고 하면서, 그 이유를 교회에 다니는 사람들과 교회를 운영하는 사람들 탓이라고 핑계를 달았다. 즉 교회에 나가는 사람들이 모범적 행동을 보이기보다는 개인적인 이익을 위해서 다니는 사람이 많다는 것이었다. 그리고 나쁜 일도 서슴지 않고 하는데 모두 성경으로 합리화한다는 것이었다.

"저는 교회 신자에게 보증을 서서 손해를 보았어요."

"보증 자체가 성경에 어긋나지 않나요?"

"아마 그럴 거예요. 하지만 믿고 보증을 서주었는데 배신당한 것이죠."

참으로 사연들이 다양했다. 어떻게 보면 우리 사회는 서구 사회와 달리 다른 사람들의 생활에 지나치게 개입하고 눈치를 보는 사회이다. 즉 체면 사회이다 보니 지극히 개인적인 신앙 문제에 있어서 옆 사람의 눈치를 보고, 그러다 보니 '계'의 형태를 띠고 자기도 모르게 타인들의 생활에 들어가 침입자가 되어버리는 것이다. 그러다 보면 교우들 사이에서 돈거래나 사업적인 목적으로 종교를 빌리는 듯하다. 교회 안에서 계파가 생기면 성직자들은 당혹해 하지만, 특별한 것이 아니면 개입하지 않는다. 계파는 교회 안에서 파벌싸움, 국가 간에는 종교전쟁으로 번진다.

"바이블은 어른들의 동화이지요.' 또는 '종교는 액세서리예요, 마치 귀걸이나 목걸이처럼⋯⋯. 자신의 수호신을 상징하는 상징물이죠."라고 말하는 사람들은 신앙에 쉽게 접근하는 것 같았고, 자기 나름의 신앙이어서 깊은 신앙생활은 아니지만 교회에 쉽게 나가는 듯했다. "교회에 나가려면 예수처럼 순교해야 되는 것이 아닐까요?"라고 말하는 실천적 행동주의자들 가운데는 반대로 무신론자가 많았다. 그래서 내가 내린 결론은 무신론자나 유신론자나 모두 다 사실은 신앙적 원초적 사상을 가지고 있다는 것이었다. 즉 신은 무신론자나 유신론자 모두를 선택하고 있다는 점을 우리 모두가 간과하고 있다는 점이었다. 그리고 무신론자가 신앙인이 되면 아주 깊은 신앙을 보유하게 되는 것이 아닐까라고 생각해본다.

우리가 흔하게 고민하는 문제들은 가만히 생각해보면 사소한 문제들인데, 그런데도 그 문제들로 인해 고민하고 갈등한다. 그리고 가만히 생각해보면 나와 직접적으로 관련되는 문제도 아닌데 증오하는 것이 많다. 즉 나로부터 나오는 것을 가지고 남의 탓으로 돌리기 때문이다. 대개의 불교 이론은 여기에서 출발한다. 즉 외부의 대상을 통해서 자신을 바라보는 것이 아니라, 자신을 통해서 대상을 바라보는 것이다. 자신의 마음이 부처이면 그것이 부처라는 것을 가르친다. 불교엔 믿음이나 구원이라는 문제도 있지만, 자신을 성찰하고 깨우치면 그것이 바로 도에 이른다고 본다.

그러나 서양의 종교들은 신을 중심으로 자신을 성찰하는 것이다. 하느님이나 하나님을 통해서 자신을 성찰하는 것이 기독교나 가톨릭이다. 그러나 외부의 대상을 상대로 하든지 또는 내부의 대상을 상대로 하든지 간에, 종교의 기본은 '용서'라는 것이다. 왜냐하면 용서라는 이해와 상대를 바라보는 측은지심이 없다면 '용서'라는 것도 없기 때문이다. 이와 같이 대조적으로 서양 종교에는 높은 곳을 향한 믿음이 깔려 있다.

우리 시대의 고승이자 스승이신 달라이 라마는 이렇게 말한다. "용서는 단지 우리에게 상처를 준 사람들을 받아들이는 것만을 의미하지 않는다. 그것은 그들을 향한 미움과 원망의 마음에서 스스로를 놓아주는 일이다. 그러므로 용서는 자기 자신에게 베푸는 가장 큰 자비이자 사랑이다." 이 말의 의미는 용서를 통해서 자유로워지는 인간의 심성을 지적하고 있는 것이다. "자신만을 생각하고 타인을 잊어버리면 우리의 마음은 매우 좁은 공간만 차지하게 된다. 그 작은 공간 안에서는 작은 문제조차 크게 보인다. 하지만 타인을 염려하는 마음을 갖는 순간 우리의 마음은 자동적으로 넓어진다. 이때는 자신의 문제가 아무리 큰 것이라도 작게 보인다."라고 그는 설법한다. 이는 우리들 마음이 마치 요물단지 같아서 작은 마음(내 것)에 집착하면 끝없이 작아지고 치사해지고 치졸한 행동을 하게 되지만, 타인의 마음(타인의 처지나 타인의 것)을 헤아리면 용서하지 못할 것도 없는 큰마음을 가질 수 있다는 점을 가르치신다.

우리들은 날마다 아내가 낮에는 요조숙녀가 되기를 바라고, 밤에는 섹시해시기를 바라며, 아이도 잘 낳고, 식사 시간에는 유명한 요리사가 되기를 바라고, 상냥하고 친절하기를 원한다. 또한 직장에 나가서 훌륭한 선생이면서 동시에 집안의 수입원이 되기를 원한다. 그런데 사실 아내는 나와 같은 평범한 사람이다. 아내는 남편에게 낮에는 돈을 잘 벌고, 밤에는 야수가 되기를 원하고, 밖에서는 인기인들처럼 사회적으로 인정받기를 원하며, 짐을 들 때는 변강쇠 같은 노가다가 되기를 원하며, 깡패나 도둑이 나타나면 영화 속의 주인공이 되어 아내를 보호하고, 집안일을 잘 도와주기를 원한다. 처녀들은 백마 타고 나타나는 기사를 연상하다가 그런 사람이 없어 혼기를 놓치고 혼자 살게 되는데, 이러한 욕망들이 하나하나 연결되어 싸움이 일어난다. 싸움이 일어나는 것은 우리들이 가진 이성에 대한 기대치나 자식에 대한 기대치가 높기 때문이다. 또한 시대적인 환경에 따라서 '자물통' 같은 인터넷에 갇혀서 대화라는 사회적 소통 수단이 사실은 막혀 있다 보니 자연스럽게 울화통이 치민다.

예수님의 용서를 가장 잘 나타내는 극적인 부분은 열두 제자가 배신한 상태에서 십자가에 매달리는 순간이라는 것은 누구나 다 잘 알 것이다. 그때 하신 말씀이 무엇인지도 잘 알 것이다. 십자가에서의 약 6시간 동안 극고를 겪으시며 여러 가지 말씀을 하셨다. 첫 마디는 "아버지, 그들을 용서하소서. 그들은 자신들이 하고 있는 것을 모릅니다."였다. 그 누구보다 자신에 관심을 두실 만한 시점과 위치에서 남에 대한 관심이 더 크셨다. 당신께서 창조하신 피조물에게 고문을 당하면서, 자기의 생명을 내어주면서 말이다. 타인에 대한 관심은 "아버지, 그들은 그들의 일을 할 뿐입니다."라고 이해를 하신 데서 나타난다. 얼마나 커다랗고 넓으신 관용인가! 자기가 죽게 생겼는데 오히려 사형 집행인을 용서한다. 오늘날 우리가 다시 그 시대의 사형 집행인으로 태어나서 그 직업을 가지고 있다고 가정해보자.

"예수님! 진심으로 죄송합니다. 하지만 저도 나라에서 주는 직업인 사형 집행인이라는 직업을 그만두면 처자식은 어떻게 합니까? 봉급은 타야 되지 않겠습니까?"라고 말이라도 건네고 창을 던졌다면 그놈은 기특한 놈이다. 그냥 아무 생각 없이 위에서 시키는 대로 창을 던졌을 것이다. 그러나 예수님은 눈물을 흘리며 "가엾은 저들을 용서하소서!"라고 하셨다. 정말로 인간을 사랑하는 박애주의자시다. 필자나 독자들 역시 보통 사람이므로 이 정도의 상태가 되면 혼이 빠지는 순간이 될 지경인데, 예수님은 위대한 말씀을 하신 것이다.

우리는 예수의 처지에 빠지면 "에라! 염병할 놈들! 인간들은 모두 다 백정이다."라고 외치며 쓸쓸하게 죽어갔을 것이다. 그런데 예수님은 오히려 한없는 사랑을 보낸다. 지구상에 지금도 전해지는 역사적인 위대한 신의 이야기다. 그러나 불교에서는 또는 이슬람교에서는 여전히 예수나 부처 같은 신들을 사람으로 이해한다. 즉 우리 자신이 십자가에 매달리기 싫은 '고통이 없는 종교'를 선택하는 인간 특유의 이기심 때문에 도의 경지나 신의 경지에 도달하지 못할 뿐이라는 것이다. 진정으로 도를 구하지 않는다는 것이다. 다시 말해 도를 구하지는 않고 '살아 있는 동안에 평화나 자식의 시험 합격'을 기도하기 때문이라는 것이다. 기도를 통해 세속적인 것들을 취하는 것은 예나 지금이나 똑같다.

우리 모두는 사실 십자가나 고통을 싫어한다. 그러므로 종교의 궁극적인 목적이 영혼의 구원이라면, 그 이전에 고통스러운 용서라는 과정이 성립되어야 하고, 마지막으로 사랑을 통해서 완성되는 것이다. 아마도 천국이나 극락에 이르는 자는 이러한 과정을 통해서 커다란 사랑을 이미 맛본 사람들이 아닐까 한다. 마치 모성애를 통해 사랑을 맛본 어미처럼 말이다. 아버지는 자식을 용서하지 못할지 몰라도, 어머니는 자기 새끼라서 자식을 쉽게 용서한다. 그것은 신이 이미 그렇게 정해놓았기 때문이다. 특별한 경우를 제외하고 아버지는 자식을 버려도, 어머니는 자식을 버리지 않는다. 왜냐하면 정신과 외래를 통해서 자주 보는 환자들은 여성이 많은데, 그 중 가장 많은 상담이 듣기도 힘든 남편의 바람기, 남편의 구타, 남편의 무능, 남편의 술버릇 등이다. 그런데 대부분의 아내들은 "자식을 위해서 남편이 남편 같지 않아도 자식 때문에 산다."고 말한다. 동물도 마찬가지다. 그러므로 어미가 자식을 버리거나 유기하면 동물보다 못한 존재가 되는 것이다. 신이 내리신 용서라는 축복 역시 남성보다 여성에게 더 강하게 주셨다. 일본인들이 전쟁을 발발하고도 용서를 구하기는커녕 자기들이 잘했다고 떠드는 이유 역시 남성중심의 부계중심 사회라서 그렇다. 남성은 사냥과 전쟁및 법(권력)의 상징이다. 그러므로 자비와 용서는 종교의 커다란 과정이면서 목적이다.

영아 이해하기

　세상의 모든 생명체는 생명을 잉태한다. 나무는 열매를 빨강, 노랑, 황색, 자색 등 형형색색形形色色으로 채색하고, 곤충들도 자손을 번식시킨다. 인간도 예외가 아니어서 자식이나 손자를 보게 된다. 얼마나 신비한 일인가? 이처럼 수많은 생명체는 축복을 타고난다. 그리하여 자연과 인간은 수많은 관계를 맺고, 인간들은 또 인간들과 관계를 맺고 사는데, 그 중 가장 아름다운 관계가 모자관계다. 처녀가 임신을 하면 어머니가 되는데, 어머니는 자식을 잉태하는 순간부터 철없던 소녀가 갑자기 '어머니'로 성숙한다. 이러한 급작스러운 변화를 보고 우리는 감탄하고 찬미한다. "철없는 자식이 벌써 엄마가 되었네!" "큰일을 해냈구나!"라고 하면서 조부모나 부모들은 시집간 딸을 기특하게 여긴다.

　신이 모든 생명체에 DNA를 복제할 능력과 생명을 불어넣어 놓은 것을 보고, 모든 이들이 자녀나 자연을 보고 감사드린다. 프로이트나 그를 추종하는 멜라니 클라인 같은 정신과 의사들은 어린 시절 부모와의 안정된 친밀도를 강조했다. 보통 영아기는 출생 후 1년을 말하며, 그만큼 그 이후의 어린 시절도 중요한 것이다. 3세 이전의 모성의 중요성은 아무리 강조해도 지나치지 않다.

　즉 3세 이전에는 어머니가 아주 절대적인 자녀의 보호자이자 절대자인 것이다. 한국인들은 한술 더 떠서 태아 교육의 중요성을 말해왔지만, 최근 들어 맞벌이 부부가 증가하는 탓에 부모의 박탈을 경험한 아이들이 앞으로 사회적인 문제를 많이 일으킬 것으로 보고 있다. 부모가 아닌 보모, 가정부, 계모, 조부모가 키운 자식은 정신과 지식을 동원하지 않아도 '버릇없는 아이, 정에 굶주린 아이'가 될 것은 당연하다. 그렇기에 이렇듯 정신적으로 비뚤어진 아이들이 사회 문제를 많이 야기할 것으로 정신과 의사들은 전망한다. 심지어 3세 이전에는 어머니가 고시에 합격하여 높은 자리에 있더라도 그만두고 자식 곁에 있기를 권하는데, 당연한 말이다.

부모가 돌아가신 후 삼년상은 할 필요가 없더라도, 자녀를 위해서 어머니가 된 자는 최소 3년을 희생해야 된다는 '3년 법칙'이 있다. 이미 부모 교육은 하고 있는 것으로 알고 있지만, 어떤 학자들은 결혼을 잘하기 위한 대학이나 아이를 잘 키우는 대학을 만들자고 주장한다. 하지만 과거엔 이런 것들은 배워서 하는 것이 아니고, 인간이 당연히 해야 할 일이었다. 특별히 따로 배워야 되는 과목이 아니라, 신이 부여한 각자의 달란트들인 것이었다. 돼지나 소도 교육받지 않았어도 자신의 새끼를 잘도 보호하는데, 무슨 성교육이나 부모 교육이 따로 필요할까 싶다. 복잡한 현대사회가 파생시킨 부작용이 아닌가 싶다.

또한 학교에서 성교육은 시키지만, 어머니의 고통을 이해하는 산통, 어머니로서의 태도, 아버지로서의 역할과 책임감, 부모의 죽음, 생로병사로 인해 자녀들에게 미치는 영향, 부모 상실 후에 경제적이나 정신적으로 독립하는 방법 등을 가르치지 않고, 죽어라고 수학과 영어만 가르치는 우리 교육 현실이 아쉬울 뿐이다. 즉 성교육을 한다고 해서 과연 성범죄가 줄었는지, 유기되는 아이들이 줄었는지 필자는 알 수가 없다. 성교육 시간을 '생명 존중 교육'이라고 명칭을 바꾸고, 생명이 잉태되는 신비함과 그에 따른 책임감으로 영역을 넓혀서 교육시킬 필요가 있다는 점을 간과하고 있는 것이다. 우리가 생명을 존중하고 여성을 존중한다면, 그러한 책임감 때문에 함부로 성을 가지고 농락하는 일은 자연스럽게 없어질 것이다. 사실 많은 독자들이 학교나 직장에서 이루어지는 성교육들이 조금은 유치하다고 생각할 것이다.

유명한 영아 연구들을 몇 가지 보자면, 갓난아이들은 초기에 인지적 구별 능력을 가지고 있으며, 이는 정동, 감정, 정서 같은 것들에 대해 포괄적으로 가지고 있음을 암시한다. 따라서 3개월 된 유아들은 기쁨, 격노, 실망을 행동으로 나타낼 뿐만 아니라 정서적인 경험도 할 수 있다고 한다(Izard,1978). 유아와 어머니와의 관계를 보면, 좀 더 정확히 슈테른(Stern)의 유아-어머니 간의 상호작용에 관한 관찰 연구(Stern 1977, 1985)를 통해 보자면, 어머니가 가지고 있는 특질들을 식별할 수 있는 유아의 능력이 생후 첫 몇 주 내에 활성화된다고 한다. 즉 유아는 자기와 타인을 구별하는 인지 도식(schema)을 형성할 수 있도록 선천적인 프로그램을 가지고 있다고 주장한다. 다시 말해서 유아의 인지적 잠재력은 전통적인 가정보다 훨씬 더 정교하며, 이는 유아의 정동적 행동에 있어서도 마찬가지라는 것이다(Otto. F. Kernberg, 『인격 장애와 성도착에서의 공격성』, 1992).

쉽게 말해서 부모의 성관계로 태어난 아이와 어머니 역시 그 역할에 대해서는 이미 신이 '프로그램화'해놓았으니 여러 말 할 필요가 없다는 것이다. 여러 가지 교육이 없어도 모자관계가 중요하다는 점만 알면 된다는 것이다. 그리고 아이와 함께할 시간에 함께하라는 것이다. 별 이야기도 아니고 상식적인 이야기인데 이런 글을 왜 쓰느냐고 묻는다면, 현대사회에 들어와서 자녀들을 아예 탁아소에 맡겨놓고 직장에 나가 남성들을 지배하는 재미로 살아간다든지, 자녀 양육보다 자동차 가솔린 값이라도 더 벌어야겠다는 여성들이 늘어가고 있기 때문이라고 말하고 싶다.

일본의 경우 아예 독신으로 살아서 50대가 되어도 손자나 자녀가 없는 세대들이 배출되기 시작하고 있다. 아마 한국도 이혼율이나 미혼이 50%가 넘는 이 시대가 지나면 그렇게 될지도 모른다. 너무나 이기적인 시대이거나 혹은 대단히 독립적인 시대이다. 한편, 아이는 엄마의 평가사이며, 어렸을 때 잘못 키운 아이들이 의사나 법관이 되어도 마약을 하고, 가정교육이 잘못된 자, 알코올 중독자, 범법자, 우울증, 정신분열, 성격 장애가 되기를 바라지 않는다면, 3세까지는 엄마와 아이가 함께해라. 전쟁 세대와 전후 세대들이 너무나 악랄한 만큼 힘든 시기를 보낸 후에 현 세대들에게 약한 저항력을 심어주지 않았는가를 고민할 때이다.

그렇지 않으면 유럽의 일부 선진 국가들처럼 아이를 포대기에 싸거나 또는 허리에 매고 근무하는 체계를 국가에서 도입해야할 것이다. 어머니란 용어는 희생, 봉사, 사랑, 헌신 같은 단어가 더 어울린다. 아이들에게 베푼 만큼 돌아올 것이다. 자녀 관계에는 커다란 즐거움도 따르지만 정말로 가슴이 시린 고통도 따라오기 때문에 즐거운 마음으로 받아들여야한다. 이 세상에서 어머니가 되는 것만큼 힘들고 기쁜 일은 없다.

CHAPTER 4

전쟁 세대와 전후 세대 및 현재 세대
(분리와 소외의 시대)

오키나와 평화공원 전방 해안(미군 상륙작전이 생각남).

불쌍한 우리들의 조상

■▪ 북청(北淸, 기타 아오이 상 이야기, 戰死, 북쪽의 맑은 기운)

키타 아오이는 아열대 우림 속에서 무언가 이상하고 기괴한 신음들을 들으며 나카무라 소좌의 지휘 하에 발목까지 잠기는 늪지대를 걷고 있었다.

"전진하라, 적들에게 한 치의 양보도 하지 마라. 승리는 눈앞에 있다."

날씨는 습하고 지독했다. 가끔씩 내리는 이상한 비는 한국의 비와는 달랐다. 조선이라고 불리는 나라는 정말 사라지고 없었다. 키타 아오이는 나라 없는 설움 속에서 징용으로 끌려와 한숨지으며 이 전쟁을 끝내야 한다.

"남의 나라를 위해서 싸우다니……. 이게 무슨 꼴인가?"

퇴각, 허기, 하루가 멀다고 내리는 장대비. 절망과 피로, 기아, 아열대성 숲과 정글의 바다 등 그런 것들이 이곳의 전경이다.

다음날, 키타 아오이는 일본군들과 함께 이름 모를 깊은 산속을 향해 걷고 있었다. 그저 상관인 나카무라 소좌의 지휘만 따르면 된다. 패전인지 승전인지엔 관심이 없다. 오직 살고 싶다는 집념뿐, 그들이 말하는 '천황의 제국' 따위엔 관심도 없었다. 며칠 전에 일본인들의 할복 자살 소식에서 그는 일본이 이 전쟁에서 지고 있다는 느낌을 받았을 뿐이다. '나도 타국 땅에서 아무런 명분도 없이 할복자살을 해야 하나? 이 엄청난 살해를 저지른 나라를 위해서 그것도 강제로 할복을 해야 하나? 그들에겐 일본이 자기 나라라는 명분이 있었지만, 나에겐 아무 런 명분이 없다. 살아야 된다. 고향엔 어머니와 형님과 누나가 있지 않 은가?' '난 일본인인가, 한국인인가?' 등 여러 가지 상념 속에서 정글을 누볐다. 지쳤다. 정글, 화염, 신음, 폭발음 등이 지독했다. 일본인들이 전쟁을 발발하고도 용서를 구하기는커녕 자기들이 잘했다고 떠드는 이유 역시 남성 중심의 부계 중심사회라서 그러하다. 남성은 사냥과 전쟁 및 법(권력)의 상징이다. 일본식 남성 우월주의의 사상은 두 가지 로 요약할 수 있다. 첫째, 불의한 것도 자신의 법들이 맞는다고 끝까지 주장한다. 둘째, 통하지 못하거나 패배하면 자결로 답을 한다는 것 이 외에 배울 것이 별로 없었다고 생각해보았다. 그러나 조선은 일본에 비 해 너무도 허술하고 나약했다.

　나카무라 소좌의 부대는 전원이 기아와 영양실조에 시달리고 있었 다. 가끔 야간에 들리는 공습 사이렌은 그의 심장을 싸늘하게 만들곤 했다. 치열한 연합군의 공습들은 그에게는 전쟁의 종식이 멀지 않음을 느끼게 했다. 어떤 식으로든 이 전쟁은 빨리 끝나야 된다고 생각했던 터이다. 먹을 것이라곤 사흘 전 작은 촌락에서 구한 말라 삐틀어진 당 근뿐이었다. 그들은 당근을 얇게 잘라서 그것을 소금을 쳐서 먹었는 데, 인체에 필요한 염분을 보충하기 위해서였다. 행군을 하다가 화염에 말라버린 고야나 사탕수수 나무를 보면, 그들은 벌떼처럼 몰려가서 서로 차지하려다가 싸움을 벌이곤 했다. 그들은 서로에게 '바가(바보)'라고 욕하며 상대에게 발길질을 했다. 그리고 음식을 차지한 병사는 원숭이처럼 쭈그리고 앉아서 먹는 모습이 마치 짐승들 같았다. 그랬다. 우리는 모두 짐승이었다.

"차라리 여기서 죽게 해주세요, 더 이상 걸을 수가 없어요."

그때마다 군의관은 한 명이라도 더 살리려고 이렇게 외치곤 했다.

"이 바가(바보) 자식아! 얼른 일어나지 못해! 음식들 함부로 먹지 마! 콜레라가 유행할지도 몰라!"

그러다가 갑자기 비가 그치면 하늘이 맑아지고 해가 비치고 여기저기 사방에서 새들이 지저귄다. 혼을 빼앗아갈 만큼 아름다운 오키나와 전경과는 다르게 여기저기서 신음이 들린다. 날이 밝아지면 이상하게도 군인들은 더욱 많은 신음을 냈다.

"살려주세요!"

"차라리 죽게 해주세요."

"어머니!"

"다리가 없어졌어요."

더욱 슬픈 것은 신음 속에서 가끔 들리는 한국말이었다. 특히 '어머니'라는 말을 들으면 키타 아오이는 눈에서 눈물이 '뚝' 하고 떨어지곤 했다. 슬퍼서 크게 우는 것이 아니라, 아주 짧은 순간 가슴이 찡하며 파장을 보내다가 마는 울음이었다. 그만큼 슬퍼하기에도 지친 울음이었다. 그는 세상에 이런 눈물도 있구나 하고 중얼거렸다. "전쟁 속에서 눈물도 지친 거야."라고 중얼거리면서 말이다.

확실히 퇴각 중이었다. 일본 군대는 크게 놀라고 있음이 분명하다.

미얀마를 비롯해서 중국 하이 난, 그리고 조선, 중국 대륙에 이르기까지 그들이 정복하지 못한 곳은 없었다. 본토에 미군이 진입한 것에 대해 오키나와 주민마저 놀라고 있었다. 6월 11일에는 오로꾸小祿 지구에서 지상전을 벌이던 일본의 해군 오오타 미노루大田實 사령관 이하 전원이 옥쇄했다는 소식이 들려왔다.

일본군들은 병사들의 행렬이라기보다는 퇴각하는 지친 군대로서 검은(하얀) 옷을 입은 귀신들처럼 보였다. 그들은 이미 죽은 것이다. 손수 만든 나무 지팡이를 짚고 한쪽 다리를 잃은 사람, 한 눈을 잃은 병사, 머리에 붕대를 감은 병사, 바짓가랑이 사이로 속옷이 보인 채 행군하는 군인들, 군복이 누더기가 된 사람, 밥통과 수류탄만 들고 있는 사람들이 있었다. 수류탄은 자결용이었다. 군대에서는 '목숨보다 소중하다는 소총'을 잃어버리고 대검도 버린 채 걷고 있었다. 쓸 곳이 없는 탄환만 가지고 멍하니 걷는 사람도 있었다. 행군 중에 가끔 들리는 '펑' 하는 소리는 이미 수류탄으로 자살하고 있다는 증거였다. 자결하는 마지막 도구가 수류탄이었던 것이다. 그러나 누더기를 걸치고 행군 중인 몽유 상태의 군인들은 누구 하나 슬퍼하는 모습을 볼 수 없었다. 죽음도 삶도 그저 그런 것이라는 체념 섞인 표정들뿐이었다. 그들은 이미 저승사자였다. 인간도 아니고 로봇도 아닌 그런 애매한 성격의 멍한 표정의 사람들이었다.

오늘은 1945년 6월 13일이다. 초기에 수비하는 일본 제32군은 총 병력 10만 명 이상이었다. 미군은 상륙부대의 주력으로 사이몬 버크나 육군 중장이 지휘하는 신설 제10군 예하 제3해병군단과 육군 제24군단 등 5개 사단 8만 5,000명을 투입했다. 그러나 마군의 최신식 무기와 공습으로 패전당한 일본군은 6,000명만 남게 되었다.

그 무리 속에 여전히 키타 아오이는 살아 있었으나 앞으로 어떻게 될지 알 수가 없었다. 그야말로 일본군의 앞날은 풍전등화(風前燈火)였다. 키타 아오이는 조센징이어서 최전방에 배치를 받았고, 오키나와의 중심부인 슈리首里에 위치한 동굴과는 멀리 떨어진 해안가였다. 그는 어려서부터 불교 신자였기에 "할복은 할 수 없어."라고 외치곤 했다. 그러나 그가 선택할 수 있는 것은 적(사실은 미군이므로 연합군)과 싸워 할복과 전사하는 것 중에서 양자택일할 수밖에 없는 상황이었다.

드디어 6월 19일 사령부에서 명령이 떨어졌다.

'전원 총공격! 살아남은 자는 할복!'이라는 의미의 암호문이 전달되었다.

'はらきり(할복)'

'そうこうげき(총 공격)'라는 전문을 받은 나카무라 소좌는 손을 부르르 떨었고 눈에는 눈물이 고였지만 바로 냉정을 찾고 부대원에게 이러한 메시지를 전달했다.

"사랑하는 부대원 여러분! 그동안 열심히 싸워서 감사하다. 그러나 여러분은 천황의 이름으로 제국을 건설하기엔 아직도 멀었다. 오늘밤 총공격이다. 다들 살아남기를 빈다!"

"아! 오늘 드디어 죽는구나!"

"죽을 바에야 빨리 죽는 편이 나아!"

"어머니!"

"이 전쟁은 패전이야!"

누군가 속삭이지만 이제 막 육사를 갓 졸업한 나카무라 소좌는 혼자만 알고 있는 '할복'이라는 말을 차마 입에 옮기지 못하고, 패전 시

혼자 할복할 것을 다짐하고 있었다. 나카무라 소좌와 키타 아오이는 그의 동료들에게 연습용 유서가 아닌 진짜 유서를 쓰고, 키타 아오이는 고향인 '전남 순천'에 계신 어머니와 형에게 편지를 써서 같은 한국인들에게 전달했다. 그리고 그날 밤 나카무라 소좌와 키타 아오이는 전사했다.

6월 19일 사령부 참모가 전원 출격하여 전사했고, 6월 23일 오후 4시 30분에 우시지마 사령관과 참모장이 할복 자결함으로써 전투가 종결되었다.

이것이 S대 학생회장을 지내다 죽어버린 키타 아오이의 전사에 관한 오키나와 부대 이야기였다. 그의 편지는 전달되지도 못했고, 전사자 처리도 되지 않았으며, 오키나와 국립 한국인 묘지에도 안장되지 못한 걸로 보아, 그의 시체는 발견되지 않고 완전히 분해된 것으로 추정할 뿐이다. 이 전투 이후 비로소 일본의 수뇌부가 전황의 악화를 인정했다고 한다. 83일에 걸친 전투에서 미·일 양쪽 모두 막대한 피해를 입었다. 일본 측 추산으로 일본군 전사자는 10만 2000명, 미군 전사자는 4만 7000명이며, 미군 측 추산으로 일본군 전사는 6만 5000명, 미군 전사자는 1만 1933명이다. 가장 큰 피해자는 역시 오키나와 본섬의 주민들로, 사망자가 12만 명에 이를 것으로 추산하고 있다. 이렇게 숫자가 우왕좌왕하는 것은 아마도 전투 중에 본토에서 투입되었던 보충병과 분해되어버린 시체가 있기 때문인데, 합산하면 이보다 훨씬 더 많은 인명이 죽었을 것으로 보인다. 또한 전쟁 중 사망자 숫자는 패전 국가들이 자기 나라의 힘을 과시하고 자국 국민들의 동요를 막고 국민을 속일 목적으로 자국 군대의 사망자 숫자를 줄여서 보고한다. 그러므로 패전 국가의 사망 숫자는 훨씬 많을 것이다. 어찌되었든 1945년 6월의 오키나와 전투의 참패는 일본의 모든 국민과 군대들을 부들부들 떨게 만들었다.

"세상에! 승전 국가에 미군이 발을 딛고 서다니!"라고 말이다.

■■ 북청 이야기 (北淸, 기타 아오이 상 이야기, 病死)

두 번째……

오키나와 평화 공원에 있는 여명의 탑(일본군 묘지 근처).

미얀마의 정글은 무척 더웠다. 오키나와와 다른 점은 오키나와보다 더욱 적도에 가까이 있는 데다 열대 과일과 식물이 풍부하고 열대 우림이 우거져 있다는 점이었다. 대개 5월에서 10월까지의 몬순 기간(monsoon), 11월에서 2월까지의 건기, 3월에서 5월에 이르는 열대 철로 나뉜다. 우기 철에는 강수량이 중부 건조 지역에서는 적고 해안 지역은 매우 많다. 4월의 기온이 36도 정도로 가장 더웠다.

특히 열대 우림은 대단히 많은 수종樹種이 있으나, 그 우점종優占種은 거대한 상록활엽수이며, 이외에 양치식물류, 덩굴식물 등 많은 특수한 경관을 나타냈다. 기타 아오이는 행군 도중에 정글 속에 솟아 있는 커다란 나무와 덩굴들을 만나면 그것들이 몸에 들러붙어 체력이 두 배 이상 소모되곤 했다. 게다가 우기엔 비가 많아서 강물이 범람하여 개울을 건너기가 힘들었다. 또 잎 몸의 끝이 꼬리 모양으로 구부러져서 잎 끝이 뾰족하거나 줄기에 직접 꽃이 붙은 줄기꽃들 때문에 찔리고 뿌리板根 등으로 인해 넘어지곤 했다. 큰 키와 삐쩍 마른 몸을 가진 기타 아오이는 자주 열대의 가시와 풀에 찔리곤 했고 자신의 몸을 가누기도 힘들었지만, 가끔은 자연에 심취하여 넋 놓고 보름달을 보거나 야간에 고향 생각에 노래를 흥얼거리곤 했다. 그것은 대부분 국가를 잃은 슬픔과 비탄의 노래였다.

그러나 이런 여러 식물 중에서 일본군이 가장 좋아하는 음식은 망고였다. 어쩌다 화염으로 다 말라 비뚤어진 망고를 만나면 지휘관 몰래 망고를 따서 슬그머니 호주머니에 넣고 다니곤 했다. 배가 고프면 역시 다른 여러 식품(무, 당근, 망고, 바나나, 고야 등)처럼 대검으로 잘게 잘라서 소금을 넣어 먹었다. 마찬가지로 전투 중에는 식량 조달이 궁핍했고 식사시간을 맞추지 못해서 굶기 일쑤였다. 배고픔이 극에 달하면 위장에 강한 통증이 전달되었고, 병사들은 어쩌다 구한 식수를 잘못 마시면 배탈이 자주 생겼다. 더구나 열대 곤충들은 크기가 조선 모기의 몇 배에 달해서, 모기나 벌레에 물리면 매우 가렵고 피부가 부어올랐다. 일본 병사들은 말라리아나 기타 수인성 전염병으로 사망하곤 했다.

'살아 있는가?'

'죽었는가?'

'콜레라균에게 당한 것 같아.'

'아야! 헉!'

'아픈가?'

'배고픈가?'

이 말들이 병사들이 자주 쓰는 단어로서 동료들의 생사와 신음 및 끼니 걱정을 하는 소리들이 먼데서 들려오곤 했다. 사실 아무런 도움도 되지 않는 이야기들이지만, 서로의 안부나 생존을 확인하는 것이다. 그러면서 서로 죽음의 순번을 기다리는 거대한 행렬이었다. 전쟁터란 좌절의 늪이었다.

웨이크 섬 전투는 태평양 전쟁 초기 남 태평양 웨이크(Wake) 섬을 점령하려는 일본과 이를 막으려는 미군 사이에 벌어진 2주간의 격전이었다. 1941년 미 해군기지 진주만을 습격한 일본은 거의 동시에 웨이크 섬을 폭격했다. 미군 해병대는 일본 구축함 두 척을 격침할 정도로 두 번의 상륙 작전에서 잘 싸웠지만, 결국 일본은 섬을 점령하는 데 성공했다. 1942년 5월에 일본군은 진주만과 웨이크 섬 전투를 시작으로 승전을 거듭하면서 싱가포르, 말레이시아 등지에서 대활약을 펼치다가, 미얀마 주민을 해방시킨다는 속임수로 미얀마를 정복했다. 1942년부터 1945년까지 일본군의 전성기였으나, 나중엔 미얀마 국민들도 대영제국과 일본의 싸움이라는 사실을 알게 된다. 영국은 사실 평화 유지라기보다는 싱가포르가 과거에 자기네 식민지였기 때문에 이를 되찾으려는 속셈으로 전투에 참여하게 되었다. 전쟁 말기에는 미얀마 주민과 군대, 미군, 영국군에 의해 일본이 지고 말았다. 1945년 8월 연합군에 항복할 때까지 일본은 미얀마를 지배했다. 버마 독립을 위해 영국군 및 일본군과 무장 투쟁을 벌여 국민적 영웅이 된 아웅 산 장군은 1947년 7월 각료회의 도중 암살되었다. 이후 우누(U Nu)가 버마 임시정부의 총리가 되었다.

1947년 12월 영국 의회는 '버마 독립 법안'을 가결했고, 독립 기반이 형성되었다. 1948년 1월 영 연방을 탈퇴하여 완전한 독립국가가 된 것을 보면, 우리와 비슷한 시기에 일본으로부터 침략을 당하고 해방된 곳이다(미얀마 개황, 2011.8, 외교부).

"걸어, 걸어야 해."

전쟁은 행군과 전염병의 연속이었다. 전쟁은 사람들이 말하는 '전투'가 대부분이 아니라 '기다림'의 연속이었다. "걸어, 걸으라고……."라고 말하는 사람들은 대부분 군의관과 지휘관의 목소리였다. "우리는 지금 어디로 가고 있는가?"라고 사병들은 되뇌지만, 특별한 목적지는 없다. 모두들 '귀향'에 대한 그리움이나 차라리 죽어버렸으면 하는 소망들이었다. 고향에 대한 그리움, 평범한 일상에 대한 그리움, 실컷 먹고 죽는 그리움, 죄 없는 민간인이나 아군 탈주병을 사살하는 것으로부터 해방

되고 싶은 그리움, 죽고자 하는 소망만 기다릴 뿐이다. 즉 전쟁은 기다림과 그리움뿐이다. 그러나 죽지 않으면 그 다음날이 시작된다. 전쟁이란 그런 것이다. 살아 있으면 기다리는 것뿐이었다. 사병들에겐 아무런 이념도 없는 살육의 무질서가 끝나기를 바라는 기다림의 연속일 뿐이다. 밤에는 허기와 배고픔으로 뱃속에 통증이 전달되어 수면을 이룰 수가 없었다. 살육, 허기짐, 무질서, 맹목이 바로 전쟁의 의미였다. 특히 죄 없는 민간인들을 스파이로 몰아 죽이라는 명령이 떨어질 때는 그야말로 맹목상태가 되는 것이다.

"버려졌는가?"

"던져졌는가?"

"말라리아에 당했어, 그냥 내버려둬, 그냥 가버려."

"난……, 도저히 안 되겠어."

라고 서로 말하며 이승으로부터 저승으로 가는 군인들을 물끄러미 쳐다볼 뿐이었다. 죽음과 삶 둘 중 어떤 것이 행복한 것인지 알 수 없는 것이 전쟁터였다.

기타 아오이는 며칠 전부터 컨디션이 좋지 않았다. 머리가 아프고 배가 불편해서 음식을 잘못 먹은 것으로 착각했다. 그러나 점점 더 열이 심해지고 머리가 아픈 것은 물론 흉통, 관절통, 근육통이 생겼다. 그 후엔 설사까지 했다.

"콜레라인가요?"

기타 아오이는 자신의 병이 궁금했다. 자신이 이미 죽어가고 있음을 느낄 만큼 힘이 없었다. 온 사지가 축 늘어지고 며칠째 식사를 못 했던 걸로 보아 간단한 병은 아니라는 것을 직감하고 있었다.

"아니……, 말라리아다."

군의관의 대답에 대해 기타 아오이는 수풀에 누워서 힘없이 고개를 떨어뜨렸다.

"그러면 죽겠군요."

"……."

"버리세요, 버리고 가세요." 기타 아오이는 눈에 눈물이 맺히는 것을 느꼈다.

"……."

"어머니!"

기타 아오이는 다른 병사들처럼 어머니를 부르며 죽어가는 자신을 느끼고 어머니 생각에 가슴이 사무쳐서 이를 악물어본다. 이내 길게 한숨을 내쉬며 호수를 바라보았다. "죽어가면서 바라보는 하늘과 호수는 고향의 그것들처럼 푸르다."라고 말하며 긴 한숨을 내쉬더니 그 자리에서 사망했다.

■▪ 북청 이야기 (北淸, 기타 아오이 상 이야기, 殺害)

그 세 번째…….

유황냄새가 진동하는 노보리베츠 지옥 계곡.
일본의 만화나 괴기 문화가 모두 이런 곳들에서 나오는 듯하다.

북청은 당연히 중국의 문화대혁명 이전에 죽었다.

마오쩌둥(모택동)은 사실 콤플렉스가 많은 인물 같다. 그는 가난한 집안에서 태어나 늦게까지 집에서 농사를 짓다가 한국 나이로 9세경 소학교(초등학교)에 입학했다. 16세까지 아버지의 반대로 진학을 못 하고 농사일을 도우며 틈틈이 책을 읽다가, 1909년 둥산[東山]고등소학에 들어갔다. 즉 그의 부모는 자식의 교육에 관심이 없었으나 모택동은 13세까지 『사서』와 『논어』를 어린 시절에 틈틈이 읽었다고 한다. 그러나 당시에 『논어』나 『맹자』 및 『사서』 같은 책은 학문에 뜻을 둔 대다수의 선비들이 읽었을 것으로 추정되는 것을 보면 그다지 자랑할 만한 일은 아니었다. 또한 그가 칼 마르크스와 프리드리히 엥겔스처럼 '공산당 선언'을 쓴 것도 아니었다. 그러나 그는 달변가였고 의리를 배신하지 않는 투쟁정신이 있어서 많은 사람이 지지했던 것 같다. 그러나 엄밀히 말하면 정의로운 의리는 아니며, 역사는 항상 승자의 편에서만 서술되고 있다는 점도 잊지 말아야 한다.

모택동에게 영향을 미친 사람은 양창지楊昌濟라는 사람이었다. 영국에서 유학하고 돌아와 중국의 봉건사상 비판에 힘썼던 교사 양창지楊昌濟를 만났고, 그로부터 많은 영향을 받았다. 모택동은 외국 유학을 가본 적도 없고 학문도 짧아서 양창지楊昌濟가 필요했던 것이다. 모택동은 장제스와는 악연이 이미 있었는데, 1926년 장제스蔣介石의 숙청으로 상하이에 갔다가 1927년 우한武漢으로 가서 중국공산당 중앙 농민부장이 되었다. 그 후 중국공산당의 요직에서 활동하다가 중앙 제7차 전국대표대회에서 연합정부론을 발표했으며, 장제스와의 내전에 승리하고 베이징에 중화인민공화국 정부를 세웠다.

한편, 장제스는 미얀마 전투에서 일본군과 대치하여 중국(장제스 군대)과 연합작전을 한 미군 장군에게 뺀질뺀질한 '땅콩'이라는 별명을 얻었다. 중국군이 장제스의 너무 느리고 우유부단한 성격을 비하시킨 별명 같다. 모택동은 강인하고 결단력이 뛰어나며 웅변을 잘했지만, 장제스는 소극적이고 우유부단한 선비 스타일로 보인다. 어찌되었든 모택동은 나중엔 결국 공산주의에 심취한 양창지楊昌濟의 딸과 결혼까지 했다. 그러나 그는 욕심 많은 권력가였고, 황제보다 더 큰 권력에 대한 욕망을 가진 사람이었다고 한다. 문화대혁명으로 박해를 당한 사람들은 너무나 많았다. 문화대혁명의 소용돌이에 휩쓸려 박해받은 사람들의 숫자는 1억 명에 이르렀다고 한다(『황제 형 권력의 화신, 모택동-13억 중국인의 정신적 지주』, 2009.3)

공산당은 그들 자신의 논리이고 학술이고 정치라고 주장하지만, 사실 그 이론을 보면 성경과 비슷하다. 그래서 성경이 잘못되면 어떤 결과를 보여주는가를 역사적으로 증명해주는 것인지도 모르겠다. 성경이 인간의 자발성과 독립성을 존중하여 '스스로 알아서 재산을 나누고 형제나 이웃에게 봉사하라'라고 한다면, 반면에 공산당의 사상은 '부자의 것을 뺏어서 공평하게 나누기 위해 부자들의 재산은 국가가 관리해야 한다는 것'이다. 그런데 문제의 핵심은 그러한 공유재산을 거두어들이는 데 완전히 강제적인 '숙청과 살인 및 전쟁'이 동반되었다는 점이다.

자본주의와 공산주의의 공통점은 둘 다 인간의 이기심을 극복하지 못한 채, 자본주의는 부자는 더욱 부자로 만들었고, 공산주의는 관료들을 부자나 권력가로 만들었다. 공통점은 서로 간에 이념으로 대립하지만 근저엔 인간의 이기심을 극복하지 못했다는 점이다. 최근엔 사회주의를 본뜬 자본주의로 전환하고 있지만, 그들은 여전히 그것을 공산주의라고 부른다. 민주주의 국가들은 국민이 중심이 되는 '민주'는 못하면서, 유럽의 사회주의를 본뜬 미국식 자본주의만 한다는 점이다. 결국 세계는 한 지점으로 모인 것이다. 한 지점이란 인간의 탄생이 생긴 이래로 상당히 합리적이고 전쟁을 하지 않고 평화를 누릴 만한 지점에 이른 것이다. 그러나 그러한 타협점이 붕괴되면 최악의 인류 본성이며 공격성의 상징인 전쟁이 이데올로기를 빌려서 언제 어디서 발생할지 아무도 모른다. 중국 여행 가서 모택동을 욕하면 중국 주민들이 슬슬 피하는 것으로 보아, 알게 모르게 중국의 공안 정치가 진행되는 모양이다.

먹이사슬과 인간의 이기심이 해결되면 지구엔 전쟁이 없을지도 모른다. 민주주의를 하는 일본이 자꾸 '한국의 독도가 자기 땅'이라고 주장하는 데는 후쿠시마 원전 사태로 인해 일본 전체가 방사능 오염이 되어, 혹시 패망의 길을 가지 않을까 하는 우려가 깔려 있다. 더구나 아베 총리는 우익적이고 보수적인 우려로써 군사력 강화를 하고 있다. 즉 비옥하진 않지만 오염이 없는 한국 땅을 노리는 것이다. 한 국가를 운영하는 데 '경제'는 대단히 중요하며 '먹이사슬'은 무서운 것 같다. 사실 아베가 2차 대전에 대해 사과하고 중국과 한국의 교류를 증대시키면, 현재 엔저이므로 일본은 대단한 관광 수입과 자동차 및 공산품 수출에 성공할 것이다. 왜 그것을 아베가 모르는지 잘 모르겠다.

또한 일본 사회는 선진화가 거의 완성단계에 도달했고 빈부차이, 높은 자살률, 경제의 저성장 또는 불안, 금리 제로, 많은 부채, 사회적 구심점의 부재 등 여러 요소를 담고 있어 그 해결책을 전쟁과 아베 노믹스(Abenomics)로 해결하려 하는지도 모르겠다. 아베는 총리가 된 이후 약 20년 간 계속된 경기침체를 해소하기 위하여 연간 물가상승률 2%를 상한선으로 정하고 과감한 금융 완화, 엔화평가절하, 인프라 투자 확대 재정 정책, 적극적인 경제성장 정책을 추진하고 있다. 또한 전쟁과 경제는 완전히 상반된 것이다.

즉 아베의 경제 정책이 아무리 좋아도 동남아 평화를 해친다면 일본 경제에 영향을 미치는 중국과 한국의 수출과 수입이 감소될 것이다. 중국 역시 경제 호황기에 전쟁을 하고 싶지 않을 것은 분명하다. 중국이 13억이라면, 중국과 전쟁 시에 미국이 부를 수 있는 인구는 70억 이상이라고 한다. 미국은 한국의 안보뿐만 아니라 유럽의 안보도 책임을 지고 있다. 미국이 전쟁 시 중국 보다 우군이 더 많이 생긴다는 이야기다.

2차 대전 당시에도 일본은 영국이나 미국처럼 다른 민족을 받아들이고 관용을 베풀었다면 역사가 달라졌을지도 모를 막강한 나라였다. 로마시대의 로마처럼(관용, 용서, 미덕, 종교의 자유와 관습 및 다른 인종의 인정, 다른 인종을 로마인으로 받아들임) 했다면 일본은 강대국이 되었을 것이다. 일본인에게 없는 것이 자비와 용서 및 인종 차별 폐지이다. 우리 민족의 현대사에서 '약한 놈 밟고 지나가기 문화'도 어쩌면 일본인들 것인지도 모른다.

현재 일본에는 일본에 이민을 가도 제2외국인이라는 제도가 있다. 인종 차별이 존재하는 곳이 일본이다. 어찌되었든 전쟁 역시 국민들의 최적의 합의점이 있을 것이다. 또한 일본인들도 우리와 비슷하여 GDP가 상승한다고 개인의 임금이 상승한다고 믿지를 않는데 아베의 캠페인으로 약간의 임금상승이 있었으나 4월에 소비세 상승으로 피장파장이 되었고, 외교관계를 악화시키고 있어 성공할지 실패할지는 미지수이지만 어느 정도 성공하고 있는 듯 보인다. 그러나 중국내 일본계기업에서 근무하는 중국인 수는 1,000만 명에 가까운 것으로 알려지고 있다. 이러지도 저러지도 못하는 것이다. 감정적인 대립의 전쟁은 가능하나, 이론상으로는 절대로 전쟁을 할 수 없다.

다시 과거로 돌아가서, 이러한 배경을 가지고 태어난 우리의 불운한 주인공 기타 아오이는 1920년생으로 1943년에 23세가 되어 S대를 다니고 있었다. 마찬가지로 그는 2년만 더 살았어도 영원히 살 수 있었다. 1937년에 일본 육군성은 중국군과 대항하기 위해서 수많은 군사가 필요했다. 처음엔 지원제를 형식적으로 채용하여 감언이설로 꼬여 입에 풀칠하기도 어려운 노동자나 농민들을 돈(군 봉급)으로 유혹하여 채용했다. 그러나 일본은 1943년에 미얀마, 필리핀, 뉴기니아, 인도네시아 등 동남아로 영토를 넓혀서 힘에 부쳤다. 일본군만으로 군대를 유지하기 힘들어지자 무차별 징용과 위안부 징용을 강행하다가 마지막에 학도병을 선발했다. 이들은 모두 다 훈련이 덜 된 총알받이 군사들이다. 1953년 일본 정부가 발표한 징용자 수는 20만 9천 2백 79명이었다. 그러나 이보다 더 많을 것으로 추정하며, 이름 없이 찾지 못하는 한국인들은 무척 많았다고 한다.

"김막동 학생! 김순철 학생! 박상철 학생!"

"김○○! 박○○! 이○○! 이북청!" 느닷없이 들어온 파출소 순사는 약간 미안하다는 표정을 짓고 아무 말도 없이 징집영장을 나누어주곤 사라져버렸다.

"네 이름이 사이고 고도모(さいご こども, 마지막 아들)였구나."

북청은 막동이란 한국 이름을 촌스럽다고 생각했지만, '마지막 아이, 최후의 아이'라는 징집영장에 적힌 일본어 이름을 보고 정말로 비참한 이 일제 강점기의 마지막 아이라는 생각이 들었다. 비참하다는 말은 차마 못 하고 북청은 다른 단어를 생각하고 있었다.

"멋있는 이름이구나."라고 힘없이 말을 이었다.

"그런데 네 이름은 기타 아오이구나. 북쪽에서 부는 서늘한 바람! 네 이름도 멋있구나. 실은 창씨개명이 우리 민족의 수치라서 일본 이름을 말하지 못했다네."

"……마찬가지지 뭐……."

북청은 아버지가 일본 순사에게 대들어서 살해당한 것을 분명히 기억하고 있었다. 그때부터 자신의 이름의 비운을 생각하기 시작했다. 일본에서 한국을 바라보면 북쪽이 된다. 그렇다면 일본에서 죽을 수도 있고 일본에 갈 수도 있다는 생각을 가끔 했다. 막동은 경상도 안동 김 씨의 후손으로서 철저한 유교 집안의 장손이었다. 그래서 대단히 보수적인 성향을 가지고 있었다. 요즈음처럼 전라도와 경상도로 분열된 시대는 아니이서 그들은 막역한 사이가 되었다. 당시의 학생들은 나라를 빼앗긴 수치심으로 가득 차 있었다. 근대화의 희생양으로서 겉으로만 근대화 교육을 받고 내부적으로는 모두 유교적 사상을 가진 사람들이어서 대체로 점잖았다.

조선총독부가 창씨개명 제도를 1939년 11월 제령 제19호로 조선민사령朝鮮民事令을 개정하여 1940년 2월부터 이를 시행했기에 어떤 식으로든 이름을 개명해야 했다. 이를 이행하지 않을 경우 여러 가지 불이익을 당하게 되어 있었다. 이 과정에서 전남 곡성과 고창의 애국자들이 자결하는 소동이 일어났다. 그러한 불이익은 다음과 같았다.

① 개명하지 않는 자녀에 대해서는 각 급 학교의 입학과 진학을 거부한다. ② 아동들을 이유 없이 질책, 구타하여 아동들의 애원으로 부모들의 창씨를 강제한다. ③ 공사 기관에 채용하지 않으며 현직자도 점차 해고조치를 취한다. ④~⑧ 생략.

그러나 시인 김소운金素雲이라는 사람은 김 씨 성을 잃어도 마음은 매우 편하다는 뜻으로 철심평鐵甚平이라 창씨 개명했다. 이렇듯 창씨개명을 비꼬는 식으로 신고한 사람들이 의외로 많았는데, 개자식이 된 단군의 자손이란 뜻으로 견자웅손犬子熊孫, 개똥이나 먹으라는 뜻으로 견분식위(犬糞食衛, 이누쿠소 구라에)라 신고했다가 창씨를 모독했다고 퇴짜를 맞기도 했다('창씨개명 거부운동', 『한국민족문화대백과』, 한국학중앙연구원).

"이게 군대냐? 날마다 땅굴만 파고 있으니 말이다."

"그러게 말이야."

두 사람은 이오시마에 1945년 1월에 도착하자마자 전쟁은 하지도 않고 유황 냄새만 맡으며 땅굴만 계속 파거나 시멘트를 만들어 방공호를 만들었다. 바위들 사이에 기관포를 설치하거나 바위 동굴에 대포를 설치하고, 거의 잠을 안 자고 날마다 바위섬에 바위를 뚫어서 굉장히 긴 길을 만들었다.

"막동이! 자네가 나와 함께 있는 것이 얼마나 위로가 되는지 몰라."

둘은 몇 시간 후에 처참한 최후가 올지 모르지만 '아직은 살아 있다'는 생각 때문에 가끔은 서로를 위로했다. 북청은 힘없이 아주 가볍게 미소를 지었다.

"나 역시 마찬가지네. 북청이 자네가 없었다면 일본인들 사이에서 얼마나 외롭고 고독했을까 하는 생각을 가끔 하네. 동행자가 있다는 것은 참 좋은 것 같아."

이렇게 잡담을 하며 열심히 참호를 파내려갔다.

"그래도 여기는 조선인 차별을 하지 않는 것 같아."

"……. 모를 일일세. 우리가 배치 받은 것이 한 달도 안 되니, 언제 놈들이 우리를 벨지 알 수 없는 일이 아닌가?"

"허긴, 우리가 어찌 일본군의 속셈을 알겠는가?"

"긴장해야 되네. 언제 놈들의 희생양이 될지 모르네."

둘은 서로를 위로했다.

이오시마는 25km²의 작은 유황 섬이었다. 미군은 이 섬을 앞으로 있을 오키나와 전투의 전진 기지로 삼으려고 했다. 미국은 8만 명 군대의 지휘를 해롤드 스미스 중장에게 맡겼다. 그러나 대대로 5대째 사무라이 집안인 구리바야시 타다미치 중장은 보통사람이 아니었다. 그는 미국에서 교육을 받았고 현실주의자였다. 일본 본토에서 지원군이 없을 것을 이미 알았던 그는 이오시마의 최대 장기간의 신경전을 선택했고, 그들이 태평양 전투에서 사용했던 가미가제나 사살부대를 사용하지 않았다. 최후까지 싸워서 일본군 병사들을 아사 직전까지 고 갈 계획이었다.

그는 사무라이 기질을 타고 났지만 영어에 능통했고 일본의 패전도 예측했다. 그래서 최종 결론이 부대원 전체를 노무자로 만들어 막사, 참호, 기지 및 동굴 완성에 노력하는 것이었다. 모든 시설은 지하나 동굴에 은폐되어 있었다. 즉 섬 안에서 대부분 전투로 사망시킬 계획을 세워놓았다. 병사들은 이를 몰랐다. 미군들은 며칠 안에 이오시마가 함락될 거라고 믿었지만 한 달이 넘는 전투를 치르게 되었다. 그가 옥쇄로 자살하기 전까지 그는 용감한 장수로 칭송받았다. 우리가 잘 아는 맥아더 장군 역시 일본인의 용맹성과 패전 후 경제 부흥을 보고 '일본인은 우수한 민족이다.'라고 칭찬하였다. 그만큼 무서운 놈들이다.

북청과 막동은 이러한 계획을 모르고 다니까 중좌의 휘하에 배치되었다. 그들은 날마다 노역으로 시달렸다. 마침 식사 시간을 알리는 사이렌이 울렸다. 북청은 삽을 내려놓고 식당으로 이동하려고 몸을 움직였다.

"아이고! 허리야!" 하면서 허리를 두드렸다.

"어머니가 싸주신 안동 김치가 있는데 같이 먹을까?"

"안 되네! 어떻게 김치를 반입했는가? 통과가 안 될 텐데……. 그리고 여기서 식사를 하면 군법에 걸리지 않을까?"

"잘 모르겠네. 어쨌든 몰래 가지고 온 것이니 한번 먹어보세."

하면서 막동 병사가 웃었다. 석유 호롱불만 켜진 동굴 안은 몹시 어두웠다. 북청은 마침 배도 고프고 허기져서 염분을 보충할 겸 그렇게 하자고 했다.

"아! 맛있군! 이것이 고향의 맛이군!"

"전라도 음식에 비할 순 없지만 그래도 김치니까 맛있네 그려."

막동도 맞장구쳤다. 그때였다. 어디선가 군홧발 소리가 들리더니 다 나까 중좌가 나타났다. 다나까 중좌는 일본 육사 출신으로 전투 경험이 풍부하지만 잔인하다고 소문난 일본군이었다. 신병인 북청과 막동 군만 이 사실을 모르고 있었다.

"이게 무슨 냄새야? 무슨 썩은 냄새인가?"

"중좌님! 김치 좀 같이 드시죠."

철없는 막동 병사가 말을 이었다.

"기무치! 이놈의 자식들이 바보같이 전쟁 중에 산보 나왔나?" 하고 고래고래 악을 썼다. 그리고 한참 동안 알지 못할 일본말로 욕을 지껄이고 그들의 뺨을 때리고 발로 짓이겼다.

"이놈들을 연병장으로 끌어내라!"

"하이!"

그들은 연병장으로 끌려 나가는 동안에도 일본 병사들에게 심하게 두들겨 맞아 코피가 터지고 상처가 났다. 얼마나 한참 동안 두들겨 맞았는지 정신이 혼미해졌다.

"무릎 꿇어! 무릎 꿇으라니까!"

다나까 중좌는 두 사람을 무릎 꿇리고 제복과 웃옷을 벗었다. 다나까 중좌의 몸은 근육으로 단련되어 햇살 아래서 멋지게 빛이 났다. 하지만 두 사람의 처지는 갑자기 개나 돼지보다 못한 불쌍한 처지에 놓이게 되었다. 다나까 중좌는 일본군 장도를 하늘 높이 쳐들었다. 장도는 햇살로 인해 번쩍거렸다. 두 사람은 발악도 하지 않고 그대로 가만히 있었다. 엄청난 공포가 밀려왔다. 다나까 중좌의 칼은 허공을 그리고 사선을 그었다. 일본군들은 큰소리로 웃고 떠들어댔다. 그러한 쓸쓸한 비소誹笑 속에서 둘은 그 자리에서 힘없이 죽었다. 물론 일본군 장교에 의해서 살해당한 것이다. 두 사람은 성경처럼 "저 사람을 용서하소서! 주 예수님! 제 영혼을 받아주십시오!"라고 했는지, 아니면 "나무 관세음보살!"을 외쳤는지 알 길 없지만, 살해당했다. 어찌되었든 오늘날도 일본과 북한은 동남아의 평화와 안보를 위협하고 있다.

■■ 아버지의 허망한 웃음

나는 어려서부터 여러 가지 재능을 타고났다. 그 중 하나가 글쓰기였다. 물론 그림도 곧잘 그렸다. 음악과 수학에는 엄청나게 재능이 없었다. 그래서 음치인 나에게 노래 잘하는 친구가 다가오면 여지없이 친구로 만들어버렸다.

"넌 왜 그렇게 노래를 잘하니? 천상의 목소리구나."

"넌 정말 음치야, 노래 공부는 포기해라."

".......안 그래도 그럴 생각이야."

신은 나에게 확실히 목소리를 주지 않았기에 노래를 잘하는 친구들이 무척 부러웠다.

솔직히 말해 지금도 그렇지만 초등학교 때는 모든 학생에게 개근상부터 시작해서 여러 가지 상을 많이 준다. 사실인즉 초등학교 때 나의 그림 작품들은 대부분 정밀한 그림이 아니라, 추상화나 색감을 잘 쓰는 그림이었다. 그런데 희한하게도 그런 무식한 그림을 심사위원들이 대단히 좋다고 하면서 상을 주는 것이었다. 한번은 하도 상을 많이 주어서 중앙 D 신문사에 개가 해를 물고 있는 이상한 그림을 그려서 제출했는데 입선이 되어버렸다. 사실 상을 타러 아이들이 보는 앞에서 단상에 올라가는 것이 지겨울 정도로 지방 신문사에서는 상을 많이 주었다. 그래서 화가 나서 그린 엉뚱한 그림에 대해 중앙신문사에서 상을 준 것을 보고 적잖이 놀라고 말았다. 당시엔 아버지가 변호사를 개업하고 있었기에 신문사에 뇌물을 주고 있지 않을까라고 생각할 정도였다. 지금도 여전히 정갈하고 섬세한 기법과 색채를 쓰는 수채화는 잘 못 그린다.

"너는 여러 분야에 재능이 있지만 예체능은 하지 마라. 반드시 의사가 되어야 한다. 의사가 되어야 하는 이유는 일본군이 쳐들어와도, 북한이 쳐들어와도 살 수 있기 때문이다. 큰돈은 이 아버지가 벌 테니까, 너는 돈 걱정은 하지 마라. 환자가 오면 약값이나 받고 안정된 생활을 할 수 있을 것이다. 판검사는 하지 마라! 이 세상에서 남을 도우면서 돈을 받는 직업은 의사뿐이니, 그리 알아라. 이 세상의 모든 직업은 농사꾼 빼고 다 남을 밟고 일어나는 직업뿐이다."라는 이야기를 의과 대학에 진학하기 전까지 듣고 살았다. 똑같은 이야기를 수십 년 들은 것이다. 그리고 재산은 한 푼도 남기지 않고 '가난'을 물려주셨다. 그래서 나는 자녀들에게 '너는 돈 걱정은 하지 마라!'라는 말은 절대 하지 않고 '네 돈은 네가 벌어라' 또는 '부동산 투기를 하던가, 저금을 하던지 네 맘대로 해라!'라고 말한다.

이러한 엄청난 잔소리 속에서 유교 교육을 받으며 살았지만, 비교적 아버지는 나의 재능에 칭찬을 많이 하셨고 호의적이었다. 또한 나는 호기심이 많은 학생이었고 장난기가 많아 형편없는 장난도 많이 하고 살았다. 그런데 이러한 잔소리 외에도 술만 드시면 눈물을 글썽이며 하는 이야기가 일제 징용에 끌려가신 작은아버지에 대한 이야기였다. 할머니는 전쟁 이야기나 군인 이야기를 하면 지긋지긋한 전쟁이었다고 하면서, "북청이는 어떻게 되었을까? 진작 죽었을 거야! 그런데 너희 아버지는 왜 계속 살아 있다고 믿는지 모르겠다. 징용에 끌려가는 것을 직접 보고도 말이다. 쯧쯧……." 하는 말을 자주 하셨다. 그러나 아버지는 돌아가시기 직전까지 동생이 살아 있다고 믿으셨다.

'사랑이 깊으면 병적인 망상이 생기는구나.'라고 생각해서 발생한 호기심은 나를 정신과 의사로 만들었다. 중학교 이후 아버지에 대한 의문은 너무도 많아서 오랫동안 참다가 아버지에게 수많은 질문을 했다. 하지만 그 결과는 참담했다. 일본에서 공부하신 의대 교수나 일본에 유학 갔다 온 사람들의 책을 보고 아버지를 이해한 것은 최근의 일이다. 그들은 일본에 져서는 안 된다는 마음 때문에 근대화의 박차를 가하고, 혹독했던 전쟁 세대들이었기에 더욱 모질게 그러했다. 한결같이 일본에서 공부한 교수나 사람들은 냉정하고 혹독했다. 구타도 서슴지 않았다. 지금 와서 생각해보면, 그들이 냉정한 이유는 전쟁과 식민지 치하의 수치심 때문이었다. 전후 오늘날까지도 패배주의적 역사관이 심겨진 것은 일본에서 또는 일본의 역사관을 그대로 모방한 식민지 사관에서 비롯된 것이므로, 이는 후학들이 수정할 필요가 있을 것 같다는 생각을 해본다.

위안부의 문제는 한국뿐만 아니라 동남아 여러 나라의 여성인권문제와도 직결되므로 여성들이 더욱 분노해야 될 문제이다. 동남아 여성인권 연합회 같은 단체를 만들거나 이들에게 이 문제의 심각성을 알리는 것도 한 가지 방법이다. 이슬람도 여성을 하시하므로 이슬람 여성인권 단체와 합동작전을 펴도 좋은 방안이 나올듯하다.

"아버지는 일제 치하에서 어떻게 살아남으셨나요?"

"……."

"왜 작은아버지만 징용을 갔나요? S대 학적부에 나와 있지 않나요?"

"……."

"작은아버지는 일본군에 의해 살해, 전사, 병사 그 중 하나일 거예요. 이제 잊으세요."

"뭐라고?"

아버지는 허망한 웃음을 짓더니 갑자기 인상을 찌푸리셨다.

"아버지는 독립운동은 하셨나요?"

"……."

아버지는 한참 참고 듣다가 뒤뜰에서 몽둥이를 가지고 오셨다. 그날 나는 원 없이 맞아서 죽을 뻔했다. 그날 못한 이야기를 56세가 되어 아버지에게 오늘 항명해보는 글이 북청 이야기다. 친구들은 오늘날 나에게 이렇게 말한다.

"너는 그때 고시공부나 문학의 길을 갔으면, 고시엔 100수 이상 하면서 백수처럼 지금도 장발에 추리닝 입고 소주나 퍼마시고 있을 거다. 문학의 길을 갔다면 당연히 저자식은 흥부처럼 많고 가난해서 가난에 찌들대로 찌들었을 것이고, 외상 술값만 천지를 이루었을 것이고, 미술을 전공했다면 그림이 팔리지 않아 고민했을 거야."

동료들은 그렇게 말하지만 유일한 아군은 아버지밖에 없었다. "넌 내 아들이라서 모든 것을 잘할 수 있다. 행여 사법고시에 합격할까 겁이 난다."라고 칭찬해주시는 분은 아버지밖에 없었다. 이러한 칭찬과 격려 때문에 의사가 되었고, 아버지는 자신이 일본을 가장 미워한다고 주장하셨지만, 사실은 나라와 동생을 빼앗긴 수치심 때문에 자식에게 부끄럽고 안타까워서 토로를 못 하셨을 것이다.

지금은 사라졌지만 우리 시대의 교수나 일본에서 공부한 선배들은 "일본에게는 지지 마라."라고 하지만, 그들 마음속은 깊은 분노와 상처로 얼룩져 있었던 것 같고, 일본을 이겨야 된다는 초조감으로 후배들에게 더욱 더 분발하라고 폭력적이 되었을 것이다. 그리고 그것이 오늘날 조금씩 결실을 맺고 있긴 하지만, 사실은 정서적으로나 인간적으로는 '잔인한 아빠'들이라는 생각을 지울 수는 없다. 오늘날은 때리는 아빠가 없는 독립국가로 좋은 세상이 되었고 그 시대보다는 훨씬 천국 같아서, 그러한 조상들에게 깊은 감사를 드려야 할 것 같다. 지금도 잊지 못한다. 수치와 부끄러움으로 얼룩진 아버지의 허망한 웃음을……

. 아마도 해방 이후에도 여전하게 잠재해 있던, 일본에게 나라를 빼앗긴 수치심이었을 것이다. 그리고 살아남았다는 그 묘한 죄책감을 느끼시는 표정은 뭐라고 표현하기가 어렵다. 국가가 없는 것보다 있는 것이 백 번 나은 줄 너희들은 모를 것이라는 의미였을 것이다.

달란트와 소명의 관계

어떤 가난한 노동자는 새벽 출근길을 걸으며 한탄을 한다. "도대체 희망은 어디에 있고, 행복은 무엇이며, 자유는 어디서 찾아야 될까?"라고 말이다. 새벽에 서울 시내를 걸으면 공사장이 아침의 잠을 깨우듯, 수레를 끄는 달그락거리는 소리부터 크레인으로 무거운 물건을 집는 소리, 자동차 소리, 공사장 소리들이 조화를 이루며 도시의 새벽을 깨운다. 아마도 음악가들에겐 이런 소리마저 음악의 희망이나 행복으로 들릴지 모르지만 보통 사람들에겐 시끄러운 소음일 뿐이다. 삶의 현장을 깨우듯 새벽은 금방 지나가고 아침이 온다. 노동자들과 우리들에게 드디어 또 하나의 희망찬 일상이 오는 것이다.

그러나 그것은 희망이라기보다는 먹고살기 위해서 일을 해야 하는 부지런하고 배고픈 노동자 아버지들의 허탈함일 수도 있다. 자녀와 부인들을 양육하기 위한 몸부림일 뿐이다. 그러나 음악가들은 그러한 허탈함마저 감동스러운 음악으로 창조하려고 노력할 것이다. 그렇게 보면 음악 하는 사람이나 노동하는 사람 모두 다 생명을 걸고 일을 하니 피차일반이다. 노동이 날마다 조금씩 버는 일상이라면, 예술은 평생에 한번 있을까 말까 하는 큰 재력과 명성을 발휘하는 창조다. 그러므로 음악이 아무것도 이룰 수 없다는 허탈함은 노동자의 노동보다 더 허탈한 것이 된다. 노동자는 하루 일당이라도 벌지만, 예술은 일당도 벌지 못하는 날이 허다하다. 인생이 평생 적자다. 그래서 오늘날의 예술가들은 평생 빈곤한 바보와 부유한 천재라는 두 그룹으로 나뉜다. 예술을 창조한다는 것은 고독하고 험난한 길이다. 물론 그림, 노래, 공부, 경영, 노동, 글쓰기, 성직 등 모든 직업이 힘들기는 마찬가지다. 서울 시내의 소음과 잡음들이 음악가에게는 소음이 아닌 음악으로, 소설가에겐 글로, 경영자들에게는 돈으로, 성직자들에게는 가난한 자들의 음성으로 들릴 수도 있다. 그리고 이것을 우리는 소명으로 여기는 착각에 빠진다. 분명 달란트와 소명은 다르다.

달란트란 이런 것이다. 보통 사람들에게 신이 내리는 달란트는 무수히 많다. 그러나 직업을 결정하는 달란트는 한 가지로 집약되고 만다. 예를 들어 어떤 사람은 그림을 잘 그려 화가가 되고, 어떤 사람은 음악을 잘해서 성악가가 되고, 어떤 사람은 나무를 잘 다루어 목수가 되고, 어떤 사람은 집을 잘 지어 건축가가 되고, 어떤 사람은 사람들을 잘 부리는 재주가 있어서 경영자가 되고, 어떤 사람은 사람을 잘 치료해서 의사가 되고, 어떤 사람은 기도를 잘해서 목사가 되고, 어떤 사람은 명상을 잘해서 스님이 된다.

그런데 한 가지 재능이 다른 재능을 덮어버리는 경우는 허다하다. 예를 들어 어떤 사람이 그림, 노래, 공부, 경영 등 모두 잘하는 사람이 있다고 가정해보자. 그런데 이 사람이 그 중에서 노래를 가장 잘한다면 성악가가 되어버린다. 그렇게 되면 나머지 재능은 취미로 하거나 무용지물이 된다. 어떤 의사가 환자를 잘 보아 큰 부자가 되어 커다란 병원을 경영하게 되면 우리는 보통 그 사람을 '의사'라고 부르지 않고 '이

사장'이나 '경영자'로 부른다. 아무리 많은 것을 잘해도 인생이란 그렇게 복잡한 것이 아니어서 한 가지만 선택하게 되고 나머지는 사장되어 버린다. 어쩌면 이것은 당연한 결과일지도 모른다.

만일 이 사람이 모든 것을 잘한다 하여 그림, 노래, 공부, 경영, 글쓰기를 다 한다면, 그는 평생 아무것도 못 하는 평범한 사람이 될 것이다. 한 우물을 파야 성공한다. 예를 들면 윤 형주라는 가수는 Y대 의대와 K대 의대에 진학했지만, 의사를 그만두고 가수가 되었다. 의사와 가수를 동시에 했다면 아무것도 이룰 수가 없었을 것이다. 이와 같이 수많은 재능은 사람을 괴롭히고 갈등을 불러일으키다가 어느 한 가지에 정착하게 만든다. 의사가 정치가가 되고, 쌀가게 주인이 대기업 회장이 되고, 휴대전화 판매원이 폴 포츠(Paul Potts)같이 성악가가 되는 이러한 예는 수없이 많다. 즉 여러 가지 재능은 한 가지로 압축되고 만다. 그렇다고 이것을 재능이라고 부를 수는 있지만 소명이라고 부르지는 않는다.

그렇다면 소명召命이란 무엇인가? 또한 사람들이 거의 동일하게 사용하는 사명使命과 소명召命의 차이는 무엇일까? 국민의 윤리와 정신적인 기반을 확고히 하기 위하여 1968년 12월 5일 대통령에 의하여 반포된 '국민교육헌장'을 보면, "우리는 민족중흥의 역사적 사명을 띠고 이 땅에 태어났다."라는 구절이 있다. 그 시절 필자는 초등학생이었는데, 갑자기 대통령의 지시로 이것을 외우지 못하면 집에 가지 못한다는 초등학교 담임선생의 명에 따라 단숨에 외웠다. 하지만 머리가 나쁜 아이들은 틀릴 때마다 한 대씩 때리던 훌륭한 선생을 기억한다.

그러한 담임선생과 학생들의 촌극을 보면서 한심해서 나는 '국민교육헌장'을 "우리는 민족중흥의 역사적 사명을 띠고 이 땅을 바꾸거나 버리고 싶다."로 바꾸어 외우고 있다. 그런데 사명과 소명을 가장 많이 사용하는 집단이 공명심과 권위를 존중하는 기독교나 가톨릭이다. 소명의 사전적 풀이는 ① 임금이 신하를 부르는 명령 ② 사람이 하나님의 일을 하도록 하나님 또는 하느님의 부르심을 받는 일로 되어 있다. 사명의 사전적 풀이는 ① 맡겨진 임무 ② 사신이나 사절이 받은 명령으로 되어 있다(『표준국어대사전』). 즉 이 말은 우리에게 맡겨진, 우리가 마땅히 해야 할 어떤 일(임무)을 의미한다. 이 사명에는 소명에서와 같이 '부른다'는 의미가 들어 있지 않고, 단순히 임무만을 가리키는 말이다.

수많은 기독교인이나 가톨릭 신자들이 "구원받은 우리는 하나님 또는 하느님에게 감사의 기도와 기쁨의 찬양을 드리지 않을 수 없다. 우리는 나 같은 죄인을 부르시어 구원하여주신 하나님 또는 하느님의 은혜를 생각할 때 나는 무엇으로든지 보답하려는 생각을 하면서 원하시는 뜻을 순종하며 이를 행하려는 결단을 하게 된다. 결국 나는 하나님이 원하시는 일을 할 수밖에 없으며, 그 일이 어떤 일이 되든지……, 죽어라고 받아들이며……. 나를 부르신 것은 다른 말로 하나님 또는 하느님이 나를 소명하신 것인데, 이처럼 소명은 특별한 그의 일을 맡기시려 우리를 부르심을 의미한다."라고 말들을 한다. 나의 의문은 과연 소명이란 정의가 '사람이 하나님의 일을 하도록 하나님 또는 하느님의 부르심'이라면, 부르는 자는 결국 '하나님 또는 하느님'(이하 신[神] 으로 칭함)이 되며, 소명이란 단어의 주인은 신이라는 것이다.

스페인의 독실한 가톨릭 신자인 펠리페 2세는 종교재판과 마녀사냥을 했다. 에스파냐 여왕 이사벨의 후원을 받아 이탈리아 출신의 크리스토퍼 콜럼버스(Christopher Columbus; 예수 전도자란 의미)라는 인물은 아이티와 쿠바를 침입하고, 스페인의 프란시스코 피사로는 잉카의 황제 아타우알파 황제를 생포하고 죽였다. 이들은 아즈텍 문명과 잉카 문명을 말살시켜 위대한 문화유산을 사라지게 만든 주인공들이다. 피사로 역시 말년에 피살되었는데 자신의 피로 성호를 긋고 죽었다. 식민지 국가들의 금과 은들은 스페인으로 이동되었을 것이고 세비야 대성당 같은 성전 이외에 여러 궁전이 지어졌을 것이다. 그들은 한손에 성경을, 다른 손엔 총과 칼을 들고 있었을 것이다. 결국 스페인은 금 때문에 망한다. 황금이나 돈은 사람들에게 끊임없는 갈증을 유도하는 소금과 설탕 같다.

비단 가톨릭의 역사만 그런 것이 아니다. 최근의 기업형 개신교들도 비슷한 것을 누리고 있다. 세월호 침몰 이후에 한국에서도 한 손엔 성경과 다른 손엔 권세와 돈을 들고 있는 것을 볼 수 있다. 만일 신이 특정 종교 집단과 여러 종교 집단에게 이렇게 말씀 하신다면 그대들은 어떻게 생각하겠는가? 스페인의 성지를 돌면서 이 생각은 더욱 강화되었다. 만일 신이 교황청의 교황이나 신자를 보고 이렇게 말씀하신다면 그대들은 어떻게 생각하겠는가?

"나는 너를 부르지 않았어!"

"왜 너희들이 너희들을 내가 소명했다고 해? 내가 부르지 않았다면? 불렀네, 안 불렀네 하면서 난리야?"

"소명의 주어는 나야! 너희들이 아니야!"

"너희들이 나를 알아?"

"너희들이 태어난 순간에 모두 다 내가 부른 거야."

"종교에 관련 없이 너희들이 태어난 순간에 모두 다 내가 부른 거야."

"인간의 권위 속에서 특정 계급이라고……."

라고 하시면서 주어로서의 섭섭함을 드러내신다면, 그대들은 어떻게 답변할까 궁금하다. 소명에 대해서는 그 누구도 자신할 수 없으며, 죽을 때까지 배신하지 말아야 한다. 왜냐하면 부르는 분이 신이기 때문이다. 베드로처럼 최후에 배신하는 성직자가 한 둘이 아니라면, 소명에 대해서는 겸손하게 받아들이는 자세가 필요하다. 베드로의 배신은 달란트이고 그의 참회는 소명이었다. 왜냐하면 달란트란 말이 돈에서 나온 말이므로…….

의대에서 배우는 과목은 마치 백화점에 진열된 상품처럼 다양하다. 나열해보면, 의료 윤리학(인간과 윤리), 세포 생물학, 의학사(의학의 역사), 의료 인류학과 사회학, 해부학, 조직학, 신경 해부학 이외에 실습을 포함하여 무려 60과목이 넘는다. 이런 무수한 과목들을 이수하고 한 과목이라도 학점을 따지 못하면 낙제다.

또한 책들이 모두 다 두껍다. 그래서 의대에 오면 고등학교 때보다 잠을 덜 자고 공부를 하게 되며, 암기해야 될 분량이 거의 살인적이어서 학생들은 '내가 무엇 하러 의대에 왔는가? 내가 컴퓨터의 기억장치인가? 이것은 인간이 아니라 기계야!'라고 생각하게 된다. 자기애적(narcissistic) 성향이 많은 교수 역시 고집스럽고 때로는 아주 매정하며 욕심들이 많아서 자기 과목만 잘하기 바라기 때문에, 모든 과목을 합치면 학생들의 암기 양은 거의 살인적이다. 히포크라테스를 이야기하면서 한가하게 철학과 인성을 생각하는 자는 여지없이 그 해에 낙제를 면하기 어렵다. 그래도 이 수많은 과목을 암기하고 졸업하고 인턴을 마친 후 자기가 원하는 과목을 찾아가는데, 희한하게도 자기 적성에 맞는 과를 동물적인 본능으로 찾는다는 것은 놀라운 일이다.

　예를 들어 생선을 잡고 회를 잘 뜨고, 길에 가는 죄 없는 개나 고양이를 발로 차거나 가축의 가죽을 잘 벗기고, 라디오나 텔레비전을 고친다며 뜯어낸다거나, 공격적이고 사디스틱(sadistic)하며, 개구리나 닭을 해부하기를 좋아하는 단순한 놈들은 외과 계열을, 이러한 것을 좋아하기는 하지만 외과 계열보다 조금 더 내향적이고 친절하고 차분한 놈들은 내과 계열을, 필자처럼 남의 사생활 들여다보는 것을 좋아하거나 철학적이거나 분석력이 뛰어나고 논리적인 사람들은 정신과를 선택하는 것을 보면서, 얼마나 신기하고 놀라운지 모른다. 이러한 선택의 순간은 참으로 순간적인데, 마치 수많은 사람들 중에서 자기 짝을 찾는 것과 같은 본능적인 행위이다. 그렇게 많이 배우고 수많은 것들을 연습하지만, 결국은 모든 것을 포기하고 한 과목만 공부하거나 연구하게 되는 것이다. 마치 결혼할 때 한 여자를 선택하고, 한 남자를 선택하듯이 말이다. 이런 것이 신이 내린 달란트가 아니고 무엇이겠는가? 그러나 같은 동기 중에서 슈바이처처럼 사회봉사만 하는 의사는 한 놈도 없고, 조금 하는 놈들은 서너 명 정도였다. 슈바이처 정도 되어야 소명이란 단어를 쓸 수 있지 않을까 싶다. 즉 소명은 신의 단어이다. 인간이 사용할 수 없는 단어이다. 주어가 신이므로……, 부른 사람이 신이기에……. 그래서 독자가 아닌 필자는 신의 헤아릴 수 없는 은혜는 받았지만 아직 소명을 받지 못했다. 특정 종파를 욕한다는 의미가 아니고 그냥 한 번 생각해보자는 이야기였다. 우리들이 그분의 뜻에 따라 살아가는지를…….

행복의 비밀(triumphs of experience)

　조지 베일런트(George E. Vaillant)의 『경험의 승리』라는 책은 『행복의 비밀』로 번역되었는데, 이 책은 75년에 걸친 하버드 대학교 인생 관찰 보고서이다. 이 책에 따르면, 안정된 가정 출신의 대상자는 불안정한 가정 출신 대상자보다 1년 수입이 더 많고, 자애로운 어머니를 둔 대상자가 자녀에 대해 별 관심이 없는 어머니를 둔 가정보다 일년 수입이 더 많으며, 가장 따뜻한 인간관계를 맺고 있는 사람들이 '후즈후' 명단에 등재되는 비율이 3배 많다고 한다. 그리고 모든 것 가운데 가장 중요한 것은 따뜻하고 친밀한 인간관계였다는 점이다.

　우선 이 책을 소개하기 전에 에릭슨이라는 아동 분석가의 이론을 소개해보자. 에릭슨은 프로이트의 이론을 더 정교화하고 확대하여 발전시켰으며, 특히 프로이트가 손대지 못했던 미지의 영역을 연구했다. 그것은 바로 상이한 문화적 여건에서 자라는 아동의 생활과 정상 아동들의 생활에 관한 것이었다. 에릭슨은 프로이트와는 달리 본능보다 자아의 기능을 더 중요시했으며, 아동의 대인관계의 범위를 가족 단위뿐 아니라, 사회와 문화적인 배경과 환경으로 영역을 넓혔다. 그리고 프로이트가 무의식의 세계에 역점을 두고 인간을 비관적으로 본 반면에, 에릭슨은 의식적인 노력에 의한 인간의 발달 가능성을 인지했고 인간을 낙관적으로 보았다. 이러한 에릭슨의 입장은 '자아 발달론'으로 불린다.

다시 『행복의 비밀』이란 책으로 돌아와 보면, 노년의 성공적인 삶을 예견하는 예상 변수 중 성공하는 삶과 매우 명확한 관련성을 갖는 것들은 낮은 정신적 스트레스, 건강, 생산적 과업 완수(에릭슨의 8단계 중 하나), 부인과 자식 이외에도 사회적인 도움을 받고 있는 경우, 행복한 결혼생활, 60-75세까지도 이어지는 자식과의 가까운 관계 유지 등이었다. 객관적으로 측정하기는 힘들지만 대상자들은 한결같이 '사랑'에 대해 이야기했고, 연구 관정 중에서 사랑이 멈추거나 자신의 마음을 닫아서 사랑을 할 수 없거나 사랑이 파괴된 사람들이 단명과 실패를 거듭했다. 예를 들면 어떤 연구 대상인 노인에게 아이들에게서 무엇을 배웠냐고 물었는데, 그는 "사랑을 배웠습니다."라고 답변한다든지, "사랑만이 우리를 친절하게 만든다."라고 답변했다. 어떤 노인은 모든 요소들이 부족했지만 평생 사랑을 찾아 헤맨 결과 노년에 사랑의 승리자로 남았는데, 그는 불안하고 불쌍한 시절을 보낸 노인을 보고 이렇게 반추하고 있다.

"행복이 수레라면 사랑은 말이다. 사랑이라는 말이라는 운송 수단만 있으면 행복은 절로 따라온다. 그것을 잘 알고 있는 사람만이 행복을 예견할 수 있는데, 카미유란 사람이 바로 그런 사람이었다."

또한 그는 프로이트의 아이들의 발달 단계에 따른 운명론적인 정신병리보다는 후천적인 요소들을 강조하는 에릭슨의 8단계를 더 믿는 듯이 보인다. 즉 사람은 아무리 콤플렉스가 많더라도 누구나 변할 수 있고, 누구나 성장할 기회는 얼마든지 있다는 것이다. 그러나 알코올리즘은 예외라고 생각했다. 과거에 알코올리즘에 속한 사람들은 정신적 성숙도가 떨어지며, 정신적인 문제로 인하여 결단력이 없기 때문이라고 주장들을 했지만, 현재에 이르러서는 거의 확실한 '질병'이 되었다고 본다. 전에는 그들이 '술을 끊지 못하는 죄인'으로 불렸지만 지금은 확실하게 '환자로 불린다는 점을 내세워, 정말로 불행하고 단명하는 병을 알코올리즘으로 본다. 그러나 어렸을 때 술을 마시는 부모를 보고 강력한 혐오감을 가진 경우 술을 절대로 먹지 않는 경우도 많으며, 완전하게 유전병이라고 할 수는 없다고 보아, 요즈음엔 '뇌병'으로 불리는 것이 더 타당할 수도 있다.

저자도 역시 알코올리즘은 구제받을 수 없는 무서운 병으로 보지만, 유전에 대한 확실한 근거를 제시하지는 못한다. 단지 알코올리즘이 평생 수명과 건강 및 행복에 크게 영향을 준다는 점은 시사하는 바가 크다. 여러 가지의 사례를 들지만, 알코올리즘 환자가 일시적으로 술을 중단할 수 있고 사회적 음주자로 전환되기도 하지만, 결국은 다시 알코올 중독자가 되어버린다는 이야기를 하면서, 성격 장애와의 관련성이 상당히 희박하며 대단한 의지가 필요함을 더욱 더 분명히 한다. 즉 알코올 중독자라면 단명과 불행을 함께 가져오는 악마 같은 질병이라는 점을 확실하게 주장한다. 그렇다고 프로이트 이론인 구강기적 성격 장애를 완전히 부인하지는 않는 듯하다.

마치 MMPI(심리검사의 일종)와 비슷하지만 보다 간단한 그의 사랑에 대한 의문의 설문지는 대강 이러하다. 필자의 생각은 괄호 안에 기입했다. 도대체 사랑을 어떻게 측정한단 말인가?

① 가정의 분위기가 따뜻하고 안정되었는가? (그렇지 않았다.)

② 아버지와 관계가 따뜻하고 격려를 많이 받았으며 자주성 형성에 도움이 되고 주도성과 자존감 형성에 힘이 되었는가? (너무 엄격하여 자주성 형성에 도움이 너무 넘쳤지만 따뜻하지는 않았다.)

③ 어머니와의 관계가 따뜻하고 격려를 많이 받았으며 자주성 형성에 도움이 되고 주도성과 자존심 형성에 도움이 되었나? (그럴 때도 있고 그렇지 못한 잔소리 속에서 성장했다.)

④ (중략)

⑤ 대상자가 형제자매 가운데 최소한 한 사람과 친밀한 관계를 유지했는가? (그렇다. 그러나 싫은 놈도 있다.)

등인데 하버드 대학 출신이 만든 문제라서 뭐라고 평가하기는 힘들었다. 이러한 다섯 가지 질문을 하고 5점 만점으로 5단계를 구분하고, 상위 10%를 사랑받았던 아이(cherished)라고 부르고, 하위 10%를 사랑받지 못하고 자란 아이(loveless)로 구분했다. 필자는 재미있는 생각이라고 보았지만, 도대체 사랑을 어떻게 저울로 달 수 있을까라는 의문도 들었다. 이러한 연구 결과 사랑받지 못하고 자란 아이(love-

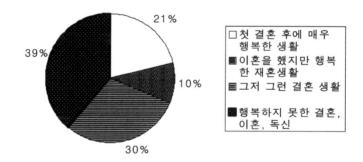

결혼생활형태

less)가 70세가 되면 사랑받았던 아이(cherished)보다 심각한 우울증에 걸릴 확률이 8배나 높았다는 것이다.

이 책을 통해서 재미있게 본 것은 첫 결혼 후에 매우 행복한 생활을 하는 경우가 연구 대상자 273명 중 21%밖에 되지 못했다는 사실과 이혼을 했지만 행복한 재혼 생활을 한 경우가 10%나 되고, 그저 그런 결혼 생활이 30%나 되며, 나머지 39%는 행복하지 못한 결혼, 이혼, 독신 등이라는 점이었다. 필자가 이상하게 느낀 점은 혼인이 인생의 가장 중요한 항목 중에 하나인데도 행복을 느끼는 사람이 소수이고, 이러한 점을 볼 때 결혼을 하든지 않든지 간에 결혼을 통해서 행복하기란 대단히 어렵다는 점이었다. 또 재혼을 해서도 10%나 행복하다면, 재혼을 죄악시하는 한국의 환경이나 관습도 향후에 바뀔 수도 있다는 점이었다. 인생을 긍정적으로 보고 재혼할 용기만 있다면 굉장한 모험이지만 한 번 정도는 괜찮을 듯했다. 더구나 이 책을 쓴 저자도 한번 이혼을 한 사람이라고 한다. 실제로 계산해보면 이혼한 사람의 상당한 비중에 해당되므로, 이미 이혼한 사람이라면 재혼을 적극 권장해도 괜찮을 듯하다. 또한 30%가 그저 그런 결혼 생활을 한다고 했지만, 이러한 사람들이 가지고 있는 축복(재물이 많거나 자식들이 훌륭한 경우)에 차이가 있기에 그러한 희생을 감내할 수도 있겠다고 생각해보았다. 무엇이든지 인생을 살다 보면 틈새와 찬스가 있기 마련이다. 인플레 경제에도 틈새시장이 있듯이 인생 또한 그러한 것이다.

어쩌면 결혼에 따른 경제적인 요소, 자녀를 통한 축복, 부부간의 소소한 공감 등을 제외한 행복만 따진다면, 결혼은 해도 되고 하지 않아도 되는 그런 관습일 수도 있다고 생각된다. 그러나 모든 사람이 결혼을 하지 않는다면 엄청난 국가적 손실을 입고 인간적인 사랑은 영원히 소멸될 것이다. 또한 성공적인 결혼 생활에서 필수적인 것은 경제적인 문제가 현실적으로 사랑보다 더욱 중요할 수도 있기에 경제적으로 부부가 자립만 되어도 행복하진 않지만 결혼 생활을 유지할 수 있다는 점은 부시할 수 없다.

10명 중 3명만이 행복할 수 있다는 사실이 필자를 상당히 재미있게 했고 놀라게 만든 책이었다. 그래서 한국인은 50%가 이혼한다는 말이 합리화될 수 있다는 생각을 해본다. 대단히 어려운 전문적인 정보를 가진 책이어서 일반 독자들에겐 좀 힘든 책이다. 또한 한국인들이 노년기에 가장 중요한 것이 '돈'이라고 답한 반면에, 서양인들은 '건강'이라고 답한다고 한다. 또한 아버지의 사랑보다 어머니의 사랑이 중요하다는 점을 우리는 명심해야 한다. 어머니가 화투, 노름, 마약, 향락, 이기심, 방탕, 음주와 알코올 중독, 사치에만 관심을 보이고 자녀에게 관심이 없다면, 그 아이의 안생의 절반은 이미 버린 것이다.

또한 정신적인 방어기제에는 이타주의, 예측, 유머, 승화, 억제 같은 성숙한 방어기제가 있는데, 이러한 성숙한 방어기제를 많이 사용했던 사람들이 오래 살고, 성공하고, 행복한 결혼 생활을 하고 건강했다. 이는 마틴 셀리그만(Martin E. P. Seligman)이 주장했던 긍정적 사고방식의 결과(사회봉사와 헌신)와 동일했다. 이 책에는 인생을 살아가면서 여러 가지 참고할 것들이 많이 기록되어 있다. 예를 또 들자면 이런 것이다. 돈 많고 사회적으로 좋은 계급에서 태어나고 사랑이 넘쳐도, 본인이 받아들이지 않으면 보통 가정에서 태어난 사람보다 더 불행했다는 이야기, 그리고 사랑은 살아가는 내내 성숙과 발전을 이루기 때문에 인생을 살면서 계속 사랑을 추구하라는 이야기가 주를 이룬다.

명백하고 뻔한 사실인데 75년간 방대한 데이터를 보관하고 있다는 점이 놀랍다. 그러나 긍정 심리학의 마틴 셀리그만(Martin E. P. Seligman)과 같은 미국식 부자 학자들의 부류이며 아프리카, 소말리아, 기타 후진국, 전쟁 중인 나라에서는 통용되기 어렵다고 볼 수 있다. 우리나라의 경우 과연 6.25 전쟁 중 또는 직후에 태어난 사람들이 과연 얼마나 부모들에게 재산을 물려받는 것은 고사하고 기본적으로 대학 나온 사람이 얼마나 되며, 전쟁 중 사랑을 받았으면 얼마나 받았겠는가? 미국과 소련의 냉전 때문에 전쟁과 난리통을 살았던 우리들의 조상들(증조할아버지 또는 할아버지)에겐 별로 해당사항이 없을 것 같다. 현대를 사는 50대 이상에게도 해당이 안 된다. 젊은이들은 미국처럼 부강한 나라가 지속되면 이제부터 가능할 것이다.

이 땅에 다시는 병자호란, 임진왜란, 식민지 시대, 한일 합방, 6.25 같은 것들이 없다면, 앞으로 우리도 미국처럼 똑같은 연구 결과가 나올 것 같다. 일본과 중국이 바다와 하늘이 자기의 것이라고 난리치는 이 시대에, 우리나라가 대륙이 아니라 반도라는 사실과 항상 강대국에 의해 전쟁이 일어난다는 사실도 염두에 두어야 한다. 그리고 가해자는 강대국이었고 피해자는 우리들이었다. 가정이나 가족의 정신 건강은 국가가 편안할 때 성립되는 이야기다.

조지 베일런트(George E. Vaillant)와 마틴 셀리그만(Martin E. P. Seligman) 같은 미국식 부자 학자들의 부류들이 주장하는 안락한 가정, 경제적 성취, 하버드 대학과 기타 두 그룹들은 미국의 이야기일 수 있고,

미국에서도 어느 정도 사회적으로 안정된 수입을 가진 자들의 이야기일 수도 있다는 점이다. 즉 연구 대상에서 할렘가나 아프리카 출신의 이민족들이 제외되어 있다는 점이다. 또한 한국인도 안락한 가정, 경제적 성취, 하버드 대학 셋 중 하나만 있어도 미국이 아닌 한국 내에서 충분히 성공할 수 있다고 본다.

우리는 6.25 전쟁 이후에 불모지대의 국가로서 전후 세대들의 노력으로 이제 막 정신적인 선진국이 아닌, 경제적인 선진국이 된 나라인 점을 감안하면, 이 책을 읽는 지성인들이 반대로 해석할 수도 있다는 점 역시 지적하고 싶다. 다시 말해 전후 세대들은 경제적으로 매우 궁핍했고, 아버지나 어머니로서 성실하게 살기보다는 우선 입에 풀칠을 해야 되는 시대를 살았으며, 행복은 고사하고 군사훈련에 매진한 군사정권의 자녀들이었다. 또한 대부분의 전후 세대의 자식들은 부모가 일제의 식민지 시절에 일본으로부터 국가를 빼앗긴 수모를 당한 조부모를 모시다가 돌아가셨거나 모시고 있다. 즉 이들은 불모의 땅을 개척한 세대이지만 자녀들에게 비난받을 수도 있겠다는 생각을 해본다.

그렇다면 이러한 책들을 읽은 사람들이 분명 젊은 사람들일 것인데, 이 책의 의도와는 달리 '난 좀 더 부자 부모를 가진 나라와 자녀로 태어나지 못했을까?' 또는 '왜 우리 부모는 나에게 어렸을 때 안락한 생활을 제공하지 못했을까?'라는 생각을 하면서 전후 세대의 부모를 원망할지도 모르겠다는 생각이 들었다. 또한 일류학교에 가고, 그것도 하버드 대학에 입학할 수 있는 사람들이라면 당연히 보통 사람들이 아니다. 교수, 학자, 정계 요직에 있을 사람들이 되는 것은 당연하며, 행복할 것이다.

젊은이들은 "난 왜 하버드에 못 가고 하류 대학에 갔을까? 취업도 못 하는데……." 하는 탄식은 물론 "난 왜 이렇게 부정적이지."라고 생각할 수도 있겠다는 생각을 해본다. 긍정적인 사고방식을 가지려면 부강한 독립국가가 되는 것은 필수 요건이고, 두 번째로 운이 좋아 안락하고 부유한 부모를 만나야 하며, 더불어 술과 담배를 피우지 말아야 한다는 것이 명백한 일이지만, 받아들일 것도 많고 받아들이지 않아도 될 것도 있다. 앞으로 전쟁이 없다면 사실 이제부터 우리는 시작이기 때문이다. 또한 그분들의 연구 성과를 평가 절하하는 것도 아니다. 그러나 우리의 현실과는 거리가 있고, 부강한 나라라고 해서 인간이 다 성숙되는 것은 아니기에, 인간으로 태어나서 성숙하기가 얼마나 힘든가를 알아야 한다. 또한 가난하고 힘들었지만 우리나라에도 법정 스님, 김수환 추기경, 한경직 목사님 같은 성숙한 사람들도 있었다.

뿐만 아니라 행복이라는 것은 항상 지속되는 감정이 아니고 잠시 지속되는 상대적 비교라는 것도 알아야한다. 남과 비교해서 조금 더 가지고 있거나 오래 살았거나 또는 남들에 비해 조금 건강하거나 죽다가 살아났다면 그 순간에 행복을 느끼는 것이다. 본인이 오랫동안 꿈꾸던 일들이 이루어져도 그 순간 행복을 느낀다. 행복도 찰나이고 순간이라는 점이다. 죽고 나면 덧없는 것 들이다. 그리고 노력과 고통의 산물이다. 고통이 있었으니 행복이 있는 것이다. 오히려 중국인 하버드 대학 출신 장샤오헝이 쓴 『느리게 더 느리게』라는 책이 더 설득력이 있다.

그리고 정작 중요한 것은 우리나라 사람들이 이제야 비로소 돈보다 행복을 토론하고 사랑을 논하고 있다는 것이다. 즉 가난에서 벗어나서 돈보다 더욱 중요한 사랑을 찾기 시작했다. 예전에 비하면 그만큼 잘살

게 되었다는 이야기다. 역설적으로 호구지책이 해결되고 나니 사랑을
논하는 길이 열리는 시대이다. 영원히 전쟁이 없는 사랑의 시대가 되기
를 빈다. 또한 성숙은 거저 주어지는 것이 아니기에 정신적으로나 육체
적으로 노력을 많이 해야 될 것 같다.

이순신 장군의 화병과 진도 민요

한반도는 병자호란, 임진왜란, 2차 대전, 6.25로 상처가 있다.

진도는 수많은 보물들이 숨겨져 있는 아름다운 곳이다. 또한 깊은 섬으로 들어가면 때 묻지 않은 자연환경과 비경도 있다. 진도에 들어서면 예전엔 없었던 진도 대교가 눈에 들어오고 해전을 치른 이순신 장군(이하 이 장군)의 동상이 보인다. 이 장군의 『난중일기』를 보면 '자주 몸이 아프다. 애가 끓는다. 울화통이 치민다, 화가 난다.'는 등의 증상들이 나열되어 있고, 너무나 단순한 글귀에 책을 끝까지 읽기가 힘들다. 이러한 글귀로 비추어볼 때 일단 장군이 매우 단순한 사람이어서 큰일을 했으며, 건강이 별로 좋지 못했다는 느낌을 받는다. 무슨 일이나 복잡하게 연구하고 복잡하게 생각하는 자들이 의사, 교수, 학자, 공무원, 세무나 돈에 관련된 공무원, 은행원, 관료들인데, 이들은 일을 깨끗이 마무리하는 문서에 집착하는 직업들이다. 이러한 사람들은 소소한 사회봉사를 할지언정 이 장군같이 큰일은 못 하게 되어 있다. 단순한 사람만이 큰일을 해낸다는 이야기다.

또한 효자여서 "자식이 아침에 나가 돌아오지 않아도 어버이는 문밖에서 기다린다고 하거늘 하물며 찾아뵙지 못한 지 3년이 지났으니 얼마나 안타까이 기다리시겠습니까?"라고 말했다. 부모님이나 고향 걱정도 많이 하며 외로움도 많이 타는 듯했다. 그러나 정신과 의사가 보기에 이 장군은 몸이 아프면서 임진왜란을 거대한 승리로 이끌 수 있었다고 생각되지는 않는다. 즉 그는 우리가 현대 사회에서 흔하게 보는 '화병, 또는 신체화 장애, 우울증' 같은 병이 있었던 것 같다. 생각해보면 선조 대왕의 지원 없이 장군 혼자서 경상도와 전라도를 뛰어다니면서 의병을 모으고 작전을 짜고, 홀로 당시의 진도나 통영의 시민들을 불러 모아 의병을 만들어 전쟁을 치르는 형편이었으니 화병이 생기지 않을 이유가 없었을 것이다.

1597년 1월27일에 선조는 대신들과 함께 오전과 오후 두 번에 걸쳐 수군의 작전 통제권에 대하여 논의를 한다. 선조는 이 날 첫 번째 회의를 주관했는데, 회의 참석자는 영의정 유성룡, 판중추부사 윤두수, 지중추부사 정탁, 좌의정 김응남, 영중추부사 이산해, 호조판서 김수, 병조판서 이덕형 등이었다('정유재란', 『선조실록』 1597년 1월 27일 첫 번째 기사).

　선조: "전라도 등은 방비가 전혀 없고 수군도 하나도 오는 자가 없다는데, 어떻게 해야 하겠는가?"

　유성룡: "그곳은 명령이 잘 통하지 않기 때문에 군사들이 곧 나오지 않는 것입니다. 그동안 간사한 아전들이 권세를 농락하여 여러 장수들의 명령이 하나도 시행되지 않습니다. 혹시 한번 명령이 떨어져도 수개월이 지나 오는 자도 있고 아예 오지 않는 자도 있으니, 참으로 한심합니다."

　이러한 글귀만 보아도 국가의 안보나 군대의 기강이 바로 서 있지 않음을 알 수가 있다. 임금과 군대가 따로 놀고 있는 형세였을 것이다. 전라도나 경상도 등에서는 장수들의 명령이 통하지 않고 있다는 점을 시사한다.

　판중추부사 윤두수가 "이순신은 조정의 명령을 듣지 않고 전쟁에 나가는 것을 싫어해서 한산도에 물러나 지키고 있어 큰 계책을 시행하지 못했던 것이니. 이에 대하여 신하들로서 어느 누군들 통분해 하지 않겠습니까." 하고 말하자 지중추부사 정탁 역시 "이순신은 참으로 죄가 있습니다."라고 말한다.

　서인의 거두이고 원균의 친척인 윤두수는 이순신을 공개적으로 비난하고 있다. 정탁도 죄가 있다고 동조한다. 그러나 판중추부사 정탁은 나중에 이순신의 구명운동을 벌였다. 어찌되었든 우유부단한 선조를 중심으로 책이나 보고 글이나 쓰는 사람들이 공모하여 이 장군을 해롭게 했으니, 이 장군이 얼마나 외로웠을까는 보지 않아도 짐작이 가는 대목이다. 원균의 친척인 윤두수는 원균을 천거했고, 선조를 중심으로 한 반역의 세력들은 이순신 장군을 옥에 가두는 일까지 서슴지 않았다. 그런 사실로 보아 이순신은 분명 화병에 걸렸을 것이다. 결국 원균은 대패하여 전사하고 만다.

지금도 이 장군의 대승을 겨우 '방어전' 정도로 생각하는 이유는 한국의 역사가들이 식민지 치하를 거치면서 '겨우 지켰다'는 정도로 우리 자신들을 축소시켰기 때문이다. 하지만 해년마다 또는 수시로 현재의 일본 해군이 한산도에 와서 '영웅 이순신'이라고 칭송하며 묵념을 하고 가며, 일본 해군전투 교본이 이순신 장군의 해전을 바탕으로 기록한 것이라는 것을 아는 사람은 다 알 것이다. 또는 가끔 『뉴욕 타임스』에 보도되었던 이 장군은 "넬슨 제독과 같이 또는 보다 더 훌륭한 장군"으로 기록되었다. 텔레비전 드라마에서도 허준과 존재하지도 않는 허준의 스승 '유의태'를 극화하고 세종대왕을 칭송하지만, 『삼국지』보다 더 재미있는 '성웅 이순신'에 대해서는 별로 방영하지 않는 것 같다. 장비나 등장 인원수가 많다면 방대한 『삼국지』 같은 큰 스케일의 드라마나 영화가 등장하기를 기대해본다.

그러나 조용히 생각해보면, 이 장군이 없었다면 우리나라가 존재했을까? 지금쯤 우리는 일본어가 모국어가 되었을지도 모른다. 세종보다 더 훌륭한 세계적인 인물이 바로 이순신 장군이다. 임진왜란과 정유재란 시절에 이 장군을 도운 통영과 진도 주변의 전라도와 경상도의 의병이 없었다면 어떻게 됐을까. 빤하지 않은가? 이런 엄연한 실화를 드라마로 좀 거창하게 공부해서 『삼국지』처럼 만들면 어떨까 한다.

한편 진도의 민요를 보면 만가(상여 소리)와 진도 아리랑이 있는데, 만가는 상여 소리를 말한다. 1985년 어느 여름날 보건소에서 진료를 하고 있는데 군수님한테 전화가 걸려왔다.

"소장! 진도 모세의 기적이란 행사가 있어요, 행정계장과 상의해서 진료에 만전을 기울이기를 바랍니다."

나는 생전 처음 듣는 이야기라서 되물었다.

"모세의 기적이라고요? 처음 듣는데요."

"아, 모르시네, 그런 것이 있고요. 행정 계장에게 내가 다시 전화할 테니까 보건지소 의사들 불러서 행사준비 좀 하세요. 어허! 외국 사람도 아는 진도의 기적을 소장이 모르네……."

"뭐, 제가 행정계장에게 물어보고 준비할게요. 진료나 사고에 만전을 기하라는 말씀이죠?"

"그라제, 바로 그 말이랑게……. 역시 의사들은 머리가 좋아!"

전화를 끊고 행정계장에게 물어보니 '우리가 다 알아서 준비하겠다.'고 했다. 답변을 듣고 진료실에서 환자들에게 물어보니 대강 이런 행사였다. '신비의 바닷길'이라고도 불리는 진도의 바다 갈림 현상은 진도군 고군면 금계리와 의신면 모도리 사이의 바다에서 나타나고 있는 특이한 자연현상인데, 진도와 모도 사이의 바다가 달과 태양의 인력(引力)에 의해 길이 2.8km, 폭 10~40m로 갈라진다고 했다. 바로 그날 외국 손님과 외지 사람들이 구경하러 오기 때문에 다치는 사람을 위해서 의료부가 준비를 잘하라는 것이 군수님의 명령이었다.

"그러니까 그날 바다가 갈라져서 그것을 보러 전국 각지에서 사람들이 온다니께……. 그런 쉬운 것 말고 어려운 것 좀 물어봐! 나는 눈이 안 보이니까……. 거……, 시간이 없으니 머시기한 거시기 약 좀 주소."

항상 눈이 보이지 않는다며 매달 한 번씩 찾아와서 안약을 타 가시는 80세 할머니 환자 분이 한 분 계셨던 것이 기억이 난다.

"할머니! 머시기한 거시기 약은 귀신도 몰라요. 할머니는 눈이 안 보이신다면서 어떻게 조도에서 배타고 시내에서 멀리 떨어진 보건소에 오세요?"

"배타고 버스타고 오재! 이 양반이 진도에 온 지 얼마 안 됐구먼……. 진도 보건소에 김막녀 할머니 하면 모르는 사람이 없제. 미제 안약이 내 약이여. 그 약 주랑게……."

"대한민국 약으로 드릴게요. 한국도 이제는 많이 발전했어요."라고 말하면서 한국 안약을 드렸다. 그랬더니 할머니는 한참 미간을 찌푸리고 안연고의 글씨를 읽더니, 저번 소장과 약이 다르다며 노발대발하셨다. 눈이 보이지 않는다는 할머니는 어떻게 글씨가 영어인지 한글인지를 금방 읽어내시고 비싼 약과 싼 약을 귀신같이 알아맞히셨을까. 희한한 할머니였다. 나는 옆방의 모자보건센터 J선생에게 어떻게 하면 좋으냐고 상의를 했다.

"김막녀 할머니는 진도 보건소 터줏대감인데요. 꼭 이 약을 드려야 돼요. 드리지 않으면 동네방네 떠들고 다니며, 별말을 다 해라. 약점 잡히기 시작하면 한이 없고, 정을 주면 한 없이 다정한 시골 할머니예요." 하며 처방을 써주었다.

"잉, 맞네, 맞구먼!" 하고 할머니는 흡족한 듯 웃으며 집으로 돌아가셨다. 그 할머니 별명이 '김주둥이'였다.

할머니와 다른 환자를 다 보고 나서 점심시간을 기다리는데, 밖에서 무슨 노래 소리가 들려왔다. 30여 년 전 필자가 진도 보건소에서 근무할 때 느꼈던 애잔한 진도의 소리, 상여 나갈 때 부르는 진도의 상여 소리와 아리랑이었다. 보건소가 시내에서 약간 떨어져 있어서 조용하기 때문에 상여 나가는 소리나 진도 아리랑이 잘 들렸다.

전라남도 진도 지방의 민요에는 욕, 상소리, 한탄, 익살 등이 많이 포함되어 있으며, 현지에서는 '아리랑타령'이라고 부른다. 전라남도 진도에서 발생한 노래이나 지금은 전국적으로 불리고 있다. 사설은 기본적으로 남녀의 사랑과 이별을 주제로 하고 있다. 돌림노래의 형태를 띠고 여럿이 부를 때, 한 사람씩 돌아가면서 메김 소리와 맞대응하는 맞음 소리로 구성되어 구성지다. 집단 노동요와 비슷하다. 대표적인 가사는 다음과 같다.

서산에 지는 해는 지고 싶어지느냐.
날 두고 가신 임은 가고 싶어 가느냐.
(후렴) 아리 아리랑 스리 스리랑 아라리가 났네.
아리랑 응 응 응 아리라가 났네.

문경새재는 웬 고개인고.
구부야 구부 구부가 눈물이로구나.
(후렴) 이하 생략

(※여기에서 문경새재가 아니라 문전새재가 맞는다고 주장하는 사람들이 있으나 필자가 민요 전공이 아니라서 양해를 바란다.)

창작 연대는 확실하지 않지만, 지금부터 200여 년 전인 대략 19세기 말에서 20세기 초로 추정된다. 이 시대는 유교적 전통문화와 개화문명이라는 새로운 문화 사이에서 가치관의 혼란이 나타나고, 외세의 침탈로 피폐해진 현실에 대한 불만이 고조되던 시대였다. 노래 중에 상소리도 나오지만, 유성기와 자동차 등의 개화된 문물이 나온다.

러브 스토리인데 진도 총각과 경상도 처녀의 사랑에 얽힌 이야기로, 진도 총각이 경상도 대갓집에서 머슴살이를 하다가 주인집 딸과 사랑을 하게 되었는데, 두 사람은 밀애 끝에 쫓기는 몸이 되어 진도로 도망쳐 정답게 살다가 총각은 병으로 죽었다는 이야기가 있다. 또 반대로 진도 총각과 혼약한 한 처녀가 총각이 육지에서 다른 처녀를 데리고 오자 원망하며 이 노래를 불렀다는 이야기라는 설도 있다. 쉽게 설명하자면 '위험한 상견례'라는 최근의 영화가 있었는데, 그 영화의 정통 오리지널 원조가 '진도 아리랑'이라는 것이다. '위험한 상견례'가 희극이면서 해피엔딩이라면, '진도 아리랑'은 희극적 내용과 비극적 내용이 겸해 있다고 볼 수 있다. 어쨌든 '진도 아리랑'의 노래 가사 유래에는 수많은 설이 있다.

그러나 진도 아리랑보다 더 재미있는 것은 사람이 죽어서 상여 나가는 소리이다. 소리의 내용은 다른 지역과 비슷한데, 진도에서는 상여가 나갈 때 큰소리로 떠들고 웃고 지나간다는 점이 매우 특이했다. 여기에도 여러 가지 정설들이 있겠지만, 그 당시 지역 사람들은 여러 가지 이야기를 나에게 해주었다. 내가 진도 보건소장을 그만둘 무렵에 진도 대교가 완성되었으나 그 전에는 다리도 없었다. 섬사람들의 애환이 상여 소리에 다 들어 있는 것이었다. 진지하지도 않고 약간은 노는 것같이 보이며 웃기도 한다.

진도 만가의 특징은 마을 여자들이 상여 앞에 두 줄로 서서 상두꾼으로 참여하여 소리를 한다는 점이다. 이들을 호상군이라고 하는데, 다른 지방에서는 남자만 상두꾼이 되는 것과 비교하면 특이하다고 볼 수 있다. 처음에는 양반가의 상여 행렬에서 볼 수 있었으나 지금은 일반화되었다. 진도의 여성들은 호상계를 조직하여, 호상계원 본인이나 그 가족이 죽으면 호상을 하여 진도만가를 이어가고 있다. 또 다른 지방의 만가는 선창자가 요령이나 북을 치면서 메김 소리를 하지만, 진도에서는 사물과 피리가 메김 소리와 뒷소리를 반주해주는 것도 이채롭다(『두산백과』).

진도의 상여소리 내용은 잘 모르겠고 대개의 만가(상여 소리)들이 '북망산천이 머다더니(멀다더니) 내 집 앞이 북망일세, 이제 가면 언제 오나 오실 날을 일러주오, 너허 너허 너화 너 너이 가지 넘자 너화 너'로 시작되거나 불린다. 즉 죽은 사람을 애도하는 서양의 영가나 서양의 엘레지(elegy)를 닮은 것이 만가이다. 당시엔 나이가 27세여서 귀에 거의 들어오지 않았다.

어찌되었든 당시에 나는 진도 사람이나 진도 출신의 계장들에게 왜 진도 사람들은 상여가 나가는데 웃고 가느냐고 물었다.

"뭐, 특별한 의미가 있겠어요? 진도가 원래 유배지여서 한이 서린 사람들이 많아서 그렇겠지요."

"진도는 원래 가난한 동네여서 못 살고 못 먹어서 저 세상에 가면 더 편하다고 믿는 것이지요."

"억울한 일들이 많아서 죽는 것이 더 낫다고 하지 않았으까라……."

"죽지 못해 살았던 양반들이 많아서 그랬을 거요."

이렇게들 이야기했지만 정확한 의미는 지금까지도 모른다. 단지 진도 사람들이야말로 진정한 구원관을 가진 크리스천들이 아니었을까 하는 생각을 해본다. 그들은 현세보다 내세가 더 좋다고 믿는 종교인들 같았다.

개인적으로 진도에 감사드리는 것은 우선 무사히 의무 복무기간을 마치게 해주었고, 둘째로 그 기간 내에 동생들의 의대 학자금을 댈 수 있었고, 셋째로 진도의 멋진 섬들의 자연 풍광을 볼 수 있었다는 점이다. 진도 생활을 마친 27세의 청년 시절은 다들 그러하듯 방황도 많이 했지만, 우리 가족의 현실적인 문제를 해결한 덕분에 그 많은 봉급은 한 푼도 없이 다 소비했고, 인턴을 마치기 위해서 광주 C 대학병원으로 향할 때는 소니 트랜지스터라디오 한 대가 내 재산의 전부였다. 진도에 빚을 졌고, 또 많은 학자금에 대한 빚을 전부 갚은 곳이 진도이기에 진도는 아직도 나에게 사랑스러운 추억과 애수가 있는 곳이다. 이렇게 '아름다운 진도'라고 글을 쓰고 있었는데…… 어머니들의 가슴에 대못을 박고 콘크리트로 꾹꾹 다진다고 해도 다스려지지 않을 상처인 세월호 사건이 발생했다. 안타깝고 또 안타까울 따름이다.

그러나 광주 C 대학병원에서 인턴을 수련하고 있을 때 다른 의사 선배가 어떤 할머니가 나를 만나러 왔다고 알려주어 나가보니, 눈이 보이지 않으시는 김막녀 할머니가 오신 것이 아닌가!

"아니 저 마귀 같은 할멈이 눈도 안 보인다면서 광주까지 어떻게 왔을까?"라고 나는 중얼 거렸다.

"할매! 반갑네! 여기는 어쩐 일로……?"

"으응, 자네가 간 후로 새로운 소장이 왔는데 안약을 안 줘! 그래서 자네한테 타려고……, 안약 좀 줘……."

"눈도 안 보이시는 분이 어떻게 광주까지?"

"또 그 소리……, 방법이 다 있다니까……. 잘 보이는 눈으로 보면 되네……."

"……?!?!"

위에서 이야기한 그런 시절들이 있었다. 사람에게는 만나지 않아도 알 수 있는 예수 같은 이순신 장군과 같은 관계가 있고, 반면에 만나고 싶지 않아도 만나야 되는 김막녀 할머니와 같은 관계가 있기도 하고, 잠깐 알고 지나가도 평생 잊히지 않는 관계도 있고, 관계를 맺고 평생 원수같이 사는 부부도 있다. 관계란 무얼까? 미스터리다.

CHAPTER 5

동반자와 적

동반자인가 적인가? (부부, 남성과 여성에 대하여)

대개 정신과에서 부부를 말하거나 남녀를 이야기할 때 현학적으로 들리는 융의 이야기를 들먹인다. 남성의 마음속에 있는 여성, 여성의 마음속에 있는 남성을 각각 아니마(anima)와 아니무스(animus)라고 부른다며 무언가 아는 척한다. 그리고 남자와 여자에 대해서 모두 아는 척한다. 그런데 사실 결혼하여 부부가 되기 전까지는 남녀에 대해서 서로를 잘 모르다가, 결혼해서 여성들이 쇼핑을 오래 하고 여성들끼리 모여서 수다를 떨고, 남성보다 여성들이 훨씬 더 신앙에 쉽게 빠지고 순종을 잘하며, 반면에 온갖 잘못된 소문은 여자들 입에서 나오고 아이들을 전부 다 자기편으로 만드는 것을 보고 나서, '아! 내가 결혼을 잘못했구나!' 또는 '왜 여자들은 다들 이 모양이야?'라고 후회를 한다.

여성들은 남편이 결혼 후에도 경우에 따라 다른 여자를 만나기도 하고, 쇼핑을 할 때는 지루하다며 하품을 하며, 자식을 임신한 여자에게 성행위를 하자고 부추기는 것을 보고, 연애 시절에 했던 굳은 맹세들은 모두 다 허무맹랑한 거짓이었음을 알게 된다. 남편들은 모이면 어린 아이들같이 지루한 '군대 이야기'와 '자동차 자랑과 축구 이야기'를 하며 여성들은 지루하다고 남편에게 핀잔을 준다.

군대, 권총, 경쟁, 자동차, 축구나 구기 종류는 모두 다 남성의 상징이다. 즉 공격과 방어인 것이다. 사실 연애 시절에 여성에게 베푸는 고급식당의 맛있는 것과 좋은 외제차는 여성을 현혹시키는 방법의 하나일 뿐이다. 보노보 원숭이 수컷이 암컷을 유혹하려고 암컷의 털에 붙어 있는 이나 진드기를 잡아주고 바나나 같은 음식을 가져다 바치는 것과 같다. 모든 동물이 그러하듯이 수컷들은 결혼하여 임신을 시키면 세상의 모든 것을 정복한 듯 좋아하다가, 암컷에 대한 흥미를 상실한다. 서로 평생 동안 일부일처제를 좋아하는 조류는 새끼 새의 성장 속도가 너무 빨라서 암컷과 수컷이 동시에 자식을 부양하지만, 나머지 동물들은 인간같이 암컷이 새끼들을 보호하고 양육한다. 그 사이에 한눈파는 인간이나 수컷 짐승이 생긴다.

웃기는 이야기이지만 포르노를 보면 일부다처제一夫多妻制나 일처다부제一妻多夫制 같은 인류의 발달사가 그대로 재현되고 있다. 에리히 프롬은 일부일처제一夫一妻制가 되는 과정을 『자유로부터 도피』라는 책에서 자세히 기록하고 있다. 기억이 명확하게 나지 않지만, 일부일처제가 나오는 배경은 그것의 효용성과 생산성 때문이라고 한 것으로 기억한다. 알려져 있듯이 석기시대에는 모계중심 사회였고, 일처다부제로 인류의 역사가 시작되었으나 현대로 오면서 일부일처제로 바뀌게 된다. 즉 일부다처제나 일처다부제를 해보니 그것의 생산성과 효율성보다는 번거로운 일이 더 많다는 것을 깨닫는 데는 상당한 시간이 걸렸다. 그리고 오늘날도 이러한 실수를 범하는 짓들이 일어나고 있다. 예를 들면 태국은 지금도 일부다처제이며, 그런 나라는 상당히 많다.

아마존 전설은 문자기록이 없던 선사시대 사람들은 모계중심 사회를 구성하고 여존남비의 사상이 지배적이었을 가능성이 높으며, 또 전쟁에서는 여자들이 두드러진 활약을 했을 가능성이 있었음을 암시하고 있다('아마존 전설', 『세계전쟁사 다이제스트 100』, 2010, 가람기획). 전쟁뿐만이 아니라 선사시대에는 농경과 채집 생활이 중심이었는데, 농업과 채집이라는 능력에는 여성이 더 우월했다. 즉 남자들은 집에서 놀고, 아이들도 잘 돌보지 못하며, 권총이나 돌도끼 및 나무망치 같은 장난감이나 가지고 노는 존재 정도였다는 설이다. 그러다가 수렵 생활이라는 것을 발견하고 사람들이 육식에 맛을 들이면서 서서히 부계중심 사회로 전환한다는 논리이다. 한 여자가 여러 남자를 거느리는 것도 힘이 들고 자녀들의 숫자도 너무 많아서 생산과 소비가 균형을 이루지 못했을 것이다. 거기에서 파생되는 소유욕과 질투 같은 감정도 매우 비생산적이었을 것이다. 마찬가지로 부계중심 사회처럼 한 남자가 여러 여자를 거느리는 것 역시 어리석은 짓이었다. 두 가지 제도 모두 공정하지 못했고, 인간의 감정에 관련된 여러 가지 문제점들을 발견했을 것이다.

약 12,000년 전에서 BC 2,000년경 신석기 시대 여자들은 무리를 형성하면서 먹을 수 있는 열매나 곡식 같은 식물을 재배하고, 채집 및 증산 저장을 통해 부족한 식량 문제를 해결하기 위해 정착 생활 또는 농경 생활을 시작했을 것이다. 일정한 무리들은 어느 정도의 질서를 갖춘 모계사회로 출현하게 되는데, 이는 엄격한 복종적 사회 형태보다는 상호 도모적인 사회로서 공동적인 육아와 생존을 위해서였다는 설이 있다. 즉 여성이 남성을 지배했다는 설과 상호 협조와 상호 도모를 더 잘했다는 설이다.

그래서 수렵 생활이 시작되면서 여성들은 전쟁하는 능력이 떨어지고 국가, 권력, 영토의 확장 등으로 세상이 바뀌면서 프로이트의 말처럼 페니스를 가진 남성중심의 사회가 시작되었다. 어떻게 보면 프로이트가 살았던 나치 점령기에는 남성중심 사회여서, 시대적으로 프로이트의 오이디푸스 콤플렉스 이론이 더 잘 맞았을 수도 있고, 억압받는 여성들에게 히스테리가 많이 발생했을 것이다.

프로이트는 남성을 중시하는 부계중심 사회를 주장하는 사람도 아니었고, 융 역시 여성을 존중하는 여성 편향적 페미니스트도 아니었을 것이다. 그러나 융은 아니마와 아니무스 같은 수많은 학설을 주장하면서 페미니스트들에게 사랑받고 있다. 에리히 프롬의 말처럼 사람이 난교를 하거나 잡교를 하든지 간에 그 쾌락은 일순간이고, 자녀라는 커다란 책무만 남게 되어 인간이 추구하는 궁극적인 행복에 도달하지 못하자 일부일처제로 전환된 것이라는 설도 있다. 그래서 오늘날 여성들의 채집 문화에서 비롯된 쇼핑 문화를 무시하는 남성은 집안에서도 인기가 없으며, 포르노나 전쟁 영화만 죽어라고 보는 고등학생 아들은 엄마에게 죽어라고 매를 맞는지도 모른다는 것이다. 이처럼 여성과 남성의 차이는 오래된 역사를 가지고 있다.

이렇게 보면 남성과 여성이 모두 다 가지고 있는 것이 소유욕과 지배욕이라는 감정이다. 단지 습성의 차이만 있을 뿐이다. 예를 들면 남성은 여성을 구해서 정복하는 순간 사랑이 끝나지만, 여성은 정복당한 순간에 남성과 아이들을 지배하고 사랑이 시작되는 것이다. 또한 '남성의 마음속에 있는 여성, 여성의 마음속에 있는 남성'을 각각 아니마(anima)와 아니무스(animus)라고 부른다면, 그것은 남성의 마음속에 있는 여성상女性像, 여성의 마음속에 있는 남성상男性像인 것이다. 자신이 보는 하나의 이미지(像)를 보고 서로 결혼하는 것이다.

그 이야기는 이성간의 남녀 각자의 자기 마음속에서 그린 이미지像이라는 것이다. 남성이 여성을 볼 때 각자 나름대로 그려진 여성을 기대하고, 여성이 남성을 볼 때 '백마 타고 오는 기사'를 그리고 있기 때문에, 그 이미지(허상)가 현실과 다르면 결혼 생활이 불행해진다는 의미다. 그래서 내가 아무것도 아니고 하찮기에 다른 이성은 좀 더 현숙한 여성과 친절하고 용맹한 잘난 남성을 그리고 있다가 그렇지 못하면 헤어지게 되는데, 이러한 그려진 우상을 무시하면 부부간의 관계가 더 좋아질 것이다. 내가 아무것도 아니기에……, 그리고 내가 몹시 가벼운 존재이기에 더욱 더 그러하다. 물론 융은 이런 뜻으로 심리적인 내부에서 발생하는 아니마와 아니무스를 말한 것은 아니라는 것을 독자들은 더 잘 알 것이다. 자신의 기대치를 좀 낮추면 미혼자가 더 줄지 않을까 하여 쓰는 것뿐이다. 우리는 모두 이처럼 꿈속에서 산다. 꿈이 없다면 얼마나 불행하겠는가? 사실 양보, 배려, 이해심, 사랑 같은 것들이 없다면, 남성이 지배하나 여성이 세상을 지배하나 모두 다 재미없기는 마찬가지다. 양보, 배려, 이해심, 사랑 같은 것들이 없다면 날마다 '모든 것이 내 탓이다'라는 말 대신에 '모든 것이 네 탓이다'라는 말만 하게 된다.

"엄마는 왜 나만 갖고 그래?"

"아빠는 왜 나만 갖고 그래?"

"당신은 왜 나만 갖고 그래?"

"동반자인가 적(원수)인가?"라고 말이다.

어떤 허름한 책

사실 드라마나 소설을 보다 보면 어떻게 이렇게 기가 막힌 글을 쓸 수 있을까라는 생각이 들곤 한다. 거기에 현실적으로 일어날 법한 그런 종류의 소설들은 정말 실화같이 보여서 독자들에게 감동을 준다. 또한 즉흥적으로 대본이 만들어지는 드라마나 영화보다는 이미 소설의 원작이 토대가 되어 구성이 탄탄한 드라마나 영화가 더 재미있다. 더구나 그것이 실화라면 재미와 감동을 더더욱 많이 준다. 그런데 특히 한국 드라마는 남편이 바람피우는 드라마가 너무 많다. 남편이 바람을 피우면 도대체 그 상대방은 남성일까? 왜 맨날 남자가 바람피우는 드라마만 하는지 모르겠다. 문제는 바람을 피우는 것은 손뼉도 마주쳐야 소리가 난다는데, 왜 '여자 중심의 바람피우는 드라마'는 없는 것일까?

그러나 정신과 전문의라면 가장 싫어하는 것이 타인의 가정불화와 연애 실패담이다. 직업이기에 어쩔 수 없이 듣지만 인간이기에 울화가 치민다. 내용은 결혼한 사람이라면 남편의 외도나 아내의 외도, 불화, 부부간의 갈등, 이혼문제 등이고, 처녀나 총각이라면 상대의 배신에 관한 이야기다. 내용도 뻔하고 쌍방 간의 욕설이 오가는 이야기를 듣고 있으면 나 자신이 한심스러울 때가 많다.

"선생님 제 말 좀 들어보세요. 이미 결혼한 남자가 바람을 피울 수가 있나요? 이런 어처구니없는 일이……."로 시작한 대화는 언제 끝날지 모르는 장구한 소설이 되는데, 원래 바람기가 있는 남자나 여자도 있지만 대부분은 어쩌다 한번 피운 바람에 관한 이야기다. 그리고 대부분은 잊고 다시 헤어지지지도 못하고 살면서 며칠 전의 외도로 분노한 환자는 그 화를 남편이나 아내가 아닌 엉뚱한 정신과 의사를 향해 쏟아내고 난 후 병원을 나간다.

'이런 후레자식을 어떻게 하면 좋을까요? 불에 담근 인두로 지져야 되지 않느냐? 칼로 난도질을 해도 시원찮을 이 XX 같은 새끼……, XX 년……'이라는 X자 돌림의 이런 이야기가 시작되고, 이야기의 마지막에 의사가 판사나 변호사가 되어주기를 원한다. 자아 동조적, 자기 동조적, 자기편에서만 하는 이런 일방적인 이야기를 듣다 보면, "내가 어쩌다 정신과 의사가 되어 이런 수모를 당하나?"라고 묻게 되는 순간이 한두 번이 아니다.

환자 혼자 방문하여 이야기를 해도 듣는 사람이 힘든데, 친정어머니나 친정식구를 동원하여 오신 여성, 시댁식구를 동원한 왕자병 가진 남편 되는 아들, 친구들과 같이 오는 여성 환자들도 있다. 그런 사람들이라면 병원 바깥에 '이성문제와 부부문제 중 바람피우기에 대한 상담 사절'이라는 글을 써서 붙이고 싶을 지경이다. 떼로 몰려오면 '남편 성토대회'나 '남자친구 허물벗기기'가 되어 시간은 두 배로 불어난다. 이러한 상담은 대개 첫째로, 진지한 내적인 고찰이 없는 일회성 분풀이 대화가 많고(절대로 2회차 진료를 받는 사람은 없다), 둘째로, 정신과 의사가 그날 일당을 포기할 정도로 내용이 길며, 셋째로, 한쪽 말을 듣고 판단할 문제도 아니고 상대가 바람을 피우기까지 방관했던 자신은 아무 잘못이 없다는 것을 집요하게 주장하며, 넷째로, 본인의 뜻에 동조해주지 않으면 화를 내거나 병원비도 지불하지 않는 경우도 많다. 다섯째로, 마지막에 '이 정도면 이혼해야 되지 않느냐?' 또는 '선생님이 재판을 해달라!'고 이상한 주문을 한다. 의사는 재판관이 아니다! '이혼소송은 변호사에게 가서 주문해라'로 끝나거나 강간이나 성폭행이라고 생각이 들거든 경찰서에 가보라는 말로 끝이 난다.

우리가 살아가면서 정말로 신중해야 될 것들 중의 하나가 이성관계이다. 인연을 잘못 맺거나 엉뚱한 사람과 관계를 맺으면 스캔들이 된다. 이러한 추문들은 본인뿐만 아니라 상대방까지 무너뜨릴 만큼 증오의 힘이 세다는 것이다. 가장 사랑해야 될 부부나 연인이 한 순간에 증오하는 원수 같은 사이가 되는 것이다. 실제로 '돌아오지 못하는 강'이나 '돌아갈 수 없는 그대나 그녀'가 되어버리고 말아서, 부정한 이성 관계는 김유신의 애마의 목을 자르는 날카로운 비수를 필요로 한다. 윤창O 사건처럼 한번 터지면 멈출 수 없고, 대한민국의 가장 유능한 정신과 의사를 만나도 해결이 되지 않는다. 화살이 시위를 떠난 문제가 된다.

어떤 환자 보호자분이 성에 관해서 필자에게 아주 좋은 말을 해주었다. 이 환자 보호자는 4남 1녀를 낳으신 분인데, 네 명의 아들이 대한민국의 여러 병원에 분산되어 조현병(정신분열병)으로 입원해 있다. 이러한 애절한 사연을 가진 어머니는 자식들 결혼 걱정을 하며 이런 얘기를 해주었다.

"성(sex)이란 꽃과 같아요. 꽃은 화병이나 뿌리가 없으면 꽃이 아니라 쓰레기가 됩니다. 성은 제자리에 있어야 하며 꽃도 제자리에 있어야 됩니다. 그럴 때 비로소 우리는 그 꽃을 보고 꽃이라 부르며 아름답다고 합니다."

명언이었다. 꼭 유명한 사람이 말을 해야 명언이 아니고, 우리 주변에 평범한 사람들의 사랑 넘치는 명언들이 얼마나 많은지 모른다. 예의를 갖추고 이런 이야기를 해주는 환자나 보호자들을 보면 고맙기가 그지없다.

'이놈(남편)이 바람을 피우는데 내가 칼로 찌를 수도 없고, 불에 달군 연탄집게로 지질 수도 없고……. 이놈이 나쁜 놈이요, 내가 나쁜 년이요?'라는 이야기보다 얼마나 아름다운 이야기인가? 눈물을 흘리며 꽃에 관한 이야기를 해준 어머니에게 나는 진심으로 감사드리며 이렇게 이야기를 주고받았다.

"내가 죄가 커서 어제는 성탄절인데도 교회에 나가지 못했네요."

아주머니는 한숨을 크게 내쉬더니 이렇게 말을 이었다.

"……내 죄는 그렇다 치고, 딸이 하나 있는데 '엄마가 죽으면 내가 오빠들을 어떻게 책임을 진단 말이에요?'라고 하더군요. 그래서 죽지 못해 삽니다."

"……아주머니! 그렇게 생각하지 마시고 대한민국을 믿으세요."

"대한민국? 뭔 뚱딴지같은 소리를 허요? 선상님도 웃기실 줄 아시네요잉!" 아주머니가 자식 걱정으로 울고 있다가 나의 말에 갑자기 가볍게 웃기 시작했다.

"대한민국도 사회복지 국가이고, 정신분열이 부모의 죄가 아니어라! 요사이 연구되는 것이 유전인데, 삼대 양쪽 부모 중에서 유전인자가 있으면 정신분열병이 되는 것이라는 설도……, 있다니까……, 그라고 국가가 책임을 지니까 아주머니는 나한테 자식은 맡겨두고 어머니는 두 번 시집을 가든지 말든지 마음대로 하세요."

불쌍한 아주머니는 갑자기 멍하게 있다가 크게 웃어버렸다.

"정말 그래도 됩니까?"

"딸이 뭐라고 하면 대한민국이 책임을 진다고……, 내가 그러더라고 하세요. 왜냐하면 요즈음은 우리도 사회복지 국가가 되어서 정신분열병을 옛날처럼 정신분열이라고 하지 않고 조현병이라고 불러요. 다시 말해 장애인을 책임져주는 국가가 되어가고 있단 말이요. 그래서 딸한테 맡길 일은 없으니까 걱정 붙들어 매라고 하세요."

나는 아주머니가 우울해 하셔서 조금 웃겨드리려고 잠시 피에로가 되어주었다. 실제로 나는 진료 시에는 애써서 표준말을 쓴다.

"아주머니, 행여 너무 괴로워서 자살하려고 하지 마세요. 그리고 기도를 열심히 하세요. 아주머닌 착해서 천국에 갈 거요. 빌어먹을 놈들이 배가 따뜻하니까 바람피우고, 그 다음에 권력을 지고, 그래도 마음대로 되지 않으면 목매다는 세상이여라(자살의 사실은 『난 네가 있어 고마워』란 필자의 책에 기록했음. 우스갯소리일 뿐이며 자살의 원인은 훨씬 복잡함). 그런 놈들이 어떻게 인간이라 할 수 있겠소."

"알았어요……, 감사해라……."

"천만의 말씀이요! 내가 하는 것이 아니라 국가가 한다니까……. 잊어버리고 들어가세요."

각설하고 본론으로 돌아가서, 요즈음은 교회는 나가지 않지만 내 서재에는 항상 성경책이 있고 『묵주알』이라는 어떤 허름한 책이 한 권

있다. 나의 하루 일과는 대부분 성경 한 줄 읽기로 시작되는데, 이 버릇은 지금은 수녀가 된 같은 성당의 누나로부터 배운 것이다. 그래서 그 허름한 『묵주알』이라는 책을 소개하고 싶어 이런 장문을 쓴 것이다. 실화인 이 책은 절판되고 없지만, 헌책방 사이트에서 어렵게 구할 수 있다.

『묵주알』

성경은 모든 사람이 활용하여 모든 것들을 합리화시킬 수 있다. 성경을 믿지 않는 사람들은 '거대한 스케일과 등장인물이 아주 많이 나오는, 이 세상에서 제일 재미있는 소설'이라고 이야기하기도 하며, 또 어떤 사람은 현실에 있을 수 없는 '동화'라고도 한다. 그러나 성경은 믿는 사람에겐 날마다 읽는, 또는 읽어야만 하는 '성스러운 책'이다.

그러나 정신과 의사들은 직업의 특성상 유신론자도 무신론자가 되기 쉽고, 범신론자가 되기도 한다. 왜냐하면 성경을 너무 많이 읽거나 지나치게 분석하다가 정신분열에 빠지거나, 스님들이 불경을 지나치게 읽고 깊은 명상을 하다가 안타깝게도 정신이 분열 또는 파괴되는 경우도 허다하기 때문이다. 물론 성경과 불경의 잘못은 아닐 것이다. 문제는 그러한 성스러운 책을 읽는 인간들의 잘못이거나 원래 분열증적 소인이나 유전인자가 있었던 사람들이 수도자가 된 탓도 있을 것이다. 그러다 보니 믿음이 없거나 약한 정신과 의사들은 바이블을 믿지 않고 과학적인 두뇌를 더 믿게 되는 것이다.

또한 성경은 전쟁도 일으킨다. 물론 성경이 일으키는 것이 아니라 인간들이 달리 해석하여 일으키는 것이다. 종교는 사람을 치열하게 만드는데, 아마 대표적인 사람이 부시 대통령과 부시의 적들일 것이다. 그들은 성경을 이용하여 성전을 치른 사람들이다. 성경을 자기 쪽에서만 해석하면 타인들은 모두 적이 된다. 그래서 성경은 좋은 책이기도 하고 나쁜 책이기도 하다. 그러나 원래 책이란 책일 뿐이다. 또한 정신 분열증에서 가장 좋아지지 않는 증상이 종교망상과 애정망상이다. 성경을 통한 살해는 십자군 전쟁과 마녀사냥을 비롯해서 개인적인 목사의 살해사건에 이르기까지 다양하고 그 역사도 깊다.

성경은 성경일 뿐이다. 나는 환자들에게 항상 이렇게 이야기한다. "성경을 너무 신학적으로 보지 마세요. 성경의 십계명만 지키세요. 예를 들어 신자 중에서 밥을 굶고 다니는 사람이 있다면 500원씩 모아서 한 끼라도 먹이세요. 병원비가 없다면 500원씩 모아서 한번이라도 병원에 가게 해주세요. 지나치게 해석을 하려 하지 마세요. 단순하게 읽으세요."라는 충고를 많이 한다. 그리고 분석적이거나 신학적인 목사님을 비롯한 성직자들이 와서 토론을 벌이면 "거기까지는 저도 모릅니다."라고 잘라 말하고 만다.

왜냐하면 성경이라는 것은 어떻게 보면 예수를 죽인 후 그에 따른 죄책감으로 만들어진 인간의 실화 역사서이고, 율법, 철학, 신학, 자기변호의 기능, 동화적 요소, 존재의 의미 등 너무나 많은 요소를 가지고 있어서 논쟁의 소지가 너무도 많은 책이다. 그리고 완벽하게 성경처럼 사신 완벽한 인간은 예수님밖에 없기 때문이고, 우리들은 예수를 죽게 내동댕이친 인간들이기 때문이다. 그래서 죄인들의 입은 예수를 믿으라는 이야기와 자기변명과 자기가 선택되었다는 말로 일관하기 때문에 철저하게 신학적 논쟁을 거부하는 것이 내 경험의 결론이다. 그렇지만 나는 날마다 성경을 읽는다. 죄인의 심정으로…… 하루에 한 가지라도 착한 일을 하게 해달라고 말이다.

　스페인에 갔더니 대부분의 도시에 이슬람 성전과 가톨릭 성당들이 배치되어 있고, 유대인 지구 또는 주거지역과 이슬람 지구 등이 있는데 그야말로 미국이나 이스라엘 및 팔레스타인과 달리 평화로웠다. 스페인은 종교 전시장이었다. 나는 두 가지로 해석하였다. 첫째, 보이는 그대로 미국과 이스라엘과 달리 그들은 상대의 종교를 인정하고 있다. 둘째, 반대로 이슬람의 지배를 받은 뼈아픈 전쟁이 스페인에서 일어났고, 또 십자군 전쟁으로 피를 흘리고, 또 민주주의를 위한 애매한 스페인 내전으로 피를 흘릴 만큼 흘려서 지쳐버려서 이제는 서로 종교 이야기를 하지 않게 되었다고 해석하였다. 엄청난 피의 산물이라고 해석하였다. 우리나라는 이 정도는 아니지만 종교 전쟁의 요소가 조금씩 만들어 진다고 주장하는 사람도 있다.

　종교가 대단히 사적이라는 점도 중요한데, 우리나라의 경우 민주주의가 성숙하지 못해서 상대의 이야기를 듣지도 않고 '우리 교회나 성당에 나오지 않는 사람들은 죄인 또는 신의 혜택을 받지 못한 사람'으로 규정해버리는 것도 문제이며, 요즈음의 '기업 형 교회' 역시 대단한 사회적인 문제다.

　물론 자신의 교회나 성당은 절대 기업 형이 아니라면서 교회나 성전을 신축하는 기금들을 마련한다. 서양에서도 과거엔 집단적인 믿음을 중요시했다. 20여 년 전에 나는 외국에서 성당에 나간 적이 있는데 그때 나는 깜짝 놀랐다. 교회가 신자들의 사적인 공간을 배려하고, 신부님이 미사가 끝난 후에 일일이 악수도 하지 않으며, 미사 전체가 기타를 치고 노래하는 쇼처럼 진행되는 것을 보고, 이러한 성당이라면 날마다 나가겠다는 생각을 한 적이 있다.

물론 20여 년 전 노태우 씨가 해외여행 자유화를 선포했으나 우리나라는 여전히 군사독재 시절이어서 사람들의 결집력을 요구하는 시대였다. 그리고 나는 공부를 하러 간 것도 아니고 놀러간 것이기에, 하와이라는 관광지의 미사여서 그랬을 수도 있다. 미사 내내 어여쁜 아가씨들이 미니스커트를 입고 기타를 치며 노래(찬양과 축복송)를 했고 세계 각지의 신자들이 모여서 미사를 보는데, 한국처럼 '독재 투쟁'이라는 신부님의 강론도 없었다.

신부는 일본 사람이었다. 그냥 미사에 충실한, 문자 그대로 의식만 진행되었다. 그리고 그 사람들의 태도와 표정에서 타인에 대한 존중과 사적인 자유에 대한 배려를 느꼈다. 미사가 끝난 후에 기도하고 싶은 사람은 자유롭게 기도를 했고, 놀러가는 사람들은 모두 다 유쾌하게 돌아갔다. 대단히 간단하고 미사가 매우 짧았다. 90%가 가톨릭신자라는 스페인 역시 토요 미사는 노래로만 진행되었다. 일요미사는 추기경과 여러 신부들이 진행했지만 의식에 충실했고 길지는 않았다. 신부님이 장시간 신자들을 잡아놓고 12시가 넘도록 하는 한국의 강론과는 전혀 다른 것이, 매우 신선하고 충격적이었다.

"내가 말이야, 이번에 어떤 지역에 지점을 하나 차렸는데 놀러와(사업을 위한 신자)."

"의사면 의사가 밥을 사야지. 그리고 봉사도 많이 해야 돼(무조건적인 봉사 강요)!"

"아버지는 잘 계시지, 넌 이번에 서울대 의대에 가야 된다(어린 사람들에게 일류 의식 함양시키기)."

"신부님! 이번에 우리 아들이 서울의대에 합격했어요(자기 자랑하기, 관심받기 형 신자)."

"노태우는 그만두어야 해(독재 타도를 주장하는 신자)!"

"이번에 저는 요양원에 가서 봉사를 많이 했어요(봉사 자랑 형 신자)."

우리는 미사가 끝나도 서로 한참 동안 자기 이야기나 타인을 비방하며 미사를 마치는데, 미사를 위해서 성당에 나오는지, 아니면 자랑을 위해서 나오는지, 성당에 나와서 타인들에게 자식 자랑, 일류 자랑, 돈 자랑, 사업 자랑, 봉사 강요, 정치적 개인적 사견 등으로 자기 자랑을 하면서 한참 시간을 보낸다. 나쁜 것은 아니지만 성당에 나오는 사람들 가운데 사업이 잘 되지 않는 사람, 자식들이 일류 학교에 가지 못한 사람, 돈이 없는 사람, 정치적인 사견이 다른 사람 등을 배제한 언어로 미사가 끝난다. 심지어 정당이 다른 국회의원 후보 두 사람이 같은 성당에 나오기도 한다. 더욱 재미있는 것은 성당의 미사가 끝난 후다. 자기 자랑질을 많이 한 신자들 때문에 소외된 아내는 집에 돌아와서 한바탕 싸움을 시작한다.

"넌! 왜 일류 학교에 못 가니? 이 어미 속이 환장을 하겠다." (자녀 홀대)

"왜 당신은 능력이 없어서 교회에 기부금을 못 내? 개똥이 아버지는 의사여서 기부금도 많이 냈다더라." (남편 홀대)

"왜 당신은 성당에 안 나가? 다른 사람들은 남편들이 액세서리 모양 다들 성당에 나오는데……." (남편 액세서리 만들기)

"염병할, 다른 남편은 세탁사업이 잘되어 지점을 차린다는데, 도대체 당신은 뭐야?" (월급이나 돈에 대한 불만)

미사에 다녀오고 교회에 다녀온 것이 무슨 큰일이라고 자기는 주님의 선택을 받은 몸이라고 하면서 남편을 질타한다. 사랑이란 본질은 온데간데없고, 세속적인 비난으로 가정은 더더욱 박살이 난다. 남의 집 이야기가 아니다. 우리 집 이야기니 독자들은 신경 쓰지 마라. 어찌되었든 우리나라 성당이나 교회에 나가면 사적인 공간이 줄어든다는 것만 알아라. 나는 마누라의 액세서리다.

1982년 나는 졸업을 앞두고 있었다. 그래서 마지막 졸업고사를 보았는데, 거의 꼴등 수준이었다. 졸업고사만 그렇게 치렀다. 전반적인 성적은 중상이었다. 대개 졸업고사는 의사고시에 합격할 수 있는지의 여부만 테스트하는 정도로서, 성적의 수준을 결정하는 것이 아니라 졸업만 테스트하는 형식적인 시험이다. 그러나 이 시험을 통과하지 못하면 의사고시를 보지 못한다. 초창기 학교는 대개 의사고시 합격률에 신경을 쓰고, 그것이 무슨 자랑인 양 '모모 의대 의사고시 합격률 100%'라는 플래카드를 내걸었다. 우리 학교도 초창기 학교여서 졸업고사도 중요한 시험이 되었고 많이 낙제를 시켰다.

1982년 10월경이었을까, 8월이었을까? 기억이 가물가물하다. 나는 여전히 성당에 열심히 나갔고 수녀가 된 누나의 부탁으로 성경책과 『묵주알』을 읽고 있었다. 도서관에서 졸업고사를 위해 열심히 공부를 하고 있는데, 무등산에 있는 K파코 호텔 사장에게 연락이 왔다.

"아버지가 우리 회사 차에 치여 교통사고가 나서 지금 J의대 병원으로 입원을 시키려고 가고 있으니 빨리 오시게."

"네? 아버지가 교통사고라고⋯⋯? 어쩌다⋯⋯."

나는 책을 덮고 쏜살같이 달려 J의대 병원 앞에서 아버지가 오시기를 기다리고 있었다. 아버지는 인권 변호사였고 유신헌법 이후에 변호사 자격정지로 실업자였기에 나는 택시비도 없었지만 아버지가 다쳤다는 소식에 놀라서 뛰어갔다. J의대 병원과 우리 학교와는 걸어서 30분 정도이고 뛰어서 10분 정도면 충분했다. 한참 후에 검은 자동차에서 아버지가 머리에 피투성이가 된 채로 내리셨다. 동반한 사람은 사장은 아니고 직원이라며 아버지를 빨리 응급실로 옮기자고 했다.

"새벽에 아침 운동을 하고 계셨는데 우리 차에 부딪히셨네. 그런데 몸에서 술 냄새가 많이 나던데……"

정말로 아버지 몸에서 술 냄새가 났다. 어린 대학생인 나는 그 직원이 암시하는 말을 이해하지 못했다. 나중에 그 직원은 그 술 냄새를 핑계로 아주 작은 보상금만 지불했다. 정말로 아버지 몸에서는 전 날 마신 술 냄새가 진동을 했다.

"사고 경위는 나중에 이야기하고 응급실로 가십시다."

나는 술 냄새가 진동하는 아버지를 등에 업고 중얼거렸다.

"하여간에 도움이 되지 않는 아버지야! 내일 모레가 졸업고사 시작이고 1주일 이상 계속 보는 시험인데 나보고 어쩌라고……"라고 말이다. 머릿속에는 아버지가 죽을지도 모른다는 생각으로 별의별 생각이 무수하게 스쳐갔다. 아버지가 국가로부터 해고된 지 10여 년이 넘게 흘러서 집안은 풍지박살이 나버렸고 끼니를 겨우 이어갈 정도로 힘들었다. 나는 아버지의 혼수상태로 인해 2주 이상의 입원간호를 하는 중간 중간 휴식시간에 졸업고사 준비를 했다. 겨우 통과했다.

점잖고 품위 있고 꼼꼼한 강박적인 성격의 소유자인 아버지는 날마다 외상술을 마시는 형편없는 사람이 되었고, 그것을 보다 못한 어머니는 가출한 상태였다. 그 당시엔 아버지가 원수처럼 보였고 박정희 대통령보다 더 미웠다. 그러나 지금 나에게서 아무 이유도 없이 의사 면허증을 빼앗고 군인들에게 구타를 당하고 교도소나 왔다 갔다 하라면, 나도 아버지처럼 되고도 남을 거라는 점은 충분히 이해하고 있다. 그 당시에 나는 철없는 학생이었기에 어찌되었든 아버지를 한없이 원망했다. 나는 그날그날 살아가는 아주 불행한 학생이었다. 아버지를 등에 업고 응급실로 이동하고 침대에 눕히고 하면서 '태어나서 빛을 한 번도 못 보고 죽는구나!'라는 연민 때문에 눈에서 흐르는 눈물을 막을 수가 없었다. 그 후 아버지는 입원실을 배정받아 옮겨졌다. 그리고 여기저기 아는 사람들에게 연락을 취했는데 주로 성직자들이었다. 나는 하는 수 없이 또 성경을 읽어야만 했다.

"J수사님! 아버지가 여차여차해서 입원을 하셨는데 누구의 도움을 받을 수 있나요?"

"으응, 그래? 아는 사람 있지, 있고말고! 내 곧 갈게, 기다려!"

"K신부님! 도와주세요."

"그래, 그래. J수사님이 금방 갈 거다. 걱정 말고 기도해라."

나는 K신부님과 J수사님의 도움으로 J의대 병원 해부병리 교실의 주임교수를 소개받고 그분의 도움을 받았다. 정말로 신은 살려고 노력하는 사람에게는 반드시 도움을 주신다는 것을 그때 깨달았다. 그분들과 의사들의 도움으로 아버지는 살아나셨지만, 한 달 가까이 병실에서 공부하면서 아버지를 간호한 탓에 졸업시험을 겨우 통과했다. 성적은 개판이 되어버렸다. 그렇지만 몇몇 친구들이 병문안을 와주었고, 기가 죽고 풀이 죽은 나에게 '대단한 녀석'이라고 칭찬을 해주었다. 나에게

든든한 후원자였던 K수녀 누나는 마지막 학비를 대신 내주었고, 나는 나의 서러운 처지를 그녀에게 이야기하곤 했는데, 그럴 때마다 그녀는 용기를 주었다.

"넌 반드시 훌륭한 의사가 될 거다!"라든지, "지금은 힘들지만 나중엔 괜찮을 거야." 하며 좋은 이야기만 해주었다. 그럴 때마다 미안하고 감사한 마음으로 나는 어쩔 줄 몰라했다.

"아버지는 완전히 폐인이 된 것 같아, 입원해서 머리가 다쳤는데도 계속 술만 찾는 거야, 그럴 때마다 가슴이 찢어지는 것 같아, 그런데 술 대신 물을 드리면 그것이 술인지 알고 마시고 그대로 주무신 지가 2주가 지났어."

"승현아! 모두 다 주님의 뜻일 거다, 네가 나중에 성장하면 그러한 고통이 네 인생에 큰 도움이 될 거다. 그렇지 않겠니? 그리고 이러한 고통이 나중엔 모두 다 아름다운 일이 될 거다."

"……."

그 당시엔 너무나 의대 공부로 바빠서 수녀 누나의 말이 무슨 말인지도 몰랐지만, 지금 생각해보면 20대의 찌든 가난이 나에게는 커다란 은총과 축복이었다. 요즈음 같으면 나처럼 가난한 아이들이 의대에 간다는 것은 꿈도 꾸지 못할 테니 말이다. 당시에 무슨 거창한 꿈이나 생각도 없이 그저 나는 망망대해와 비슷한 시베리아 벌판을 걷고 있는 심정이었다.

"이 책을 한번 읽어보렴, 일본의 의대 교수가 쓴 책인데『묵주알』이라는 책이야. 2차 대전에 나가사키에 떨어진 원자폭탄 후유증으로 죽어가는 의사가 쓴 책인데 읽어볼 만해. 너에게 용기를 줄 수 있는 다큐

멘터리 식의 짧은 책이다. 읽어 보렴······."

"알았어."

그 후 퇴원하여 그 책을 읽는데 몇 페이지도 되지 않고 문장력도 별로 없는 다큐멘터리식의 글이 얼마나 나를 감동시키는지, 지금도 나는 그 책을 가지고 있다. 그러나 그 책을 읽으면서 어쩌나 가슴이 저미는지 눈물을 참을 수가 없었다. 그래서 그 책 중 어느 한 부분만 발췌하여 기록해본다. 나가사키에 가면 가톨릭 성지가 있다고 한다.

내가 결혼한 것은 의과대학을 졸업한지 3년째 되던 해로서, 대학 조수로 있으면서 월급 40원을 받고 있을 때였다. (중략) 아내는 날씨가 좋은 날에는 거름통을 메고 생글생글 웃으며 밭일을 나갔다. (중략) 8월 8일 아침, 아내는 여느 때와 마찬가지로 생글생글 웃는 얼굴로 나의 출근을 전송해주었다. 조금 가다가 나는 도시락을 잊고 나온 것을 깨닫고 집으로 되돌아갔다. 그리고 나는 뜻하지 않게도 현관에 엎드려 울고 있는 아내를 보았다.

그것이 마지막이었다. 그날 밤은 불침번이었기 때문에 강의실에서 잤다. 그 다음날 9일, 원자탄은 나가사키의 하늘에서 터졌는데, 바로 우리들 위에서 터졌다. 나는 부상을 입었다. 그때 아내의 얼굴이 눈앞을 스쳐갔다. 나는 부상자의 구호에 바빴다. 다섯 시간 이후에 나는 출혈로 밭 한가운데에 쓰러졌다. 그때 아내의 죽음을 직감했다. 왜냐하면 그때까지 아내가 나타나지 않았기 때문이다. 우리 집에서 대학까지는 1킬로밖에 안 되므로 기어서 오더라도 5시간이면 충분히 오고도 남을 시간이다. 설사 깊은 상처를 입었다 하더라도 아내에게 생명이 있는 한은 기어서라도 반드시 나의 안부를 알고자 찾아올 여자이다.

사흘째 되던 날 학생들의 사상자 처리도 일단락되었으므로 저녁때 나는 집으로 돌아갔다. 오직 재의 벌판이었다. 나는 그래도 즉시 알아냈다. 부엌 뒤쪽에 있는 검은 덩어리를, 그것은 타다 남은 골반과 요추였다. 바로 그 옆에 십자가가 달린 묵주가 남아 있었다. 타다 남은 양동이에 아내를 주워 담았다. 그때까지도 따뜻했다. 나는 그것을 가슴에 안고 무덤으로 갔다. 저녁노을이 비치는 잿더미 위에 검은 뼈들이 흩어져 있다.

얼마 안 있어 내 뼈를 아내가 안고 갈 예정이었는데, 사람의 운명이란 알 수 없는 것이다. 내가 안고 있는 팔 안에서 아내가 덜그럭거리며 인산석회의 소리를 내고 있었다. 내게는 그것이 "미안해요, 미안해요." 라는 소리로 들렸다. (『묵주알』, 나가이 다카시, 나가사키 의대 교수)

지금도 가끔 힘든 일이 있을 때 성경책과 더불어 이 책을 읽으면 힘이 난다. 20대보다 더 지독한 인생은 그 이후에는 없었기에……. 그리고 그 당시에 만났던 수많은 인연과 관계들이 아름다워서 힘을 얻고는 한다. 신이 우리에게 고통을 주시는 의미는 사랑을 더욱 깊게 느끼라는 신호이다. 그래서 그런지 요즈음은 나태하고 배불러도 감사하는 마음이 없어진 것을 보면 참으로 부끄러운 일이다. 부부간의 관계도 마찬가지다. 어느 한쪽이 먼저 죽으면 일본 의사 나가이 다카시처럼 상대의 뼈를 묻어주어야 되는 것이 인생인데, 우리들 모두 사소한 것들로 분노하고 있지 않은가 살펴볼 일이다.

우리가 살면서 누군가에겐 의지하고 누군가에겐 피해를 당하며 살아간다. 피해를 주는 사람은 대개는 가까운 사람들이다. 아예 모르는 사람들은 피해를 줄 수가 없다. 부모라는 가까운 관계도 피해를 줄 수 있고, 자식이라는 가까운 사람도 부모에게 '악동'이 될 수 있다. 아마 남들이 가볍고 간사한 존재라면, 나 역시 나 자신이 간사하고 가볍다는 것을 알아야 할 것이다. 왜냐하면 나 자신도 타인들에게 상처를 주고 사는지 모르기 때문이다. 하늘에 수많은 별만큼이나 많은 사람들 가운데 K신부님과 J수사님 그리고 K수녀 누나는 나에게 있어서는 아주 특별한 관계였다. '함께해주어 고맙고, 동행해주어 고마워'라는 말밖에 할 말이 없다. 참으로 고마운 사람들이었다.

사랑이 도대체 뭐야?

　사람들은 사랑이 최고라고 하면서 사랑을 여러 가지 방식으로 표현한다. 종교에서는 율법이나 교회의 규범과 윤리를 뛰어넘는 것이 사랑이라고 표현하며, 구약은 율법을 표현하며 신약은 '예수의 사랑'을 표현한다고들 한다. 젊은이들은 어떤 상대의 매력에 끌려 열렬히 그리워하거나 좋아하는 마음을 사랑이라 이야기하고, 노인들은 서로 이해하고 상대를 믿는 것이 사랑이라고 표현한다.

　성직자들은 온 인류에게 대한 사랑과 보살핌 및 배려의 필요성을 강조하고, 날이면 날마다 치고 박고 싸우는 정치인들조차도 우리는 그동안 이룩한 발전을 바탕으로 용서와 대화를 통하여 서로를 이해하고, 지난날의 미움을 사랑으로 바꾸자고 해놓고 바로 그 다음날 싸움질을 시작한다. 과거의 의과대학 선배들도 후배들을 개 패듯 패놓고 하는 말이 '사랑해서'라고 말하고, 군대의 군의관이 위생병을 쥐 잡듯이 두들겨 패고 나서도 '사랑해서'라고 이야기한다. 실제로 필자가 두들겨 맞아 보고 경험한 일이며, 군 시절에 위생병이었던 처남이 군의관에게 얼마나 맞았던지 그 스트레스로 '신장병'으로 입원한 것을 보고 하는 말이다. 일본인들은 천황에 대한 존경과 사랑의 표시로 할복자살을 하며, 최근 빈번하게 발생하는 일가족 동반 자살도 부모 된 자들은 분명 사랑의 표시라고 말할 것이다. 대기업은 집단 해고를 하고 나서도 '회사를 사랑해서'라고 이야기한다.

이 정도 되면 '사랑이 도대체 뭐야?'라는 의문이 드는 것은 당연하다. 최근 정신의학자들은 어머니의 모유가 아이들의 몸에 좋다며, 옥시토신(oxytocin)의 분비를 신뢰와 충절의 호르몬, 사랑의 호르몬 또는 애착 호르몬이라고 한다. 또한 남성에게서는 바소프레신(vasopressin)이 분비되는데, 이것은 발기와 사정을 조정하여 성적 행위, 영역 지키기, 공격성 및 짝을 지키고 유지하는 행위와 관련이 있다고 한다. 신기하게도 옥시토신과 바소프레신의 생화학적 구조는 비슷하다. 모두 다 불쌍한 실험용 쥐와 배부른 인간들에 대한 연구들이다.

또 다른 연구들을 보면 바소프레신(vasopressin)은 뇌하수체 후엽 호르몬의 하나로, 고리 모양의 옥타펩티드이며, 항이뇨 호르몬이라고도 한다. 항 이뇨 작용, 혈압상승 촉진 작용이 있다. 혈관(vaso)과 수축(pressin)이라는 뜻에서 유래했다. 고리 모양으로 폴리펩티드 결합을 이룬다. 포유류에서 광범위하게 볼 수 있는 것으로 신장에서 수분의 재흡수를 촉진하는 물질로 작용한다. 모세혈관을 수축시켜 혈압을 높이는 작용이 있으므로 저혈압 치료에 이용된다. 애착을 느끼면 여성에게서 옥시토신이 분비되고, 남성에게서는 바소프레신이 분비된다는 설이다.

신뢰(trust)와 충절(loyalty)이란 의미를 역시 옥시토신 호르몬의 기능으로도 이해할 수 있다. 성性관계 시 절정에 이르렀을 때도 남녀의 두뇌 안에서는 옥시토신이 분비된다. 성관계는 서로에게 쾌감을 주기 이전에 마음과 육체를 나눈다는 매우 중요한 의미가 있다. 마음과 육체를 나눌 때 서로간의 안정감, 평화, 행복감을 체험하게 되고, 바로 그때 옥시토신이 분비되어 신뢰를 유지한다고 한다. 신이 이미 그 자리에 놓아 둔 것을 과학자들이 발견할 뿐이다. 이러한 글을 보다 보면 마음이 맞지 않고 육체만 맞으면 어떤 호르몬 일까라는 의문과 마음은 맞지만 육체가 맞지 않으면 어떤 호르몬이 나올까라는 의문이 든다. 호르몬이 거의 없거나 부족한 노인들의 사랑은 어떻게 화학 반응을 할까? 또한 쾌감 호르몬은 따로 나올까? 실험용 동물을 통한 교과서적인 의미 같이 보인다. 왜냐하면 비난받을 대상들이지만 단순히 재미로 성을 즐기는 사람도 많다.

또한 모유 수유와 시중에서 파는 우유 중 어느 게 더 좋은가를 이야기할 때도 옥시토신을 이야기한다. 자연분만을 이야기할 때도 마찬가지다. 바로 옥시토신 분비이다. 자연분만과 모유 수유는 엄마의 뇌에서 엄청난 양의 옥시토신을 분비하게 한다. 자연분만과 모유 수유를 통해 엄마와 아이는 분자적, 생리적인 신뢰관계에서 시작하여 정신적인 신뢰관계까지 발전하는 것이다. 사랑하는 사람과 통화할 때는 옥시토신 혈중 레벨이 더 높다는 이야기들도 있다.

1970년대에 의대를 다닌 필자로서는 이런 이야기들을 들을 때마다 어처구니없다는 생각이 많이 들지만, 1980년대 이후에 생물정신의학이 급속도로 발전하여, 지금은 정신과가 정신이 아닌 육체의 중요성과 물질의 중요성을 강조하고 있는 점에 대해, 역시 정신과도 철학이 아닌 과학이라는 쪽으로 정리하고 있다. 동시에 세월의 무상함을 느낀다. 후배들이 사랑이 호르몬이라고 할 때마다 배신감을 느끼지만, 여전히 나는 사랑에 대해 정확한 의미를 모르며, 단지 아는 것은 나이가 들수록 사랑을 한마디로 정의하기 힘들며 측정할 수도 없다는 것이다. 행복, 사랑, 애착의 정도, 증오의 수치를 어떻게 잰다는 말인가? 사랑이 도대체 뭐야? 이미 신이 그 자리에 놓아둔 것을 발견하고 좋아서 죽는 사람들이 학자들이 아닐까 싶다. 이런 푸념을 하면 젊은 대학교수들은 아마도 이렇게 이야기할 것 같다.

"월급쟁이 노의사가 무엇을 알까?"

"개원의가 무엇을 알리요?"

"사랑은 호르몬이라니까……."라고 말이다.

그러나 고전적인 사랑에 대한 정의는 성경책에서 쉽게 볼 수 있다. "사랑은 오래 참고, 온유하며……(기타 등등)." 또한 성경은 고통 받는 사람들과 부정적인 사람들을 위로하기 위한 훌륭한 서적이다. '슬퍼하는 사람과 가난한 사람은 복되도다. 항상 감사하라.' 성경은 배부른 기업형 긍정주의자를 위한 책이 아니다.

대가의 필수 조건

■ 대가들의 따뜻한 감정(온유한 마음)

　사람이 살아가는 이유가 무얼까? 누군가는 사람이 무엇을 위해 태어났고, 어디로 가고 있으며, 무엇을 위해 죽을 수 있다면 성공적인 삶이라고 한다. 추상적이나마 요즈음 흔하게들 이야기하는 '사랑' 때문에 산다고들 말하는 것이다. 그러나 무언가 아주 미흡하고, 절실한 마음이 없는 것 같다.

　결혼을 하지 않았을 때 나는 지금 여기서 그냥 죽어도 좋다고 생각했다. 살아가야 될 목표를 발견하지 못했기 때문이었다. 설령 목표를 발견했다 한들 '어디로 가고 있는가?'라는 질문에 또 답변할 수가 없었다. 무엇을 목표로 살아가야 하는지를 모르면서 그 자체가 실존의 의문이 되거나 괴로운 사람이 있는 반면에, 아무런 의문도 없이 수많은 죄를 지으면서 편안하게 부자로 사는 사람들이 있다. 그러나 목표를 발견하지 못하면 허무주의에 빠질 수가 있고 삶에 대한 정열이 식기 마련이다.

　그런데도 굳이 목표를 설정한다면 가족과 환자를 위해 살아야 한다는 깊이가 없는 것들이었다. 그러나 필자가 암에 걸리고 병이 들었을 때 갑자기 삶에 대한 강도와 신에 대한 묵상으로 강렬한 생에 대한 의욕이 생기는 것을 느껴 보았다. 물론 시간이 흐름에 따라 그러한 각오는 식어만 갔다.

'왜 사는가가 아니라, 어떻게 살아야 하는가가 중요하다.' '삶은 상대에 대한 존중이며, 사랑하는 사람들에 대한 예의이며 의무다.'라는 것이었다. 어디로 가고 왜 죽어야 되며 왜 사느냐는 것은 나의 일이 아니었다. 그것은 신의 인도로 사는 것이며, 생사는 신의 고유한 권한이었다. 우리는 그냥 살아가면 되는 것이다. 삶은 모험이며 슬픔과 기쁨이 교차되는 여정이다. 형제나 자녀나 가족이 많으면 병에 걸리거나 꼭 먼저 죽는 사람이 있다.

'왜 이렇게 인생에서 슬픈 일들이 생겨나는가?' 살아가는 것이 문득 무서워질 때가 있었다. 그러한 두려움으로 앞날을 정말 알 수 없었던 시절이 있었다. 아마도 내 인생에서 가장 어둡고 두려운 시절이 의과대학 시절이었던 것 같다. 본과 4학년 무렵에 갑자기 정신과 과장님이시던 Y교수님이 나를 보자고 했다. 그전에 정신과 레지던트인 P선배가 "넌 정신과 성적이 좋더라."라고 넌지시 나에게 암시를 주었다. 당시에 나는 내 주변에 너무도 좋지 못한 일들이 자주 일어나서 내심 "내가 또 무슨 잘못을 저질렀나?"라고 중얼거리며 Y교수님 방으로 갔다.

교수님은 "학생이 정신과 성적이 좋아서 정신과 레지던트 하실 마음이 없으세요?"라고 물어주시는 것이었다. 나는 '전체적인 성적도 좋지 않은데 왜 그러실까?'라는 의문이 있었지만, 당시 의과대학의 보수적인 분위기 때문에 질문을 하지 못했다.

"하고 싶긴 하지만, 의무기간도 마쳐야 되고 우선 성적이 좋지 못해서요……."

당시엔 군 의탁 장학금이나 받으면 바로 군대나 보건소에 가야 되는 보건 장학금을 받고 학교에 다니고 있었다.

"아, 그런 것은 상관없어요. 우리가 전반적으로 의학을 공부하는 것은 단지 참고 자료예요, 정신과를 하려면 품성도 중요하지만 정신의학 하나만 1등 하면 돼요. 나머지 과들은 모두 다 정신과를 위한 참고 과목만 되니까요."

Y교수님은 원래 독일에서 신경과학(neurology)을 공부하고 오신 분이다. 그래서 그런지 학생들에게 항상 존칭으로 호칭하셨고 교육자로서 표준이신 따스한 분이었다. 학생들에게 인기도 좋았고 우리나라에서 논문을 가장 많이 쓰신 분으로 의학상도 받으셨다. 독일은 잘하는 것만 잘 가르치는 전형적인 도제 학교가 많다고 들었다. 옛날엔 미국보다 독일로 유학을 가는 교수들이 꽤 많았던 것 같다. 짐작컨대, 아마 그런 영향을 받으신 듯했다.

"교수님! 저는 학교에 남지 못해요. 보건소 먼저 가야 하거든요."

"갔다 오세요, 기다릴게요."

나는 평소부터 정신과를 하고 싶었고 Y교수님을 무척이나 존경하다 못해 사모하고 있었다. 그야말로 우러러 받들고 마음속 깊이 따르고 있었다. 그런데 이 얼마나 반가운 말인가? 지금도 말로만 항상 감사드리고 있다.

1970년대의 우리 학교는 초창기 의과대학이었는데, 학교의 이미지를 좋게 하기 위해서 S대 의대 출신들의 정년퇴임 교수와 노 교수님들을 초청했다. 덕분에 우리는 고등학교에서 볼 수 없었던 표준어로 강의하는 멋진 강의를 들을 수 있게 되었다. 어떤 교수님은 기생충이나 조직을 칠판에 그리시는데, 정말로 살아 있는 기생충같이 보일 정도였다.

또한 절제된 행동과 표정, 겸손과 따스함, 신사다운 기품, 의학자로서의 태도나 모습은 마치 강당에서 하나의 오페라를 구경하듯 하는 착각을 불러일으켰다. 학교는 데모로 시끄러웠지만, 우리들은 강의를 들을 때마다 얼마나 행복했는지 모른다. 고등학교 선생들처럼 자신의 엉뚱한 이야기와 농담 및 쓸데없는 잡담 같은 군더더기가 하나도 없는, 아주 깔끔하다 못해 아름답기까지 한 강의를 들을 수 있었다. 의대인만큼 자신의 소신이나 국가관 같은 잡소리도 없었다. 교수님들이 마치 강당을 법당이나 성당 같은 성스러운 장소로 생각하시는 듯했다. 오히려 내가 당시에 다니던 성당 신부님에 비하면 백 배 만 배 깔끔한 표준어 강의였다. 그 후로는 학교가 여러 가지 시대적 변화를 거치면서 다시는 그렇게 멋진 강의를 들을 수가 없게 되었다.

본과 1학년 과정에서 기초의학을 배우는데, 기초의학 교수님들은 정말로 훌륭했다. 임상 교수들과는 천지 차이가 나는, 그야말로 학자다운 기품을 지금도 잊을 수 없다. 1970년대라면 군사독재 시절이긴 했지만, 이제 막 민주주의가 태동하는 시점이었다. 교수님들이 대부분 유학파들이어서 서구 문화와 유교 문화가 섞여서 저렇게 멋지고 점잖은 교수를 만들어내는구나 하는 생각을 하기도 했다. 서양의 가톨릭이 유교와 만나서 한국의 가톨릭을 빛낸 것과 유사하다는 생각을 했다. 그렇게 힘들고 날마다 학생들은 '독재 타도'를 외치고 가정적으로는 가난하여 밥도 잘 먹지 못하는 배고픈 시절에 나는 중요한 대가들을 많이 만났고, 주변엔 항상 나를 도와주려는 따스한 사람들이 많았다. 방황하던 시절에 나를 일으켜 세우고 지침을 정해주신 분이 S대 출신의 Y교수님이셨다.

그 후 대조적인 교수들을 만났는데, 강박적이거나 도덕적 의식이 결여되었거나, 또는 실력은 빵빵한데 매우 감정이 차디찬 교수들을 보았다. 그래서 나는 지금도 일류 교수와 삼류 교수를 따스함이라는 감정으로 구분한다. 즉 실력이 아무리 좋아도 냉정하고 차디찬 논리만 앞선 교수는 삼류이고, 학생을 진심으로 걱정해주는 따스한 사람은 일단 일류 교수에 집어넣는다.

사실은 대가나 대한민국 1등 교수라면 제자를 경계하거나 경쟁할 필요가 없는 것이다. 그래서 대부분의 대가들은 따스하지만, 대조적으로 2등 교수나 3등 교수들은 자리에 연연하고 논문이 없어서 항상 교훈과 신경질로 학생들을 가르치게 된다. 그리고 대가는 파벌이 필요 없다. 파벌이 없어도 존경받기 때문이다. 오늘의 대학을 보면 기업인지 대학인지 사실 잘 모르겠다. 그러므로 대학 교수는 실력도 있고, 파벌도 만들지 않아야 하고, 신사라는 자격 이외에 진실하고 따스한 감정은 필수라고 생각한다. 그 이후 나는 Y교수님같이 따뜻한 교수를 보지 못했다. 물론 이러한 좋은 감정은 비단 의사나 교수에게만 필요한 것은 아니다. 따뜻한 애정은 모든 직업에서 다 필요한 것이다.

"정신과 의사는 희생적인, 약간은 매저키스틱(masochistic)한 사람이 좋아요, 로맨틱한 사람이라면 더 좋아요."

"……."

나는 지금도 Y교수님의 따뜻한 이 말을 잊을 수가 없다. 이처럼 봉사하는 희생적인 교수를……. Y교수님이 그리운 이유는 그 이후 Y교수님 같은 분을 보지도 못했고 만나지도 못했기 때문 같다. 그토록 험한 시절에 신은 왜 나에게 그토록 많은 인연과 사람들을 보내주셨는지 지금도 잘 모른다.

■: 결혼이 별거냐? 부부란?

나는 대학 시절에 많은 남학생들이 그러하듯 여학생들과 미팅을 했다. 그러나 마음에 드는 여성도 없었고 연애다운 연애는 단 한 번도 한 적이 없었다. 그래도 성당에서 만난 A라는 여성과 편지로 1년간 사귄 적이 있었는데, 그녀는 부산에서 살고 있었다. 우리가 만난 것은 한두 번 정도였고 모두 다 서신 교환뿐이었다. 모두 다 사랑에 대한 절절한 사연도 아니고 서로 안부와 겉도는 신앙에 대한 토론이나 건조한 철학적 이야기 정도였다. 그렇지만 한 달에 서너 통의 안부와 위로 편지는 나에게 큰 힘을 주었다.

나이가 어리고 서로 젊었기에 편지의 내용이 사소한데도 정이 무르익었다. 그리고 나 혼자서 그녀와 결혼하면 좋을 것 같아 어머니에게 말씀을 드렸더니 어머니는 단칼에 나의 요청을 베어버리셨다. 그뿐만 아니라 온갖 비난의 화살이 날아왔다.

"경상도 아가씨라고……? 너 평생 후회한다. 족보도 없는 경상도 쌍것들을 집에 들여놓으려는 너의 속셈이 무어냐?"

"그냥 좋아서요……."

"미친 놈! 좋으면 결혼한다고 누가 그러대? 집안도 보아야 하고 학벌도 좀 보고 말이다. 그나저나 어느 대학 무슨 과에 다닌대?"

"아! 참, 그것을 물어보지 못했네요. 그냥 수녀 된다고 하던데요."

"넌 진짜 미친놈이구나. 세상에 결혼할 사람의 학력과 집안도 모른다니……. 그냥……, 좋다?"

"……."

"이미 끝이 난 이야기네. 뭐, 수녀 된다면 수녀 되라고 해라."

"우리 집은 뭐 내놓을 것이 있나요? 부모님 모두 다 실업자이고, 형제는 사형제나 되고……?"

"뭐가 어째? 우리 집안이 뭐가 어때서……? 잘난 너희 아버지가 변호사를 했지만 유신 반대, 비상계엄 반대하다가 목 달아난 것 빼고 괜찮은 집안이야."

"결국 실업자잖아요!"

"……나는 모르겠다."

어머니는 눈물을 흘리며 허락을 해주지 않으셨고, 나는 마음속으로 엄청난 절망감에 빠져버렸다. 사실 부산에 사는 그녀와는 서신으로 결혼을 약속한 적도 없다. 그래서 어렴풋이 결혼에 성공할 수 없을 거라는 짐작은 하고 있었다. 영화 같은 연애는 아니고 연애 이야기를 아름답게 쓸 정도로 글 솜씨가 있는 것도 아닌 필자가 이런 글을 쓰다니 약간 우습다.

어찌되었든 그런 사건이 있고 사귄 지 1년 후, 잠자리는커녕 키스 한 번 해보지 못한 그녀로부터 전화가 왔다. 프랑스 봉쇄 수녀원에서 연락이 와서 가야 된다는 약간의 울음 섞인 목소리가 전부였다. 그것이 마지막 결별이었지만 나는 수많은 편지들을 결혼 후에도 간직하고 있었다. 24세의 청년의 가슴은 이별로 멍이 들었고, 그녀가 더 이상 한국 땅에 없다는 것을 생각하면 절로 눈물이 나오고 서글펐다. 가끔은 길을 가다가 그녀가 아닌 다른 여자인데도 뒷모습이 그녀를 닮아서 뒤를 밟아 스토커나 괴한으로 몰릴 만큼 애처롭고 괴로워했다.

그러나 그것도 세월이 약이라고 시간이 흐르니 점점 잊혔으나, 어머니의 말씀처럼 '연애도 아닌 연애'를 한 후 그 상처로 '이제는 사랑을 말자'라고 각오하고, 아무리 예쁜 여자라도 멀리했다. 그래서 대학병원에서 레지던트를 할 때까지 장가를 안 갔던 나에게 이번에는 어머니가 장가를 가라고 자꾸 여러 군데에 선을 보였다. 그러다 보니 선이 30번이 넘어버렸다.

"내년엔 네가 30세인데, 30세가 넘으면 여자나 남자 모두 다 주가가 떨어진다. 이번 한 번 더 선을 봐라."

"지금 바쁜데……, 알았어요."

"잘 생각했다. 이왕 이렇게 된 것 30번 넘겨버리자."

"……무슨 기록 세우나?"

이것이 모자간에 나눈 그 당시의 대화들이었다. 그리고 그 중 한 아가씨가 마음에 들어서 결혼을 하게 되었는데, 그분이 지금의 마누라이다. 서로가 서로를 잘 몰라서 서로의 재미있는 점들을 발견하면서 살아가는 것도 재미있었고, 자녀들이 태어나는 것도 재미있었다. 그녀가 자녀를 대하는 태도를 보고 여성의 모성애라는 것을 절절하게 배웠다. '남자는 돈만 벌어오면 되는데 여자들은 참 많은 일을 하는구나. 자식을 만들다니 대단하구나. 신의 선물이다.' 갓 태어난 아이들을 보고 느끼는 점이 한두 가지가 아니었다. 또한 출근할 때 아내는 도시락이나 떡을 싸주고 도시락 안에 '사랑한다'라는 편지를 넣어둔다거나 하는 사랑스러운 짓도 마다하지 않았다.

여성들은 33세나 40세의 남성들을 성숙한 남자라고 보면 곤란하다. 왜냐하면 남자의 사랑이란 그렇게 깊이가 있는 것이 아니기 때문이다. 아마 남자의 사랑을 표현한다면 사랑이라기보다는 '충성심 또는 충절감(sense of loyalty), 아내를 향한 최고의 의리' 정도일 것이다. 그러나 여자의 사랑은 '일부가 아닌 전부(all or nothing)'를 요구한다. 즉 남자는 충성만 있으면 살고 사랑이 없어도 살지만, 여자의 사랑은 깊고 무섭다는 점이다. '내 것'이 아니면 전부 쓰레기인 셈이다. 그래서 여성의 질투는 무섭고, 남자가 바람을 피우면 그 질투는 하늘을 찌른다.

33세가 되었던 어느 날 나는 습관적으로 평소에 존경하던 신부님과 수녀님, 선배와 스승, 남자와 여성 친구들, 성당에서 주고받았던 편지들을 서재에서 읽고 있었다. 물론 첫사랑이었던 A라는 여성의 편지도 포함되어 있었다. 그리고 옛 추억을 떠올리며 혼자서 싱글싱글 웃고 있었다. "참, 유치찬란이구만."이라고 하는데 아내가 갑자기 내 방을 습격했다. '거, 어지간하면(웬만하면) 옛날 애인 편지는 좀 없애지'라는 표정이었지만 아무 말도 없이 자기 방으로 가버린다. '도둑이 제 발 저리다'고 나는 아내에게 다가가서 여러 가지 이야기를 하는데 상당히 토라져 있었다. 나는 속없이 심심해서 과거를 회상하느라고 좀 읽는다고 말했다. 마누라는 '계속 읽어도 좋다'라는 말은 하지 않고 이불을 둘러쓰고 누워버린다. 화가 났다는 신호다. 그리고 내가 내 서재에서 가끔 그러한 회상을 즐긴다는 것도 알고 있었다. "여보, 그러지 말고 내 말 들어봐, 내가 바람을 피우는 것도 아니고 그 안에는 신부님이나 다른 남자친구들 편지도 많다고……? 좀 이해해주라.'라고 빌었는데도 아무 말이 없다. 그래서 나는 화가 나서 신부님과 수녀님, 남성과 여성 친구들, 성당 식구들, 선배와 스승 편지까지 모두 다 뒤뜰에 가서 불 질러 태워버렸다. 그런데 그러고 있는 내 모습이 처량하기도 하고 결혼이라는 것이 이렇게 냉혹한 것인가라는 생각에 눈가에 이슬이 맺혔다.

그 다음날 아내는 별일 없이 웃어주었다. 화가 풀린 것이다. 오늘날 나는 나의 젊은 날의 문학작품을 몽땅 태워버린 것을 엄청나게 후회하고 있다. 그때 그 편지들만 좀 남겨두었어도 오늘날 애쓰지 않고 글쓰기가 편할 텐데 말이다. '잘된 대목을 좀 베끼면 좋을 텐데……. 그때의 감정이나 감흥이 고스란히 남아 있을 텐데……. 성질이 급해서 남자들 편지까지 다 태웠네……. 여성 동지들 편지라도 조금 남겨둘 텐데…….'라는 후회들 말이다. 이런 것만 보아도 여성은 '일부가 아닌 전부(all or nothing)'이다. 아내가 여성을 대표하는 것도 아니고 다른 여자를 만나본 적도 없으니, 여성마다 다를 것이다. 그러니 여성 전부가 그렇다는 이야기는 아니니 해당사항이 없는 여성들은 이해하기 바란다. 어찌되었든 50세가 넘은 아내는 그때 왜 그랬냐고 물으면 여전히 대답이 없다. 단지 이렇게 말할 뿐이다.

"내가 말만 안 했지, 언제 태우라고 했었나?"

"표정은 말이 아니네……."

그러나 부부간의 사랑에 대한 실랑이나 질투보다 더 고귀한 것은 모성애다. 대부분의 남성들은 아이를 만들 뿐 아이를 기르는 것은 어머니여서 "높고 높은 하늘이라 말들 하지만 나는 높은 게 또 하나 있지

낳으시고 기르시는 어머님 은혜……, 진자리 마른자리……, 기르시니 ……."라고 표현한다. 세상일 중에 진리에 가까운 일이 별로 없지만 아마도 가장 진리에 가깝고 신에 가까운 사랑이 인간의 행위 중 모성애일 것이다. 물론 자식을 버리거나 학대 및 유기하는 소수가 존재하지만, 대부분은 모성애가 강렬하다. 신이 내린 모성애라는 은총은 감사할 만하다.

"언젠가 들은 이야기입니다만, 미국의 어느 젊은 어머니가 세 살 난 아기가 트럭에 치여 차바퀴에 다리가 깔린 모습을 보고는 미친 듯이 달려가서, 어디서 힘이 났는지 그 육중한 트럭을 번쩍 들어 아기를 구했다고 합니다. 그런데 아기를 끌어내고, 그 어머니가 손을 놓는 순간에 척추가 부러졌답니다. 참으로 어머니의 사랑이 어떠한지를 알 수 있습니다. (중략) 또 암컷 쥐 한 마리를 실험했는데, 며칠을 굶긴 뒤에 음식을 놓고 그 둘레에 불을 질렀답니다. 그렇지만 불이 무서워서 음식 근처에도 가지 않았답니다. 혹시나 하여 수컷을 그 자리에 두어보았으나 마찬가지였고, 새끼를 불 속에 던졌더니 그 즉시 구해내더랍니다. 우리 각자가 생각하여 보아도 어머니보다 더 크게, 더 변함없는 마음으로 자식을 사랑하는 사람은 없을 것입니다. 인간이든 동물이든 모성애는 위대합니다." (김수환 추기경, 『바보가 바보들에게: 모성애보다 더 큰 하느님의 사랑』, 2009).

부부는 남자의 충성심과 여성의 사랑으로 맺어진다. 아내는 주로 아이들을 양육하는 데 모성애를 발휘한다. 모성애는 신과 같은 사랑으로서 가장 신성시되는 훌륭한 희생이다. 모성애는 신의 성스러운 점과 가장 많이 닮아 있다. 결혼은 단점보다 장점이 더 많은 것 같다. 일본은 남성중심 사회라서 전쟁발발 국가이기도 하지만, 50대가 되어 늙고 병들면 여성으로부터 이혼당하는 황혼이혼 강국이다. 그리고 우리보다 선진국가여서 50대가 되어도 홀로 사는 처녀 할머니와 총각 할아버지가 많아 손자나 손녀가 없는 세대가 생기고 있다. 젊었을 때 결혼이 귀찮다며 홀로 세계여행을 하며 살고 자신의 세계에 빠진 '오타쿠'들이 늙은 것이다. 지독하게 외로운 사람들이다.

오타쿠란 초기에는 '애니메이션, SF영화 등 특정 취미·사물에는 깊은 관심을 가지고 있으나, 다른 분야의 지식이 부족하고 사교성이 결여된 인물'이라는 부정적인 뜻으로 쓰였다. 그러나 1990년대 이후부터 점차 의미가 확대되어, '특정 취미에 강한 사람', 단순 팬, 마니아 수준을 넘어선 '특정 분야의 전문가'라는 긍정적 의미를 포괄하게 되었다. 한국에는 '광狂' 이라는 단어가 있다. 오타쿠는 상대방 혹은 제 삼자의 집을 높여 부르는 '귀댁(お宅, おたく)'이라는 일본어에서 유래했다. 한국에서도 이 말이 변형되어 '오덕후'라고 불리며 유행하려고 한다. 즉 결혼은 하지 않고 낚시 광, 바둑 광, 골프 광, 세계여행 광 등으로 불리는 사람들을 말한다. '오타쿠'라는 일본 드라마가 있으며 일본에서도 오타쿠 족을 멸시한다.

"너희들은 남성과 오랫동안 연애는 하지 마라. 짧게는 괜찮다. 5년, 10년 하는 그런 연애는 하지 마라. 남성은 항상 새로운 것을 추구하고 새로운 여자를 만나고 싶어 하는 동물이고, 여성은 한 곳에 머물러 포근한 가정을 만들려는 특성이 있기 때문이다. 최소한 사랑하면 길어야 3년 안에 결혼을 해라. 왜냐하면 모든 것을 알아버린 수컷은 새로운, 더 멋진, 또는 섹시한 암컷을 찾으려고 하는 근성이 있기 때문이다.

남성은 사냥과 전쟁을 하기 위한 미천한 동물이다. 요즈음은 전투 대신에 사회에서 현실과 전투하여 가정에 돈을 가져온다. 그리고 옛 애인과 헤어졌다고 비관하지 마라. 왜냐하면 세상에는 멋진 남자가 얼마든지 있고 멋진 여자도 얼마든지 있기 때문이다."

"……."

두 처녀는 내 말을 경청하고 있었다.

"돈이 많고 적고는 보지 마라. 그러나 아이들을 양육할 수 있는 만큼은 벌어야 한다. 왜냐하면 결혼은 현실이기 때문이다. 내가 선을 30번을 보았다면, 너희들은 35번을 보아라. 그러다 보면 최소한 한 명은 괜찮은 놈이 걸릴 것이다. 만일 연애를 하고 있는데 남들이 보기에도 괜찮고 내가 보기에도 괜찮으면 그 남성을 놓쳐서는 안 된다. 놓치고 사랑한다는 말을 못 해도 바보다."

"……."

두 처녀는 내 말을 더욱 심각하게 경청하고 있었다.

"그런데 못 배우고 돈만 아는 놈은 반드시 근성을 보인다. 벤츠나 볼보 타고 다니는 똥대가리들과는 절대로 안 된다. 반드시 본성을 보인다. 똑바로 인생을 바라보고 올곧으며 정직한 사람과 살아야 한다. 그래도 행복할까 말까 한 것이 결혼 생활이다. 빵장사를 하더라도 대학원을 나온 놈이 더 낫다. 못 배우고 돈만 아는 놈은 반드시 근성을 보인다. 필수적인 것은 나만을 사랑해주고 위해주는 사람이어야 한다."

"……."

두 처녀는 내 말을 더욱 심각하게 듣고 고개를 끄덕인다. '나만을 사랑해주고 위해주는 사람'이라는 말에 처형과 마누라가 고개를 크게 끄덕인다.

"결혼은 지독한 현실이기에 남자는 강하고 착함을 동시에 가져야 한다. 강하기만 한 놈은 자신이 일류라면서 사회에 온갖 정열을 불태우면서 집안일이나 아이들 일을 등한시한다. 그래서 착하고 성실하며 강한 사람을 선택해야 한다. 결혼을 잘못하면 인생이 한 방에 날아간다. 또한 너희들은 너희들의 눈을 믿지 마라. 너희들 눈에 100점인 남성은 반드시 뒷조사를 하라. 왜냐하면 세상에 100점이란 없다. 단 70점 정도 되고, 부모들이 보기에 60점이면 된다. 너희들은 남성의 겉모습과 섹시함을 보지만, 부모들은 나이로 먹은 지혜가 있기에 그 남자가 사기꾼인가 짐승인가 또는 성실한 사람인가를 알 수 있기 때문이다. 아, 참! 한 가지 더! 아이들은 많이 낳아라. 신의 선물이다."

"예, 잘 알아들었어요. 이숙! 앞으로 선을 20번 이상 볼게요."

두 처녀란 나의 친척인데, 하나는 연애에 열중하는 내 딸이고, 하나는 연애에 실패한 조카였다. 그런데 내가 한 이야기가 가만히 생각해보니 나의 연애 사업을 망친 우리 어머니 말과 비슷하게 들리는 이유는 무엇일까? 나이 먹은 모양이다. 결혼이 별거냐? 사랑하면 하는 거지라고 할 걸 그랬나 하고 후회해본다. 나름대로 아버지로서 상당히 나는 말을 잘했다고 생각을 했다. 그 후 아내와 처형이 고개를 크게 끄덕거려서 더욱 자신감에 차 있었는데 아내가 하는 말이 더 걸작이다.

"나 어땠어?"

나는 칭찬을 받고 싶다는 마음에서 아내에게 물었다.

"완전히 영감 같은 소리를 하시는구만요."라고 아내가 말했다.

"뭐라고……, 영감 같다고?"

순간 나는 힘이 쭉 빠져버렸다. 그러나 부부란 살아 있는 동안 영원한 멋진 나의 편이자 동반자인 것이다. 결혼이 별거냐? 불행한 결혼 생활은 심각한 별것이 된다.

■ K신부님의 장기 기증과 나

옛날에 성당에 열심히 나갈 때의 일이다. 나는 나의 의지와 상관없이 부모님과 이름 모를 에이레 신부로부터 강제로 유아영세를 받았다. 그러니까 나는 내가 원해서 예수님을 선택한 사람이 아니다. 본당에서 어쩌다가 후배 되는 놈이 신부나 수녀가 될 때도 나는 내심 이렇게 말하곤 했다.

"미쳤구만! 미친놈이……."

나는 원래부터 사고방식이 긍정적이지만 냉소적인 사람이다. 요즈음은 나이 탓에 그런지 조금은 긍정적이 되었다. 젊은 남성이나 여성에게 있어서 순백의 웨딩드레스는 영원한 동경이다. 그러나 검은색의 제의를 입고 싶어 하는 일부 사람들이 신부나 수녀다. 필자가 보기에, 순백의 웨딩드레스에는 청초 무구의 이미지가 들어 있다면, 검은색은 남성적이며 충정과 충성 및 신의 색이다. 물론 종교적인 무슨 다른 의미가 있을 것이다. 다소 고집스러운 신에 대한 충성과 순결의 의미다.

그러나 기독교의 버진로드라는 이름에도 있는 것처럼, 서양에서 처녀는 신비한 영혼의 힘이 존재한다고 생각되었고 결혼하는 신부도 처녀가 선호되었다. 이런 연유에서 순결을 나타내기 위하여 흰 드레스를 입게 되었을 것이다. 또한 발까지 덮어버리는 드레스와 베일을 쓰고 장갑까지 끼는 것은 신 앞에서 맨 피부를 드러내지 않기 위한 신중함이다.

신부나 수녀도 마찬가지일 것이다. 검은색은 대개 죽음을 의미하여 죽을 때까지 순결과 청빈 및 믿음을 구하는 징표로 생각된다. 하지만 일반적으로 결혼하여 순결을 지키겠다는 여성들은 대부분 순결을 지키지만, 정신적으로는 남편의 봉급에 얽매이게 되고 경제적 책임을 떠안게 된다. 신부나 수녀도 신에 대한 의리, 책임, 헌신, 사회적 봉사, 기도, 사회적 지도자로서의 표상에 충실하지만 무거운 십자가만 남아서 영혼이 고갈되기도 한다. 그래서 우리들은 혼자 사는 성직자나 스님들을 존경한다. 그러한 길을 간다는 것만으로도 존경하는 것이다.

사제품을 받은 성직자, 신부(father)라고 부르는 이유는 사람들에게 영적 생명을 베풀어주며, 아버지처럼 신자들의 영혼을 지도하고 인도하기 때문이다. 내가 K신부님을 알게 된 것은 평소에 게으르고 신앙생활에 무심한 나에게 피정을 가라며 수녀 누나가 간곡히 부탁을 해서, 피정 센터 원장 신부를 소개시켜준 것이 발단이 되었다.

그때가 고등학교 시절이었다. 키는 작았지만 얼굴이 핸섬하고, 아주 점잖았지만 한편으로는 매우 따뜻하고 익살스러우며 유머러스하면서도 섬세하신 분이었다. 신부님과는 지금도 형과 동생처럼 지낸다. 고등학교 시절, K신부님에게 감명을 받은 것은 한두 가지가 아니었지만, 그 중에서도 우리 시대의 대개의 신부들이 냉정하고 논리적이며 권위적이고 율법적이었던 반면에, 그는 뜨거운 가슴을 지닌 젊고 다정한 신부라는 점이었다. 물론 지금은 연세가 칠순을 넘긴 할아버지이지만 그 당시엔 매우 젊고 존경받는 인물이었다. 시카고 대학을 졸업한 한국 신부로서, 우리 시대에 영어와 라틴어에 능통하기가 힘들었는데, 그는 1970년대에도 영어를 입에 달고 살 정도로 학식이 높았다. 그러나 아주 겸손했고 그의 강론은 매우 쉽고 유익하여 청중을 휘어잡는 힘이 있었으며, 달변가여서 광주광역시 가톨릭 신자들을 휘어잡았다. 요즈음의 유명인사와 비교한다면 법륜 스님이나 법정 스님의 강론 정도로 평가할 수 있겠는데, 불교 신자들에게는 실례가 될지도 모르겠다. 하여간 그 정도로 강론을 잘하셨다.

사춘기 시절에 K신부님에게 깜짝 놀란 것은 나같이 나이 어린 사람에게 매우 바쁜 신부님이 직접 전화를 해주신다는 점이었고, 전화 내용이 다른 신부들과 다르게 매우 싱겁고 소탈한 내용이라는 점도 놀랄 만했다. 그러나 막상 만나서 대화를 하게 되면 상당히 심오하고 깊었다.

"심심하다, 놀러 와라! 그러나 밤이 늦었으니 조심해서 오너라."

당시엔 철이 없고 나이도 젊어서 신부님이 부르면 가야 되는 줄 알고 낮에도 가고 밤에도 가고, 수도원에서 자고 다니기도 했었다. 내가 좋아서 가는 것인데, 남들은 내가 신앙심이 깊어서 그런 줄 알았을 것이다. 실은 놀러 가는 건데……. 지금 생각해보면 커다란 실례를 범한 것 같기도 하다. 또한 놀러갈 때마다 무언가 하나씩 배우고 오곤 했다.

1970년대라면 군사 독재 시절이었고, 경제적으로 모든 국민들이 매우 가난했던 시절이었으며, 일본 사회처럼 권위와 서열이 분명한 시절이었다. 그러나 당시 학생들은 서구에서 공부하고 돌아온 사람이나 교수들을 매우 존경하고 신문화를 배우려 했던 것 같다. 그래서 그런 것들이 우리에게 전달되어 우리에게 맞지 않는 문화와 지식뿐만 아니라, 원래 우리의 것마저 잃어버리고 사는지도 모르겠다. 어찌되었든 세계 여행을 통해서 알 수 있듯이 이제 로마는 로마에 있지 않고 세계 각처에 민주주의라는 모습으로 있다. 미국 역시 미국에 있지 않고 무차별적 자본주의를 한국인들이 더 많이 수용하여, 더 이상 미국이 미국에 있지 않고 한국에 있다. 그러면 한국은 어디에 있는가? 나도 모른다. 일본이나 중국 및 미국과 유럽 문화에 혼합되어 있을 것이다.

어찌되었든 당시에 K신부님에게 함께 기도하러 가거나 고해성사를 보러갈 때마다 놀라운 일들이 생겼다. K신부님은 나에게 항상 변함없는 다정함과 태도를 보여주셨는데, 그 당시의 신부들이 대단히 권위주의적인 것과는 매우 대조적이었다. 예를 들면 주교나 높은 사람들과 회의를 하다가도, 자신감이 없고 수줍음을 타고 무언가 멍청하게 보이는 나를 아무 스스럼없이 소개시키는 것이었다. 받아들이는 입장에서는 몹시 부담스럽기도 하지만, 반대로 자신감도 생기게 되었다.

'세상에 내가……, 세상에 내가……, 저렇게 높은 사람들과 함께하다니……?' '아이고, 갈 때마다 부담스럽구나.' 여러 가지 감정이 오갔지만 같은 형제라면 사실은 계급이 없어야 된다는 것이 더 맞을 것 같다. 스스로 존경하는 것과 계급 때문에 어쩔 수 없이 두려워한다는 것은 다르다. 성경은 이 세상의 어떠한 권위도 인정하지 않고 있다. 교황청도, 교황도, 신부도, 목사나 성직자도 인정하지 않는다. 인간이 만들어 낸 계급 구조 일 뿐이다. 성직자는 목동이고 우리는 양일뿐이다. 그러므로 집단 내의 신자들이 잘못을 범하면 작은 죄이지만, 성직자가 죄를 지으면 커다란 죄가 된다. 단지 하느님의 권위만 인정할 뿐이다.

그래서 이와 반대로 모든 것을 인정해버리는 것 또한 모든 것을 부정한다는 의미로 해석했다. 성경에 의한 모든 것을 수용하고 인정해버리는 K신부님의 태도가 맞다고 생각했고, 그 당시 괜찮은 사람들을 많이 알게 되었다. K신부님은 모든 것을 수용하고 포용하는 따스한 감정을 지닌 사람이었다. 내부적으로는 끊임없이 저항하는 반항아인지 아닌지는 모르지만 거의 완벽하게 수용적인 분이라는 것이 나와는 대조적이었다. 지금은 신부로서 퇴직하시고 대학교에 계시지만, 갈 때마다 가난한 학생들을 위해 장학금을 모은다든가, 가난한 대학생들에게 밥을 사주느라고 월급을 다 써버렸다든가 하는 K신부님의 성직자 생활은 지금도 이어지고 있다. 또한 장기 이식을 받은 나에게 신부님은 항상 건강을 걱정해주셨다.

　"김수환 추기경이 장기 기증한 후로 나도 바로 사후 장기 기증을 서약했다."라고 말씀하셨다.

　"신부님 연세가 칠십이 넘었는데 누가 써줄까?"라고 나는 되물었다.

　"내 나이가 어때서⋯⋯, 너나 나나 뭐 다 똑같지 않니? 그냥 이제부터 형님 동생 하는 거야⋯⋯."

　"⋯⋯."

　"농담이고, 뭐, 안 되면 대학병원 시체 해부용 연구용으로라도 써줄 것 같은데⋯⋯. 그리고 맹인이라면 내 눈이 비록 노안이라도 세상을 보여줄 수는 있잖아?" 하시는 것이었다. 그 말을 들은 것이 10년도 넘은 것 같은데 우리 부부는 아직도 장기 기증 서약을 못 하고 있었다. 그러나 아내는 수년 전부터 나에게 장기 기증 서약을 하고 싶다고 했다.

　"안 돼! 여보! 당신이 죽으면 묘라도 있어야 되고, 시체라도 있어야 돼! 아이들이 가서 인사할 묘는 있어야 될 것이 아닌가?"

나는 행동하는 지성인이 아닌, 확실히 비겁자였다.

"……."

그런데 내가 정말로 K신부님에게 놀란 것은 70세가 넘은 신부의 방을 본 이후였다. 어느 날 신부님이 자신의 방을 최초로 공개했다. 그가 신부를 그만두었으니 이제는 좀 사치를 부려도 되지 않을까 생각했는데 그것이 아니었다. 그리고 말로만 봉사한다고 하면서 집에 온갖 보물들을 가져다놓은 외국 신부들을 보았기에 보통의 봉사만 하고 계신 줄 알았다.

'세상에! 십자가 고상 하나와 성모상과 성경책과 의복 한두 벌이 그의 재산 전부라니……. 왼손이 하는 일을 오른손이 모르게 하시는구나!'

어렸을 때부터 우리 아버님은 의사에 대한 좋은 감정을 가지고 있었다. 변호사인 아버님의 친구들 중에 의사들이 좀 많으셨다. 그런데 1960년대의 의사들은 그 희소성 때문에 매우 존경을 받았고, 경제적으로도 풍족한지 어쩐지는 모르겠지만, 잘살았던 것 같다. 전후라서 의사들이 사회적인 봉사도 많이 했던 모양이다. 그리고 6. 25 이후에도 죽지 않고 생존하는 것을 보고 아버지는 나에게 이렇게 말씀하셨다.

"의사는 사회봉사도 할 수 있고, 부자는 아니더라도 밥은 먹고 살거나 살아가는 데는 지장이 없더라. 또한 아군이나 적군이 쳐들어와도 다 살려두는 것은 의사밖에 없더라. 너는 꼭 슈바이처 같은 의사가 되어라. 아니 슈바이처가 아니더라도 의사는 꼭 되라." 아버지의 말씀처럼 밥을 먹고 안전하게 사는 것이 의사라면 사실 의사가 아니어도 그러한 직업은 수도 없이 많을 것이다. 이제 와서 생각해보면 꼭 그런 이유로 의사가 된 것은 아니다. 아픈 사람들을 돌보는 것이 얼마나 많은 기쁨을 주는지 의사가 된 후에 알았기 때문이다. 더구나 다정하고 따뜻한 심성을 가진 겸손한 의사라면 얼마나 멋있겠는가? 그러나 그동안 살아온 의사로서의 생활은 상당히 소극적이고 게을리 살아온 듯하다.

'……무슨 놈의 의사? 나는 재벌은 아니더라도 돈을 많이 벌거나 사람들을 지배하는 검사가 될 거야.' 아버지가 하도 엄격해서 말도 꺼내지 못하고 나는 나의 야망을 내 마음속에 감춰두었다.

그 당시 슈바이처는 알고 있었지만, 이태석 신부, 유의배 신부가 또 나올지는 꿈에도 몰랐다. 이태석 봉사 상을 수상한 유의배(69세, Uribe Luis Maria) 신부는 33년째 한국에서 한센인을 돌봐온 '한센인의 친구'다. 또 그 유명한 이태석 신부의 뜻을 기린 2세가 나온 것이다. 나는 기독교 계통의 월급쟁이 의사 생활을 하면서 10년 동안 대우와 학대를 동시에 받았다. 그리고 그들이 가진 자본주의적 사고방식을 늘 증오했다. 하지만 고 봉급을 타고, 그러한 고 봉급은 마누라와 자식들의 교육에 쓰였다.

흔히 가정에 있는 여자들은 죄가 없다고 말하지만, 돈을 많이 가져다주면 아내의 얼굴의 표정이 달라지는데, 그것을 극복을 하고 사회에 돈을 내놓거나 무료 봉사를 한다는 것은 무책임하거나 매우 용감한 남자다. 즉 여자는 가장 많은 범죄를 불러오는 오리지널이다. 물론 부부 모두가 사회봉사를 한다든지 장기 기증을 동시에 하는 경우도 많다. 그러나 대부분은 전자 쪽이다. 집에 남편이 돈을 많이 벌어다 주는데 마다할 아내는 없다는 것이다. 또한 경제적 궁핍은 이혼 사유가 되는 실정이다. 이런 것들이 사회봉사를 방해한다고 귀찮아서 성직자는 혼자 사는 것이다.

"아! 신부님은 자신을 위해서는 한 푼도 안 쓰시는구나. 더구나 장기 기증까지 하셨다니……. 나는 이 사회를 위해 무슨 일을 했나?"라고 신부님에게 말하면 신부님은 이렇게 말씀하셨다.

"의사가 환자를 열심히 보는 것만으로도 사회봉사이고 남을 살리는 것 자체가 사회봉사야."

"그게 아닌 것 같은데……."

"바보야! 그게 봉사라니까……."

"……."

그 후 망설이던 사후 장기 기증과 각막 기증을 서약했다. 그러고 나서 '무슨 대단한 일'을 한 것 같은 자기도취에 빠졌다. '그런데 장기 기증자가 우리나라에 몇 명이나 될까?' 하는 궁금증이 생겨 인터넷을 뒤져보니 100만 명이 넘었다고 되어 있었다. "하여간 부동산투기나 장기 기증 같은 것은 김수환 추기경처럼 발이 빨라야 돼!" 하고 나는 중얼거렸다. 그러나 오천만 중에 백만이라면 자랑할 법도 하다는 생각으로 위안을 삼았다. 2013년 말에 장기 기증을 하고 새해를 맞이하니 마음이 한결 가볍다. 슈바이처는 못 되었지만 백만 명 속에 함께하고 있다는 안도감을 느끼며……. 마치 일류 학교라도 합격한 것 같기도 하고 마음도 부자가 된 듯했다. 모두 다 친구 따라 강남 간다고, K신부님의 장기 기증과 나와의 관계에서 비롯된 일이다. 사랑은 관계를 맺고 증폭되기 마련이다. 나의 꿈은 여전히 성자나 슈바이처가 아니다. 하지만 사람이 태어날 때는 주먹을 쥐고 태어나지만 죽는 순간에 손을 편다고

들 한다. 나이가 들어도 주먹을 계속 쥐고 있으려는 내 자신이 한심할 뿐이다.

■ 세비야(Sevilla)의 천사

스페인 네르하에 위치한 유럽의 발코니(Balcón de Europa, Nerja).
집시들의 절대 고독이 숨 쉰다는 플라멩코 춤을 추는 집시 부부(?), 후방에 보이는 유럽 여행객들은 백발이었다. 무용수가 더 고독할까? 죽음을 앞둔 관객들일까 하는 생각을 했다.

'오! 스페인이여! 서양과 인도 사이에 펼쳐져있는 모든 나라 중에서 가장 아름다운 너는 분명 여왕이다. 그 증거로 너를 통해서 동양과 서양은 빛을 받는다(세비야 성인, 산 이시도르).'

스페인에 대한 인상은 한 장면 한 장면 모두 영화 속의 한 폭의 그림이어서 예술의 도시라는 말이 저절로 떠오른다.

2014년 3월에 드디어 나는 그동안 가고 싶었던 스페인 남부 안달루시아 지방에 가게 되었다. 마드리드(Madrid)나 바르셀로나(Barcelona) 같은 복잡한 도시에 가지 않고 세비야(Sevilla), 말라가(Malaga), 네르하(Nerja), 영국령 지브롤터(Gibraltar), 핀란드 헬싱키(Helsinki) 등 여러 시골지역을 자동차로 돌았다.

말이 시골이지 도회지들이고 아름답기 그지없고 우리나라의 어지간한 도시 보다 더욱 크고 장엄하다. 더구나 특징적인 것은 남북한 영토 2.5배의 크기와 인구 약 4900만 이상의 나라가 대부분 산과 푸른 들판과 어마하게 깊은 협곡으로 구성되어 있고 물이 귀한 나라였다. 자동차를 골프 2.0을 빌려서 2,800km 정도를 달렸고 하루에 6시간씩 운전했고 10일을 달렸다. 운전 중 한번은 신호기 작동 위반에 걸려서 800유로를 내라고 해서 스페인어를 잘 몰라서 대충 영어로 '자동차를 금방 빌렸고 사용법을 숙지 중이었고 그러다 보니 이것저것 만져서 그랬다. 미안하게 됐으니 한번 보아 달라'고 대충 얼버무려서 피해갔다. 하지만 경찰은 '자동차를 빌릴 때는 사용법을 반드시 숙지해야 되고 여러 가지 조작 방법을 완전히 교육을 받고 빌려라. 운 좋은 줄 아시오. 속도위반은 300유로, 방금 같이 이것저것 누르면서 달리면 800유로인데 외국인이라서 그냥 보내준다.'라고 했다. 그 경찰관은 내가 만난 스페인 사람 중 유일하게 영어를 할 줄 아는 사람이었다. 스페인의 시골은 호텔 매니저를 제외하고 대부분 영어를 하지 못한다.

사실은 스페인 사람들도 자동차 전용도로에서 경찰이 보이지 않는 곳에서 150km로 달렸고, 나 역시 그 사람들이 그렇게 하기에 150km

은 아니지만 130km정도는 달렸다. 규정 속도는 60~120km으로 다양했다. 그런데 어떤 구간에 경찰이 서있는 경우에 '속도를 줄이라'는 표시로 우리나라처럼 스페인 사람들이 헤드라이트 빛을 쏴주는 것이었다. 그것을 보고 있던 아내가 감사의 인사로 '당신도 헤드라이트 빛을 쏴주라!'고 했다.

"여보, 경찰이 있다고 당신도 헤드라이트를 켜줘요."

"알았어." 하면서 헤드라이트를 찾는데 외제차는 처음 운전을 하는지라 헤드라이트가 우리 국산차처럼 똑같이 핸들에 붙어있는 줄 알고 이것저것 누르다가 좌회전, 우회전 깜빡이를 이것저것 누른 것이었다. 그래서 경찰이 호출한 것이었다. 나중에 알고 보니 골프 자동차는 헤드라이트와 안개등 및 여러 가지 등의 스위치가 핸들이 아닌 좌편 자동차 보드에 따로 진열되어 있었던 것이었다. 그런데 신호등 깜박이를 켜는 것이 벌금 800유로면 엄청나게 많다는 생각밖에 들지 않았다.

여행자마다 다르겠지만 어떤 사람은 바르셀로나에 있는 가우디(An-tonio Gaudi y Cornet) 의 사그라다 파밀리아 성당(La Sagrada Familia)을 보고 두고두고 이야기하며 어떤 사람은 세계에서 세 번째로 크다는 세비야 대성당(Sevilla Cathedral)을 두고두고 이야기한다. 히랄다 탑(Torre de la Giralda)이 있는 세비야 대성당은 어쩌나 큰지 자세히 보려면 서너 시간은 족히 걸리며 이 모퉁이에 반대편 끝까지 가는데 한 시간은 걸린다. 그리고 미로 같이 구성되어 동반자를 잃어버리기도 할 것 같았다. 스페인 사람들은 이탈리아인처럼 한국인과 성격이 비슷하다. 스페인은 이슬람의 지배, 이태리의 지배, 프랑스의 간섭과 영향같은 비극적인 역사가 많았고 끊임없는 전투가 있었다고 한다. 우리보다 훨씬 더 정열적이고 친절하며 낙천적이라는 점만 빼면 비슷하다. 사기성도 좀 있다.

물가는 핀란드 헬싱키가 가장 비싸고 그나마 스페인이 조금 더 싼데 물 값이 우리나라에서 500ml 한통에 500원~700원 정도면 스페인 슈퍼에서 사는 물이 1.3유로(약 2000원) 정도이다. 1유로는 1500원 정도이다. 전체적으로 보면 전기세, 수도세, 버스비, 택시비, 의료비, 철도 요금 등 우리나라에 비해 엄청나게 비싸다. 세금에 대해 언급하자면, EU국가들은 세금이 국민소득의 대략 45%이상이고 자동차 규칙 위반 벌금도 차종과 부자에게 더 많이 걷어내는 차등 부과 법을 적용하기도 하며 대부분 사회 복지에 사용된다.

어디선가 들은 이야기지만, 이태리 공항에서 내려 담배를 잘못 피우다 걸리면 150만 원에 해당하는 벌금, 노출이 심한 옷을 입어도 벌금, 신발로 소리를 내어도 벌금, 기차표에 펀치를 하지 않아도 벌금을 부과하기도 한단다. 우리나라 사람들이 '돈(money)불리스 돈불리제'라고 비웃는 '노블리스 오블리제(noblesse oblige)'를 신분과 재산에 따라 누진시키는 세금으로 하는 것이다. EU의 일부국가는 신분과 재산에 따른 차등 벌과금제가 있다. 외국인이나 내국인이건 끝까지 받아낸다고 한다. 내지 않으면 카드회사에 연락하여 두 배로 가져간다고 한다. 세상이 돈으로 되지 않는다는 것을 여지없이 보여준다. 일본은 교육과 국민성으로, 유럽은 세금과 벌과금으로 교통·질서를 비롯한 여러 질서가 유지되는 듯하였다.

코르도바 산타마리아 성당(Mezquita, Cathedral de Santa Maria de Cordoba). 이 성당의 기초는 이슬람 양식이며 내부는 가톨릭(고딕) 양식으로 되어 있다. 스페인의 안달루시아 지역을 여행하다 보면 규모에 감탄도 하지만, 이슬람과 가톨릭의 조화를 통해 무언가 엄청난 사랑을 느끼게 했다. 스페인 전 지역에 이슬람 사원과 성당이 항상 함께 존재했다. 그들이 EU(European Union)를 결성한 것이 경제적인 이유도 있었겠지만, 여러 전쟁과 스페인 내전과 같은 엄청난 출혈 후에 이러한 종교적인 화해라는 기본 사상이 있었기에 가능한 것이 아니었을까 싶다. 왜 우리에겐 AU(Asian Union)이 없을까 하는 생각이 들었다. 기어이 피를 본 후에 이런 멋진 사진이 나올까 두려워졌다. 일본과 북한은 절대 가입하지 않을 것이다.

EU국가들은 사회주의를 겸한 민주주의로 실업자가 되면 바로 봉급의 60%가 지급된다고 한다. 그래서 실업자로 살려면 유럽이나 독일로 이민을 가면 된다. 그러나 이민 정책은 미국과 캐나다에 비해 유럽은 폐쇄적이고 더 어렵다. 때문에 미국과 달리 경제 대국이 아닌 EU는 역사와 관광도시로 머물지도 모른다. 대신에 과거처럼 서로 싸우지는 않을 것이다. 부의 재분배가 이루어지는 대신에 생산성 향상을 저해한다.

세비야(Sevilla)는 매우 매력적인 도시여서 계속 머물고 싶은 도시였다. 스페인의 어느 지역 못지않게 매우 아름답고 조밀 조밀하다. 세비야 대성당 같이 커다란 건물이 있는 반면에 도로가 매우 좁은 형태와 큰길로 이루어져있어 우리나라 통영처럼 아름답고 보다 더 복잡했다. 조그마한 길들은 금방 지나친 길도 금방 잊어 먹을 만큼 꼬불꼬불하다. 현대식 건물과 오래된 고딕 양식의 건축물의 집합체들이다.

우리나라처럼 한옥마을들을 군대식으로 지어 버린다거나, 아파트를 몽땅 배열해버리는 그런 건축이 있는 도시가 아니었다. 구 건물과 신 건물들이 아름다운 조화를 이루고 있다. 항상 어디를 가도 이슬람 교회, 성당, 유대인 거리 같은 종교가 상이한 것들이 즐비하다. 유적지들은 마치 과거의 전쟁이라는 상흔을 보여주듯 웅대하고 장엄한 성채같이 생겼다. 성당이나 교회라기보다는 하나의 커다란 성같이 보였다. 그리고 성당 앞에는 카페, 술집, 집시, 연회, 퍼포먼스, 축제의 장이다. 대화하고, 피우고, 놀고, 마시는 것이었다.

세비야의 좁은 거리
일본이나 유럽의 선진국 사람들이 소형차를 가지고 다니는 이유는 경제적인 이유가 아니라 구 도로를 살리면서 도시 건축을 하기에 도로가 좁고 미로 같기 때문이다.

스페인의 영토는 이베리아 반도의 85%를 차지하며 북부는 피레네 산맥이 있고 안달루시아 지방은 과달키비르(Guadalquivir) 강이 흐르고 비옥하여 오렌지, 포도, 올리브 등을 생산하며, 그 이외에 50개주로 이루어진 커다란 땅이다. 우리와 비슷한 점은 스페인 내전이라는 가슴 아픈 전쟁이 있다. 프란시스코 플랑코 총통과 가톨릭교회 및 팔랑헤당이라는 파시스트집단과 소련을 중심으로 한 국제 여단간의 싸움(반파시스트)이었는데 프랑코가 모로코에서 쿠데타를 일으켜 스페인 내전까지 불러 일으켜 승리하였다. 프랑코는 1975년 사망 시까지 좌파 노동자, 지식인, 농민 같은 공화파와 공산주의 세력을 탄압했다.

이른바 국가 보안법으로 플랑코 총통에 의해 2만 8천 명이 학살당했고, 그 이외에 수십만 명이 투옥, 고문, 강제 노동에 동원되었다. 경찰이나 군인의 폭력은 초법적이었다고 한다. 스페인 내전은 1939년에 끝났는데 2차 대전이 바로 발발하여 눈에 보이지 않는 잔인무도한 초법적인 지식인들의 구속, 감금, 사형 등이 지속된다. 우리와 유사한 가슴 아픈 역사를 가지고 있었다. 1939년 이후에, 공산주의와 연합군의 싸움인 2차 대전이 1939년에 독일이 폴란드를 침공함으로 시작되어 좌파와 우파의 싸움처럼 보이게 되었다. 스페인 내전은 성격을 정의하기가 혼란스러웠다. 전라도 말로 '뭔(무슨) 말이 뭔(무슨) 말인지 모를 역사처럼 혼란스럽다.

그렇다고 해서 이 싸움이 스페인의 파시스트와 소련의 싸움으로 볼수는 없다. 그 이유가 한 나라의 내전에 세계의 지성인들이 개인 자격으로 참전하여 국제 여단을 만들고 불의에 항거한 전쟁은 스페인 내전밖에 없다. 그래서 스페인 내전은 인류 양심의 전쟁이라 부른다. 100

만 명에 가까운 사람들이 죽었다. 스페인 내전에 참전한 지성인들은 조지 오엘, 피카소, 헤밍웨이, 앙드레 말로 등이다. 1975년까지 독재가 진행된 유일한 유럽국가여서 그런지 경찰들이 상당히 권위적이다. 세상에 이렇게 복잡한 나라도 있을까? 우리나라만큼 복잡한 역사를 가지고 있었다. 유럽에서 뒤떨어진 나라 중 하나인데 관광 수입으로 인해 최근 흑자를 낸다고 한다.

"차를 여기에 파킹을 하고 이제 세비야를 볼까?"

"세비야 대성당에 꼭 가고 싶었어요. 여기 까지 와서 미사도 보고 영적인 기도도 할 거야. 여보, 고마워요."

"뭐가 고마워."

"이렇게 멀리 올 수 있다는 것이 정말 고마운 일이지요."

"……."

우리는 세비야의 누에보 광장, 알카사르, 세비야 대성당을 보려고 세비야의 좁은 거리를 걸어가면서 이런 저런 이야기들을 하면서 상쾌한 기분으로 걷고 있었다. 날씨는 화창하였고 스페인은 자유분방한 분위기였다. 길거리에서 한 남자가 은색의 페인트칠을 한 의복을 입고 퍼포먼스를 하고 있거나, 일본과 다르게 길거리에서 담배를 피우는 사람, 그룹 댄스를 하는 사람, 기타리스트들이 모여 여가수를 중심에 놓고 열창하는 가수들, 집시들 등으로 거리 자체가 하나의 커다란 축제의 무대 같았다.

이러한 영화나 꿈같은 배경 속을 거닐고, 세비야 대성당과 히랄다 탑을 보고, 스페인의 맛있는 파에야(paella)와 여러 가지 이름 모를 음식을 먹었다.

"이제 슬슬 가 볼까?"

"그럽시다."

나는 우리 차를 세워 놓은 곳을 향하여 열심히 걸었다. 다른 것은 몰라도 의대 시절의 무수한 시험과 교과서 암기 훈련을 통해서 최소한 나의 기억력에는 자신이 있었다. 그래서 엘 꼬르테 잉글레스(el corte ingles) 백화점 근방에 있는 공용 주차장을 향했다. 유대인 거리와 산타크루즈 거리의 좁은 골목에서 술과 안주를 먹는 사람들과 세계 각지에서 몰려든 수염이 길거나 유대인 모자를 쓴 사람과 맹도견이나 개를 끌고 다니는 여인들을 보며 즐겁게 걸었다.

30분 즈음 걸었을까……. 날은 저물어 가고 말라가의 숙소를 가려면 네 시간 이상 소요되어 차가 필요한데 주차장은 보이지 않았다. 거기까지는 그런대로 걸을 만 하였다. 좁은 골목이 미로같이 생겨서 다시 한 시간을 헤매었더니 초조해지기 시작했다. 지중해의 강렬한 태양을 받으며 가벼운 발걸음으로 시작한 여정이 나중에 무거운 발걸음으로 변하게 될지 그때까지 예측을 못했다.

'못 찾을 것 같은데……'라는 생각이 들기 시작할 때 아내의 얼굴이 점점 어두워졌다. 세비야의 골목은 그 길이 그길 같은 미로였다.

"찾지 못할 것 같으면 다른 사람에게 물어 봅시다."

"그렇게 합시다." 그래서 스페인 사람들에게 영어와 스페인어를 섞어서 물어물어 왔는데 2시간 전에 보았던 대성당과 알카사르가 또 나와 버려 당혹스러웠다. 두 번이나 그랬다. 우리는 그때부터 완전히 전신에 힘이 빠지고 머리가 멍해졌다. 마치 우리는 이슬람의 둥그런 문형과 불교의 만다라가 닮은 것처럼 만다라 놀이를 하고 있었다. 세비야 대성당으로 가는 중엔 세비야 시내의 똑같은 곳을 자동차로도 계속 돌았고, 걸어서도 계속 돌고 있는 중이었다. 이것이 세비야의 매력이지만 점점 무서워 졌다. 삼국지의 제갈 량의 꾀에 넘어가는 장면이 연상되었다.

그때 얼굴이 가름하고 날씬한 동양여성이 길을 걷고 있었다. 아내는 20대의 한국 여성 같다며 다가가더니 '한국인이 아니냐?'고 묻더니 반갑다면서 길을 묻기 시작했다. 이역만리에서 한국인 끼리 만나니 반갑기도 하고 마음이 편해졌다. 아가씨는 요즈음 보기 드문 매우 착하고 친절한 아가씨였다. 얼마나 친절하던지 뭐라고 감사드려야 할지 모를 정도로 친절했다. 나는 우리 딸도 저렇게 친절할까라는 생각이 들었다.

그런데 그녀 역시 스페인어 실력이 나와 비슷한 초보여서 스페인 사람에게 물어보고 또 물어보고 하면서 당혹스러워 했다. 그러나 그녀와 나의 차이점은 그녀가 배낭여행의 고수처럼 보였고 지나가는 사람들이 스페인 현지 사람인지 아닌지를 금방 구분하는 능력이 있었다. 또 한 가지 장점은 컴맹인 나에 비해서 스마트폰의 구글 검색을 엄청나게 잘하는 것이었다. 하지만 멍청한 우리가 공용 주차장 이름을 적어 놓지 않았다는 점이다.

'세상에 이런 멍청한 치매영감이 되다니⋯⋯.'라고 나는 중얼거렸고 자괴감과 자책감이 밀려왔다. 아가씨와 함께 30분 정도 헤매니 미안한 감정이 밀려들었다.

"아가씨도 귀한 시간에 관광을 해야 할 텐데⋯⋯."

"아니에요, 저는 어제 도착해서 하룻밤 자고 숙소가 이 근처여서 괜찮아요. 부모님 같은 분들이신데 괜찮아요. 그리고 저도 세비야가 처음이라서 오전 내내 헤맸어요. 저는 내일부터 관광하면 되요. 오늘은 어차피 거리를 좀 숙지하는 것이 목적이에요."

'정말 착한 아이구나. 자신의 일도 있을 텐데……'라고 생각했다. 잘생긴 스페인 남성들에게 스마트폰을 주며 아내가 찍었던 사진들을 보여 주며 '여기가 어디냐고' 묻기를 수차례 반복을 하니 30~40분이 훌쩍 넘어갔다.

"고향이 어디야?" 나는 그 아가씨에 대해 무척 궁금해졌다. '요즈음 보기 드문 마음이 고운 아이구나.'라는 생각이 들어 이것저것 묻고 싶어졌다. 그러나 갈 길이 바빠서 서로 자초지종 여러 이야기를 할 시간적 여유가 없었다.

"강원도예요."

'강원도 사람들은 일반적으로 정도 많고 착한데……'라고 속으로 중얼거려 보았다.

"어떻게 해서 이렇게 멀리 여행을 왔어요?"라고 아내가 물었다.

"회사에 사표를 내고 쉴 겸해서 유럽 여행을 하고 있는 중이에요."

'어떤 돈 많은 사장이 잘랐구나……. 임시직이나 쓰다가……. 나쁜 놈들…….' 하는 생각이 들었다. 그녀는 열심히 스마트폰의 구글 맵을 보고 있다가 또 스페인 아저씨에게 물었다.

"이분들이 여기에 가고 싶어 하시는데 어떻게 가야 되지요?"

"아하! 일본 사람들 글이네……. 모시모시?" 아저씨가 스마트폰의 한글을 보며 웃으며 고개를 흔들자 아가씨는 다시 영어로 바꾸어서 물어보는 모습이 안타까웠다. 스페인 사람들은 대체로 우리나라 사람들과 비슷한데 강원도 시골 사람들처럼 착하다. 가끔은 이상한 사기꾼 같은 사람들도 있지만 대개는 착했다. 빈민층은 그럴 수밖에 없다고 이해를 한다.

"아하 여기! 알지! calle ×××. boris······ 같은데······ 엘 꼬르테 잉글레스(el corte ingles) 백화점 근방이야. 따라 오세요."라고 하더니 한참을 가더니 잘 모르겠다고 하여 아가씨는 또 다른 사람에게 묻는다. 시간이 너무 많이 지체되었다. 일본에만 친절한 사람들이 있는 줄 알았는데 한국의 젊은 여성들도 친절하고 강하다는 생각과 함께 너무 미안해서 나도 모르게 아가씨에게 '아가씨! 이러지 말고 각자 헤어져서 자기 할 일을 하는 것이 어떠냐?'고 물어 보았다. 이름 모를 친절한 아가씨는 당황하는 빛이 역력했고 아내도 깜짝 놀란 모양이다.

"당신은 남의 친절을 그렇게 거절하다니 매정해요."

'내가 실수했구나. 난 항상 남의 신세를 지지 않으려고 하는 성격 급한 거절증 환자인 모양이다.'라는 생각이 스쳐갔다. 어려서부터 누군가에게 신세를 지면 미안한 생각 때문에 불편해 하곤 했다. 나는 감사의 표시나 안정감을 얻는 것이 아니라 그 반대로 거절을 하곤 했다. 그 이유는 일본에서 교육 받은 아버지 탓도 있고, 의사들의 매정한 수련태도와 교육과정, 죽음 앞에서 눈물을 흘리는 모습을 보이면 안 된다는 선배들의 교육, 냉정한 군사 교육의 모든 잔재가 내 몸속에 녹아 있는 탓일 거시다는 생각이 들었다. 내가 불쑥 뱉어버린 말에 후회를 해본다.

세비야의 저녁은 매우 아름다웠지만, 세비야의 대성당과 여러 관광지 보다 더 아름다운 것은 바로 '사람'이었다. 또 30분이 흘렀을 때 백발이 성성한 스페인 노인을 만났다.

"아하! 그 공용 주차장 내가 알지, 같이 가세."하시면서 길을 안내하여 우리는 겨우 공용 주차장을 찾았을 때에 해가 지고 있었다.

"아가씨! 고마워서 어쩌나? 같이 식사라도 할까?"

"아니요, 당연히 할 일을 했을 뿐인데요."라며 우리 부부의 식사 초대를 정중히 거절하고 '저는 세비야의 야경을 보러 갈 거예요.'라고 사라졌다.

아들이 있었다면 싫어할지 좋아할지 모르지만 소개해주거나, 며느리로 삼고 싶을 만큼 착한 아가씨였다. 나는 그 이름 모를 강원도 아가씨로부터 진한 감동을 받았다. 성모 마리아와 예수님만큼 착한 그 아가씨를 통해서 한국인의 아름다움을 보았다. 아마도 길을 잃고 헤매는 우리 부부에게 신이 천사를 보내 준 것 같았다. 우리가 말라가(Malaga)에 있는 숙소에 도착한 시간은 밤 12시경이었다.

나이가 들수록 착한 사람들을 만나면 더욱 많은 감동이 밀려오는 이유는 무엇일까? 나이가 먹으면 빨리 죽을 테니까…… 아마도 동행하고 함께하는 시간이 짧다는 것을 알기에…… 새로운 친구와 사귀는 것도 어려워지고 새로운 동행도 할 수 없을 테니까…… 새롭게 사귀는 능력이 떨어지니까…… 죽으면 함께 하고 싶어도 함께 할 수 없으니까…… 서로 사랑하고 아껴줄 수 없으니까…… 더욱 그러할 것이다. 그렇다고 다시 젊은 날의 격렬함으로 돌아가고 싶지는 않다. 너무 힘들었으니까…… 지금 현재에도 매사가 감사하게 느껴지고 고맙기만 하다.

가난하지만 우리 보다 부자인 스페인에서 감명을 받은 것은 세비야의 성당, 커다란 중국의 장가계 만큼 웅장한 론다의 누에보 다리, 이슬람 사원인 알카사르도 아니었다. 바로 친절하고 아름다운 사람들이었다. 우리에게 부족한 정신적 풍요와 사회 복지로 인한 여유가 있었다. 자동차가 항상 사람에게 길을 양보하는 교통 규칙을 비롯한 여러 풍습과 자유로움과 친절한 인간 존중 사상이 있었다. 유럽은 과도한 세금을 내는 사회주의적 민주주의로 인해 미국이나 일본처럼 분명 경제대국이 되지는 못할 것이다. 역사와 유적 및 관광의 도시일 뿐이다! 그러나, 휴머니즘이 살아 있는 아름다운 인간들! 바로 그것이었다. 마음이 고운 강원도 아가씨와 더불어, 신보다 사람을 더 우선시하는 서양 사람들이었다. 이것이 내가 본 스페인의 피상적인 일부였다.

글을 끝내면서

전도서 1장을 보면 다음과 같은 글귀가 있다.

"이미 있던 것이 후에 다시 있겠고 이미 한 일을 후에 다시 할지라 ……. 해 아래는 새 것이 없나니."라는 글귀이다. 아무리 새로운 일과 새로운 지혜가 있더라도, 그것은 인간의 욕망이라는 허상이라는 이야 기다. 즉 이 세상에 새로운 것은 아무것도 없다는 것을 명확히 하는 구절이다. 굉장히 무섭고 두려운 말이다.

아무리 새로운 일과 새로운 지혜가 있더라도 그것은 인간의 욕망이 만든 허상이라는 이야기다. 즉 이 세상에 새로운 것은 아무것도 없다 는 것을 명확히 하는 구절이다. 우리들이 새롭다고 하는 것들은 신이 보시기에 모두 위선과 망상이라는 것이다. 사실 새롭다는 이야기는 정 치가나 정치적인 기업가들이 선전용으로 가장 많이 쓰는 단어였다. 이 와 동시에 사용하는 단어가 마음에도 없는 생산성 향상을 위한 '긍정 과 사랑'이라는 용어들이었다.

우선, 대학이 세계화의 경쟁의 체재를 도입함에 따라 상업화되어 버 렸다. 엘리트를 양산하는 대학은 백화점이 아닌데도 백화점 역할을 한 다. 그 결과 학생들이 교수라는 권위를 무시하기 시작했다. 즉 '학생을 손님처럼 모시기'라는 전략은 교수들이 아이들을 올바른 길로 인도하

285

고 지도하는 입장에서 '학생 모시기의 종업원'이 되어 버린 것이다. 리더를 해야 할 입장에서 종업원이 되어 버린 것이다. 결국 가장 권위 있고 신성하며 사회의 도덕을 지켜야하는 대학이 이익이나 실적이 없으면 교수마저 언제든지 버린다는 기업정신을 물려받은 것이다. 경영과 학문이 별개라고 주장하는 것은 아니다. 단지 지나치게 경영에 치우치면 대학은 권위와 도덕의 기능을 버리게 되고, 지나치게 학문적이면 대학이 경영을 무시하게 된다는 점을 지적하는 것이다. 이는 앞으로도 그러하고 현재도 그러하지만 인간의 도덕과 윤리적인 고결함을 무시하게 될 것이다. 미국 같은 선진국은 총장을 경제에 밝은 외부 인사를 외부에서 초빙하여 경영하게 한다. 대학은 우리 사회의 리더와 멘토를 생산하는 곳이다. 교수가 학원 선생처럼 권위가 없다면 멘토 역시 될 수 없다.

두 번째로 기업에 대해서 이야기하자면, 워렌 버핏은 '버핏세'로 불리는 제도 개선 활동을 했는데 자신이 부자이면서도, 스스로가 억만장자인데도, 부자들에게 더욱 많은 세금을 물려야 한다고 했고 빌 게이츠는 스스로 사회에 수많은 돈을 기부하였다. 그런 사람이 별로 없는 이 나라에 백화점에 가서 물건을 사주면 그것이 바로 사랑이고, 기업들이 돈을 벌어들이면 사랑이고 돈을 벌지 못하면 왜 증오가 되었을까? 과거와 달리 현대사회의 사랑은 화학적 반응이고, 돈이 되어버렸다. 왜 사랑까지 가져다 팔아먹을까?

그냥 사랑은 사랑일 뿐인 것이고 부정이 있으면 긍정이 있을 뿐이라는 것이 오히려 사실이다. 세계화시대를 거치면서 우리는 인간의 기본성과 윤리를 상실하고 있으며 모든 것을 기업처럼 시장사회를 만들어버렸다. 기업들은 신이 내린 '사랑'마저 상업화시키는데 성공했고 대학도 기업정신을 받아들였다. 하지만 사랑은 기업이나 긍정 학자들이 말하는 사랑이 아닌 진정한 의미에서 '사랑'일 뿐이다. 그 이상 그 이하도 아니다.

셋째로 남성중심 사회와 모성에 관한 이야기인데, 전체적인 맥락에서 남성 중심사회는 근대화를 통해서 일본으로부터 수입되었다는 듯이 기록하고 있다. 그것뿐이겠는가? 그런데 이에 공감하는 독자도 있고 반대하는 분도 있을 것이다. 원래부터 일본에 비해 유순한 선비의 나라였고 고려시대까지는 모성중심 사회라고들 하지 않던가? 더욱이 오늘날 아베 같은 일본인들이 전쟁과 독도의 영유권을 주장하는 것만 보아도, 그들이 얼마나 호전적이고 맹수 같은 남성의 야비함을 모두 다 보유하고 있는 것이 아니고 무엇인가?

또한 우리는 과거나 현재에도 일본이 하는 것들을 지나치게 수용하고 있는지 되돌아 볼 필요가 있을지도 모른다. 반드시 어디엔가 관용과 용서라는 우리 민족의 정체성이 있을 것이다. 또한 일본이 자살률과 황혼이혼율이 1등이라고 한 것이 엊그제 일인데 둘 중 하나는 이제 우리가 1위가 되었고 황혼 이혼율도 급속도로 증가하고 있다. 문화나 문명이라고 하는 것이 돌고 도는 세계화시대인 것만은 확실하다. 또한 유럽의 화해와 평화 유지에 비해 북한, 중국, 일본 등이 세계의 화약고가 되어가는 것은 참으로 유감이고 아시아인으로서 창피한 일이다.

넷째로 정신과 의사로서 모성에 대한 이야기인데 이것은 대단히 중요하며 3세 이전에 아이를 집안 도우미나 할머니에게 맡기고 회사에 다니는 것은 대단히 위험한 일이라는 것이고 그 아이의 정신적인 영양

분을 뺏는 거나 다름없다는 점이다. 아이를 낳지 않아서도 문제이지만 이왕 아이를 낳았으면 3세까지는 엄마가 책임을 지고 서로 스킨십을 하면서 살아야 된다는 점이다. 사회적인 지위를 불문하고 모성의 사랑을 전달해야할 축복받는 시기를 놓쳐서는 아니 된다는 점이다. 이 문제는 아무리 여성 상위시대가 되어도 여성이 어머니로서 존경 받으려면 자녀에게 꼭 해야 된다는 것이다. 할머니와 할아버지에게 부탁하는 사람은 성숙된 여성으로서도 실격이지만, 독립된 여성으로서도 실격이다. 조부나 조모가 가끔은 봐 줄 수 있다. 그러나 전부 맡겨 버리는 어머니는 미성숙한 엄마임이 틀림없으며 부모 관계라는 신의 축복을 스스로 포기하는 행위이다.

다음으로 사춘기의 학생들, 과거의 의대생들, 군대 사회에서 보이는 성과 폭력에 관해서 필자가 경험한 것들을 기록하였다. 부동산 투자에 열을 올리는 지금의 전후 세대인 50대와 60대들과 해외여행과 개인적인 취미에 더 열성을 바치는 20대나 30대는 전혀 다른 세대이다. 현실적으로 부동산 가격의 폭등은 젊은이들의 결혼 생활을 방해한다. 사실 이 나라의 부모들이 산아제한을 하고 있는 실정이다. 전쟁을 경험하신 80대 노인들은 요즈음 같이 별천지 같은 세상에 왜 자살과 폭력이 끝나지 않고 지속될까하고 의아해 하실 것이지만 폭력의 역사는 좀처럼 끝나지 않는 인간의 본성이라고 프로이트가 이미 역설한 바가 있다. 그러나 폭력은 모든 수단을 동원하여 중단 시켜야한다.

어찌되었든 사춘기 학생들은 성적으로 대단히 예민한 시기이며 폭력을 모방하거나 폭력에 노출되기 쉬운 시기이다. 이 시기에 학교, 사회, 가정에서 어떤 사람들을 멘토(mentor)로 섬기느냐가 대단히 중요하다.

또는 어떤 좋은 친구를 사귀고, 어떤 훌륭한 선생님들을 만나고, 자상한 부모를 만나는가에 따라 좋은 성격이 형성된다는 점이다. 학생들이 성적모욕이나 폭력을 당하면 성인이 되어서도 그 기억들이 지워지지 않고 그 상처가 얼마나 큰지 정신과 의사라면 다 알 것이다.

멘토(mentor)란 현명하고 신뢰할 수 있는 상담 상대, 지도자, 스승, 선생의 의미로 쓰이는 말이다. 멘토의 기능은 열성적이고 성의 있는 정신과 의사와 비슷한 기능이다. 개인적인 고충을 이해하고 상대와 함께 해결책을 도모하며, 좌절에 빠진 학생을 좌절의 늪에서 구제하며, 자신감을 심어주고, 사물을 긍정적으로 보게 하며, 세상을 밝게 보도록 도와주는 기능이다. 그래서 부모들은 사춘기 아이들의 교우관계를 주시해야한다.

의과 대학의 폭력은 지금은 사라졌으니 다행스러운 일이지만 가끔 외과 계열의 성인 레지던트들 사이에서 일어나는 듯하다. 외과 계열은 문자 그대로 'surgeon'이라고 부르며 군대식 훈련이 필요한 것이 사실이며 동시에 대단한 공격성(aggression)을 창조로 승화시키는 의사의 꽃이다. 그러므로 원래 기질적으로 공격적인 사람들이 모이는데, 끊임없이 자신의 에너지를 인간의 장기를 창조하고, 재건축 또는 이식하는 사람들이다. 즉 다시 말해 다른 과 의사에 비해 훨씬 더 구체적으로 생명을 살리는 사람이다. 살려 주는 것도 고마운데 친절하면 얼마나 환자들이 고맙게 생각하겠는가?

학생이나 의사 및 모든 사람이 폭력을 쓰면 그것은 유치해지고 미성숙함을 증명하는 것 밖에 되지 않는다. 더구나 대학 교수라는 타이틀이 붙은 의사라면 폭력은 더 더욱 삼가야 한다. 인간관계에서 인생의 커다란 오점이 될 수 있다.

　다음으로 성과 공격성에 관련하여 이성 관계에 대하여 언급 했는데 사춘기 학생부터 70대 노인까지 평생 이성을 좋아하는 것 같다. 그러나 애석하게도 이 세상은 한 사람에게 한명만의 이성을 허락한다는 점이다. 사춘기 때에 잘못된 이성 관계도 평생 후회이지만, 교수나 의사들의 제자나 환자의 불륜은 정확한 숫자를 파악할 수는 없지만 상당히 있을 것이라고 추정된다. 사적인 생활이어서 들키는 사람들은 소수일지도 모른다. 어찌되었든 미녀나 미남을 보면 돌부처 보듯이 하는 것이 상책이다. 남에게 봉사를 하고 사는 것은 고사하고, 현실은 남에게 욕만 먹지 않아도 잘하는 인간관계일 것이다. 이만큼이나 인간의 관계라는 것이 어렵다. 그리고 죽을 때까지 성실하고 책임감 있게 행동해야 하는 것이 인간관계이다. 그러나 인간의 관계처럼 아름답고 축복받는 일은 없다.

　필자는 아주 냉정한 사람이었기에 수많은 더럽고 치사한 사람들 사이에서 의사가 될 수도 있었고, 성장 할 수 있었다고 본다. 그러나 성장의 원동력은 선한 사람들의 인간관계에서 비롯되는 격려, 지지, 사랑 같은 것들이었다. 더구나 이 세상에 가벼운 사상과 무거운 사상이라 지칭하는 것들을 자세히 쳐다보면 그게 그거다. 내가 상대를 깊고 무거운 생각을 가지고 젊잖게 대하면 그 사람의 삶이 깊어지고, 내가 상대방을 가벼운 사람으로 얕잡아 보면 그 사람은 점점 더 얕아질 뿐이었다. 특히 타인들을 지도하는 위치에 있는 자들이 제자나 회사원들을 우습게 보는 경향은 예나 지금이나 똑같다. '칭찬은 고래도 춤추게 한다.'고 지도자는 아랫사람을 존중해주면 해줄수록 배우는 아이들은 쉽게 성숙해간다는 단순한 법칙을 잊고 사는 것이다.

고로 결론은 백화점식 사랑이 아닌 진정한 사랑이 없는 인간은 아무 것도 아니더라는 말을 하고 싶더라는 것이 나의 요지이다. 이 사나운 사회를 살면서 단 하루도 잊지 않고 사는 사람들이 있는 것은 나에게는 커다란 젊은 날의 축복이었다. 인연이란 산행 중 가끔 만나는 소중한 비경秘境과 같은 것이었다. 이 소설에 등장하신 스승이신 양병환 교수님, 바오로 신부, 신우종 내과원장님, 김승종 교수님, 헬레나 수녀 누나와 정비오 수사님, 세실리아 수녀, 현실적 동반자인 사랑스러운 마누라와 딸, 그리고 한국병원 김윤모 원장과 전창식 치과원장님, 세비야에서 만난 친절한 강원도 아가씨, 친구들, 의대 동기, 여러분이 가진 모성애, 환자들 모두 다 동행해주어 고맙고 감사를 느낀다.

필자에게는 모두들 과분한 인연들이었다. 독자 여러분들도 이해타산이 맞는 인간관계가 아닌 진정한 인간관계에 신경을 써가며 살기를 바라본다. 여러분의 가정에 건강과 행복이 깃들기를 바라면서 '함께 해주어 고마워! 동행해주어 고마워!'라고 이야기하면서 글을 마칠까 한다. 졸저를 읽으시느라고 수고들 하셨다. 이만 줄인다.

'함께 해주어 고마워! 동행해주어 고마워!'